KB058949

현자의 제자를 자칭한 현자

2

류센 히로츠구 지음
후지 초코 일러스트
정대식 옮김

현자의 제자를
She professed herself
pupil of the wise man.
자칭하는 현자
2

〈1〉

머리 위에는 온통 푸른색으로 물든, 구름 한 점 없이 맑게 갠 하늘이 펼쳐져 있고, 투명한 바람과 날개를 지닌 새만이 자유로이 노닐고 있었다. 대지를 뒤덮은 녹음은 눈부시게 쏟아지는 햇볕을 받아 일제히 싹을 틔우기라도 한 듯 파릇파릇한 잎을 힘껏 뻗고 있었다.

화창한 날씨를 한껏 담은 하늘과 태양 아래 펼쳐진 숲속. 그곳을 지나는 한 가닥 도로에서 올려다본 하늘은, 나뭇가지가 흔들릴 때마다 햇볕이 유성처럼 쏟아져 들어와 별하늘처럼 반짝였다.

나무들 틈새를 지나는 바람은 싱싱한 신록(新綠)의 숨결을 옮겨 다주어 일대를 삽시간에 봄기운으로 가득 메워나갔다.

뭔가 좋은 일이 있을 것 같다는 생각이 절로 드는, 그런 외출하기에는 그만인 오후였다.

도로 한복판에 한 대의 마차가 세워져 있었다. 그 마차 바로 옆에 군복을 입은 청년과 사랑스러운 고딕풍 의상을 몸에 걸친 소녀가 멍하니 서 있었다.

산들거리는 바람은 소녀의 뺨을 쓰다듬고는 은빛을 띤 긴 머리카락을 살며시 나부끼게 했다. 그 소녀, 미라의 표정은 경직된 것도 모자라 다소 파랗게 질려 있었고 시선은 한곳을 향하고 있었다. 그 옆에 선 청년, 갈렛 역시 입을 한 일자로 다문 채 땅바닥에 널브러진 물체를 쳐다보고 있었다.

흙을 평평하게 다져 만든 도로는 마차 두 대가 엇갈려 지나갈 정도로는 넓었고 드문드문 양지가 자리해 있어 나무들로 둘러싸여 있기는 해도 시야가 나쁘지는 않았다.

하지만 그럼에도 일은 일어나고 말았다는 생각에 미라는 마차를 흘끔 돌아보았다. 그 시선 끝에는 무언가가 격렬하게 충돌하기라도 한 듯 검붉은 얼룩이 차체에 흥건히 묻어 있었다.

이루 말로 다할 수 없는 초조함에 사로잡힌 채 미라는 다시금 정면으로 고개를 돌렸다.

그곳에는 넝마 조각을 걸친 인물이 일체의 움직임을 멈춘 상태로 땅바닥에 엎어져 있었다.

그자에게는 머리가 있고 몸통이 있고 다리가 있었다. 하지만 온몸의 관절은 말도 안 되는 각도로 굽어져 있었고, 하물며 한쪽 팔은 뜯어져나가 마차에서 한참 떨어진 전방까지 날아간 상태였다.

그것은 누가 어떻게 보아도, 차에 치여 죽은 시체의 모습이 분명했다.

"그대, 결국 사고 쳤구나……."

갈렛을 교습소로 보내라고 더욱 강하게 권고했어야 했다는 생각에 후회를 하며 미라는 엄숙하게 말을 쥐어짜냈다.

"아, 아닙니다, 미라 님. 이자가 갑자기 옆에서 튀어나와서, 세울 새도 없었습니다."

도로는 다소 어둑한 정도라 사람의 모습을 못 볼 정도로 어둡지는 않았다. 하지만 바로 옆에는 그야말로 사람의 모습이건 마물의 모습이건 모조리 다 감춰버릴 정도로 짙고 울창한 숲이 펴져 있었다. 마부대에서 모든 과정을 보고 있던 갈렛 본인조차도 대체 무슨 일이 일어난 것인지 이해를 못한 모양인지, 동요한 낌새를 감추지 못한 채 변명을 입에 담느라 바빴다.

미라는 그런 갈렛을 말없이 차가운, 아니 연민의 정이 담긴 눈빛으로 바라보며 다 안다는 투로 살며시 고개를 끄덕이더니 아무렇지도 않게 전방을 향해 걸음을 떼었다.

믿겠다는 의미로 고개를 끄덕여준 미라의 모습을 본 갈렛도 강한 아군을 얻었다는 생각에 고갯짓으로 답하며 안도했다. 그러자 그때까지 가지고 있던 강박관념에 가까운 압박감이 안개처럼 사라져가는 것이 느껴졌다.

하지만 사고는 사고다. 나라에 보고해야 하는 것은 물론이거니와 시체를 어떻게 취급할지에 관해서도 생각해야 했다. 한숨을 내쉬며 눈앞에 놓인, 본체에서 떨어져나간 팔로 시선을 옮긴 그 직후였다.

"미라 님. 어디까지 가시는 겁니까?!"

갈렛의 시선 끝에서 미라는 느긋한 걸음걸이로 도로에 널브러진 팔을 지나쳐, 성큼성큼 길 끝으로 가려하고 있었다. 팔을 주우러 간 것이라 생각했던 갈렛은 반사적으로 소리를 쳤다.

"이 현장은 그대에게 맡기겠다고 했을 텐데."

"아니아니, 그런 말씀은 한마디도 안 하셨습니다만."

"그대도 맡기라며 고개를 끄덕이지 않았나."

"그게 그런 의미였던 겁니까?!"

아무래도 두 사람의 마음은 아이콘택트로 이심전심이 가능할 정도로 가깝지 않은 모양이었다.

"무슨 일 있나?"

이러쿵저러쿵 떠들어대던 두 사람 사이에 낯선 목소리가 끼어들었다. 고개를 돌려보니 금속으로 된 경갑을 입은 대장부가 있었다. 그리고 그 후방으로 수십 미터정도 떨어진 위치에는 행상으로 보이는 마차가 멈춰 있었다.

아무래도 이 남자는 행상인의 호위를 맡은 자인 모양이었다. 갈렛은 그것을 잽싸게 알아채고는 쓴웃음을 지은 채 하늘을 올려다보았다. 이 사고 소식이 행상인의 정보망을 타고 눈 깜짝할 새에 퍼져나가고 말 것이라 생각했기 때문이다.

미라는 완전히 망연자실한 상태였다. 딱딱한 미소를 지은 채 호위를 맡은 남자를 쳐다보고 있었다.

호위를 맡은 것으로 보이는 남자는 그런 미라와 갈렛의 거동에 얼굴을 찌푸리면서도 그 발치에 널브러진 시체를 발견하고는 모든 것을 알아챘는지 똑바로 다시 갈렛을 쳐다보며 말했다.

"아하, 이거 큰일이로군."

남자는 동정 섞인 투로 그렇게 말하며 짓궂게 웃었다.

마차로 치여 죽인 줄 알았던 그것은 좀비였다. 심지어 그 좀비는 **정상**이 아니었다. 썩은 나무껍데기 같은 로브 아래에 보이는 본체는 온통 빨간 녹이 슬기라도 한 듯 풍화된 인골(人骨)에 흙과 썩은 초목이 살 대신 들러붙어 있었다.

정체를 알았으니 더는 걱정할 필요가 없었다. 애초에 피가 한 방울도 흐르지 않은 것만 보아도 살아 있는 사람이 아니었다는 사실은 금방 알 수 있으리라. 뒤늦게 냉정함을 되찾은 미라는 무언가를 얼버무리려는 듯 쓴웃음을 지었다.

"겉모습도 이상하기는 하지만, 이런 시간에 나타나다니 별 이상한 좀비가 다 있군요."

죄책감에서 해방되어 평소 모습을 되찾은 갈렛은 이상하다는 표정으로 땅바닥에 드러누운 좀비를 쳐다보았다. 어둑한 숲속 도로이기는 했지만 하늘을 뒤덮은 나뭇잎 너머에는 태양빛이 넘쳐나고 있었기 때문이다.

"확실히, 그렇군."

미라는 턱 끝을 손가락으로 지분대며 나뭇가지 틈새로 새어든 햇살이 만든 양지를 바라본 채 고개를 끄덕였다.

"당신들, 보아하니 이곳에는 이제 막 도착한 모양이군. 그럼 무리도 아니지."

호위를 맡은 남자는 미라와 갈렛, 그리고 마차를 번갈아보며 말했다.

"분명 한 달 정도 전부터였지, 이런 이상한 좀비가 나타나기 시작한 게. 뭐어, 약해빠진 좀비이긴 하지만 원인을 알 수가 없으니 주의하는 게 좋을 거야."

호위를 맡은 남자는 그렇게 말을 잇더니 최근 이 일대에서 발생 중인 이변에 관해 간결하게 설명해주었다.

듣자하니 밤이 되면 좀비가 배회한다고 한다. 하지만 이상하게도 습격을 당했다는 이야기는 들려오지 않는다.

하지만 피해가 없느냐 하면 그렇지도 않아, 논밭이 짓밟히거나 했다는 모양이었다.

그리고 어째서인지 해가 나와 있는 낮에는 숲과 같은 햇볕이 잘 들지 않는 장소에 숨어 있어, 이번과 같은 사고가 때때로 발생한다는 모양이었다.

거기까지 설명한 호위를 맡은 남자는 한숨을 한 번 내쉬더니, 이번에는 푸념이라도 늘어놓는 듯한 표정으로 계속해서 말을 했다.

"뭐어, 그런고로 요전에 토벌대가 결성되었지. 보수가 괜찮아서 나도 참가했는데…… 전혀 저항을 하지 않더군. 어찌나 찜찜하던지 원."

호위를 맡은 남자는 그렇게 말하며 길가에 널브러진 좀비를 흘끔 쳐다보았다.

"사람을 덮치지 않고, 공격을 받아도 저항을 않는다 이겁니까. 목적이 뭘까요."

"확실히 이상하군그래."

미라와 갈렛 역시 널브러져 있는 좀비를 쳐다보며 중얼거렸다.

이 좀비는 이상하다. 미라가 그렇게 말한 데에는 분명한 이유가 있었다.

우선 좀비는 물론이고 불사 계열 마물은 햇볕이 닿지 않는 던전 이외의 곳에서는 해가 저문 밤에만 출현한다. 그것은 게임 시절 튜토리얼 퀘스트를 통해 알 수 있었던 이 세계에 관한 기초적인 지식이었다.

그렇다. 지금 있는 세계는 본래 게임 속 세계였다. 하지만 어떤 연유에서인지 게임은 현실이 되었고 술사의 최고위에 있었던 아홉 현자의 일원, 덤블프는 이런저런 사정으로 인해 현재는 소녀 미라로서 옛 동료를 찾아 모험을 하는 중이었다.

따라서 미라의 지식은 깊었고, 세계의 기초 지식 같은 것 역시 훤히 꿰고 있었다.

그 지식이 눈앞에 있는 좀비가 이상하다고 말하고 있었다. 빛을 피하기 위해 숲속에 숨어 있는다는 것부터가 이상했다. 애초에 밤이 아니면 출현하지 않을 터인데 어째서 숨어 있는 것이라는 말인가.

호위를 맡은 남자도 이 요상한 좀비에 관해서는 잘 모른다는 말을 덧붙였다.

그 후, 호위를 맡은 남자의 손을 빌려 좀비를 치운 두 사람은 꺼림칙한 조우를 머릿속 구석으로 몰아내고 나서 여행을 재개했다.

알카이트 왕국 수도 루나틱레이크를 나선 지 사흘. 도중에 들렀던 마을의 산나물 요리를 한껏 즐기며 마차 여행에 적응이 되어갈 무렵. 미라를 태운 마차는 C랭크 던전인 '고대신전 네뷸러폴리스' 옆에 위치한 도시의 문을 지나 대로로 들어섰다.

진혼도시 카라낙. 까마득한 과거에 있었던 대전에서 활약했던 영웅들의 안식을 기도하는 비석을 중심에 둔, 역사가 있는 도시였다. 근처에는 던전도 많아 그것을 목적으로 한 모험가들 역시 많이 모여들었다.

하늘에 붉은빛이 퍼지고 밤기운이 다가오고 있는 탓인지 거리는 상당히 조용해져 어쩐지 음울해 보였다.

드문드문 길을 오가는 주민을 무심히 눈으로 좇던 중, 갑자기 마차가 급정차하는 바람에 미라는 앞으로 고꾸라지듯 좌석에서 미끄러졌다.

"나 원, 무슨 일이냐?"

입술을 비죽거리며 마부대로 고개를 내민 미라의 눈에 비친 것은 갈렛의 머리와 마차를 끄는 말, 그리고 그 앞쪽 땅바닥에 엎어진 노인의 모습이었다.

'아무리 봐도 사고 현장인 것 같다만!'

그 상황을 보고 눈이 휘둥그레진 미라는 이번에야말로 정말 사고를 쳤구나 하는 생각에 뺨을 씰룩거렸다.

"죄송합니다. 괜찮으십니까?"

갈렛은 그런 미라의 걱정은 아랑곳 않고 그렇게 말하며 마부대에서 내려와 노인에게 손을 내밀었다. 그러자 땅바닥에 드러누워 있던 몸이 천천히 움직이기 시작했다.

"이것 참, 이쪽이야말로 갑자기 뛰쳐나가 죄송합니다."

노인은 고개를 들며 그렇게 말하더니 갈렛이 내민 손을 잡고 일어섰다. 그의 몸은 탄탄하게 단련이 되어 있어, 머리카락 숱이 적다는 점을 제하면 전혀 노인 같지가 않았다.

"꽤 서두르시는 듯 보였습니다만, 무슨 일이십니까?"

"손자가 아직 집에 오지 않아 찾고 있었답니다. 좌우간 요즈음,

밤에는 이래저래 분위기가 흉흉해서."

노인이 정신없이 손자를 찾아다니다 옆쪽 길에서 뛰쳐나온 참에 마차를 보고 놀라 넘어진 것뿐인 듯했다. 미라는 노인의 온몸을 훑어보아 사지가 멀쩡한 것을 확인하고는 후우, 하고 가슴을 쓸어내렸다. 애초에 이토록 탄탄한 몸을 지닌 것을 보니 부딪쳤다 한들 걱정할 필요는 없었을 듯했다.

"밤에 말씀이십니까……. 혹시, 최근 소문이 자자한 좀비 때문입니까?"

"네에, 그렇습니다. 그러니 해지기 전에는 돌아오라고 일러뒀는데 말이지요. 워낙 철이 없어서 말입니다."

그렇게 말하는 노인의 목소리에는 슬픈 기색이 배어 있었다.

"인명피해가 없다고 듣기는 했습니다만 그래도 걱정되시겠지요."

소문에 따르면 좀비는 사람을 습격한 적이 없다. 하지만 보호자 입장으로서는 불안할 만도 하리라.

그로부터 두어 마디를 더 주고받은 노인은 "폐가 많았습니다. 실례하겠습니다"라고 인사를 하고는 다시 손자를 찾아 아이들이 좋아할 것 같은 장소로 향했다.

"도시 분위기가 어째 우중충해 보인다 싶더라니, 아이들이 안 보여서 그랬던 것이로군."

미라는 이상하리만치 조용한 거리를 가볍게 둘러보며 그런 말을 입에 담았다.

"분명 좀 전의 노인분처럼 저녁 전에는 귀가하라고 일러뒀기 때문이겠죠."

마부대로 돌아온 갈렛도 마찬가지로 주위를 둘러보며 대답했다. 도중, 미라의 모습을 바라보던 갈렛의 가슴속에 의문이 떠올랐다. 너무도 귀여운, 누가 보아도 **미소녀**인 미라가 밤길을 혼자 걷고 있다 생각해도 불안감이 눈곱만큼도 생기지 않는 이유는 무엇일까 싶었던 것이다.

미라를 태운 마차는 경쾌한 말발굽 소리를 내며 커다란 3층짜리 건물이 있는 부지 안으로 들어갔다.

조금 들어가자 목조로 된 마구간이 있었고, 갈렛은 구획되어 있는 마구간 한편에 마차를 정차시켰다. 그와 동시에 이 마구간을 관리하는 여관 종업원 남자가 갈렛에게로 다가왔다.

"어서 오십시오. 묵어가실 겁니까."

"네. 그럴 겁니다."

"알겠습니다. 차후에 마차와 말의 관리에 관해 여쭙도록 하겠습니다."

"알겠습니다."

관리인은 팻말 하나를 갈렛에게 건네더니 한 걸음 물러나 묵례를 했다.

"그럼 미라 님, 우선 체크인부터 해두죠."

"음."

마부대에서 마차 안으로 고개를 내밀며 말한 갈렛은 물 흐르듯 자연스러운 동작으로 마차에서 내렸다. 이어진 움직임은 더더욱 재빨라서, 미라가 좌석에서 기지개를 켜는 새에 마차 문을 열기까지 했다.

마차에서 내린 미라는 갈렛의 안내를 받아 여관 접수처로 향했다. 입구 옆에 자리한 커다란 대리석에는 하등롱(夏燈籠)이라는 여관의 이름이 새겨져 있었다.

갈렛과 함께 문을 열고 안으로 들어가자, 고급스러운 호텔 같은 내부 장식이 눈에 들어왔다. 프런트가 있고 제복 차림의 종업원들이 잽싸게, 그러면서도 차분하게 오가고 있었다. 휴게용으로 보이는 창가 측 의자에는 탄탄한 갑옷이며 로브를 걸친 모험가들이 담화를 나누고 있어 이세계다운 분위기를 물씬 풍기고 있었다. 현대적인 서양풍 호텔 내부 장식에 정통 판타지가 뒤섞여 뭐라 형용하기 힘든 분위기를 연출하고 있었다.

창밖에는 정원이 펼쳐져 있고 말끔하게 가지를 친 나무와 꽃밭이 바람에 살랑거리는 가운데 아이들이 뛰노는 모습이 보였다.

"이것 참, 호화롭기도 하군."

왕성에는 비할 바가 못 되었지만 꼼꼼하게 청소가 된 실내 환경에 종업원들의 태도, 그리고 자연스럽게 조화를 이룬 내부 장식. 성에서 며칠을 묵은 미라가 보아도 손색이 없다고 할 만큼 화려한 곳이었다.

"카라낙 제일의 여관이니까요."

"그렇다면 비싸지 않겠느냐? 이 몸은 그렇게 부자가 아니다만."

카라낙보다 큰 도시를 꼽자면, 가까운 곳에서는 알카이트 왕국 수도 루나틱레이크뿐이니 그중 제일이라면 상당한 수준이라 할 수 있으리라. 미라는 허리에 두르고 있던 검은 웨스트 파우치로 손을 가져가 불안스러운 눈치로 눈살을 찌푸렸다. 이 웨스트 파우치는 메이드가 건네준 가방 안에 들어 있던 것으로, 흰색과 검정색을 기조(基調)로 한 옷에 잘 어울렸다. 거기에는 보수로 받은 돈이 든 주머니를 넣어두었다.

"물론 걱정하실 것 없습니다. 미라 님의 이번 여행 경비는 모두 솔로몬 님께서 대실 테니."

갈렛은 그렇게 말하며 만면의 미소를 짓더니,

"한 번은 묵어보고 싶었거든요."

다소 들뜬 투로 그렇게 속삭였다.

"나 원, 그대도 참 못 말리겠군."

어이가 없기는 했으나 그 말을 들은 미라는 미소로 답했다.

갈렛이 체크인 수속을 밟는 동안, 무료해진 미라는 현관홀에 있는 실내 장식이며 회화 등을 바라보며 시간을 죽였다. 하지만 자기 자신이 그것과 마찬가지로 감상 대상이 되고 있다는 사실은 알아채지 못했다. 고급 여관인 만큼 그곳에 있는 자들은 모두 고랭크 모험가들이었다. 시선을 알아채지 못하게 하는 것쯤은 일도 아니었다.

수속을 마치고 종업원의 안내를 받아 방으로 들어갔다. 최상급 방은 현재 만실이었던 모양인지, 등급으로 말하자면 위에서 두 번째인 방을 배정받았다. 그래도 평범한 여관의 최상급 방보다 훨씬 고급스러웠다. 참고로 은의 연탑에 있는 덤블프의 개인실은 비교 대상에 포함시키지 않았다.

이 여관의 일반실에 묵기로 한 갈렛의 방은 아래층이라는 듯했다.

방에 들어서자 테이블 위에 한 장의 메모가 놓여 있었다. 거기에는 주의사항이며 서비스에 관한 내용이 적혀 있었다. 외출 시에는 열쇠를 프런트에 맡길 것, 룸서비스를 부를 때는 출입문 옆에 놓인 종을 울릴 것, 아침 점심 저녁 식사에 관한 내용에 이르기까지 꼼꼼하게도 적혀 있었다.

메모를 대충 훑어본 미라는 커다란 괘종시계로 시선을 옮겼다.

이제 곧 오후 여섯 시. 창밖으로 보이는 하늘은 저 멀리 붉은기가 조금 보일 뿐, 거의 검정색으로 물들어 있었다.

'흠, 오늘은 이만 쉬도록 하지. 임무에는 내일부터 착수하도록 하고.'

미라는 즉시 그렇게 결단을 내리고는 비치되어 있던 음료를 집어 들고 소파에 앉았다.

며칠에 걸친 마차 여행으로 피로가 쌓인 탓도 있었지만, 일류 여관이라는 것을 만끽하고 싶다는 생각도 들었기 때문이다. 미라는 곧장 룸서비스 메뉴를 펼쳐들고 가격을 보지 않고서 종을 울렸다.

다음 날, 아침 식사를 하기 위해 식당으로 간 미라는 마침 식후 커피를 다 마신 갈렛과 마주쳤다.

"아, 미라 님. 좋은 아침입니다."

"음, 좋은 아침이다."

미라는 자그마하게 하품을 하며 답하고는 근처 자리에 앉았다.

"분명, 미라 님은 오늘 술사조합에서 수속을 밟으시기로 하셨죠?"

"그러했지."

아침 메뉴표를 훑어보며 고개를 끄덕인 미라는 문득 생각이 나서 고개를 들었다. 마차에는 잠금장치로 엄중하게 봉인된 상자가 놓여 있었고, 미라는 오는 내내 그것이 무엇인지 무척 신경이 쓰였었다.

"그러고 보니, 그대는 이제 어쩔 것이냐. 이 몸을 배웅하는 것만이 임무가 아닐 텐데?"

"네. 다른 일로 카라낙 요새에 다녀오겠습니다."

갈렛은 그렇게 말하며 손에 들고 있던 서간을 가볍게 흔들어 보였다. 아무래도 그것을 전달하는 것이 임무인 모양이었다.

"호오, 그것이 나와 동석했던 상자의 내용물인가."

"그렇습니다. 요전에 미라 님과 임무를 수행했던, 그 일에 관한 정식 서류라고나 할까요. 주의 환기와 정보 공유, 향후 대응에 관한 내용을 정리한 것이라 들었습니다."

"흠, 그렇군."

그 일. 요컨대 레서 데몬의 암약에 관한 일을 말했다. 이래저래 향후 동향이 신경 쓰이기는 했으나 솔로몬에게 아주 떠넘겨버린 일이기도 했다. 미라는 미라대로 중요한 임무를 맡고 있으니.

"아아. 헌데 술사조합은 어디쯤에 있는 게지?"

그 중요한 임무의 첫 걸음이라 할 수 있는 장소가 어디에 있는지, 미라는 전혀 아는 바가 없었다.

“술사조합은 이 여관을 나서서 왼쪽으로 똑바로 가면 바로 보이실 겁니다.”

“흠, 왼쪽으로 똑바로 가라 이거지.”

갈렛이 조합이 있는 방향을 서간으로 가리키자 미라는 그것을 눈으로 좇으며 복창했다.

“일단 길을 잃으시면 경라(警邏) 기사…… 흰색과 파란색으로 된 갑옷을 입은 사람에게 도시 제일의 여관이 어디냐고 물으면 이곳으로 안내해줄 겁니다.”

“걱정할 것 없다.”

미라는 그렇게 말하며 입술을 비죽거리고서는 손에 든 메뉴표를 갈렛에게 보여주며 ‘크로크무슈 세트’를 가리켰다.

“네, 크로크무슈 세트 말씀이시군요. 음료는 어떻게 할까요.”

“바나나오레가 좋겠군.”

“알겠습니다.”

갈렛은 어쩐지 신이 난 듯한 미소로 그렇게 답하더니 카운터로 가서 미라가 먹을 음식을 주문했다.

“그럼 미라 님. 저녁 식사 때 뵙겠습니다.”

“음, 조심히 다니거라.”

“네. 미라 님도 미아가 되지 않도록 조심하십시오.”

갈렛은 그렇게 말하자마자 잽싸게 식당에서 뛰쳐나갔다.

“나 원, 누가 미아가 된다는 게야.”

미라는 갈렛이 나간 출입구 쪽을 가만히 노려보며 그렇게 중얼거렸다.

그로부터 20분 후. 느긋하게 아침 식사를 즐긴 미라는 가벼운 발걸음으로 술사조합을 향해 걸어갔다.

2

다소 차분함을 되찾은 아침 시간. 어제 저녁에 보았던 우중충한 경관은 기분 탓이 아니었을까 싶을 정도로 대로는 떠들썩해져 있었다. 특히 검사, 혹은 술사라는 것을 바로 알 수 있는 차림새를 한 자들이 여럿 오가고 있었다.

미라는 최대한 눈에 띄지 않도록 대로 가장자리에 붙어 슬금슬금 나아갔다.

"흠, 이곳인가."

갈렛이 말했던 대로 얼마간 길을 걷자 커다란 석조 건물이 두 개 늘어서 있는 것이 보였다. 좌측 건물의 문 위에는 전사조합, 우측 건물의 문 위에는 술사조합이라는 간판이 걸려 있었다.

미라는 술사조합의 간판을 확인하고는 그 문으로 손을 뻗었다. 그 순간, 옆에 자리한 전사조합에서 시끄러운 소리가 들려왔다.

"제발요! 여러분은 강하시다고 들었어요. 이렇게 부탁드릴게요!"

전사조합의 문이 열리더니 열 살 정도 되는 소년이 쫓겨나기라도 한 듯 뛰쳐나왔다. 그 뒤로 금속제 갑옷을 입은 우락부락한 남자가 난감하게 됐다는 듯한 표정을 지으며 자신에게 매달리려 드는 소년을 밀어냈다.

"부탁을 들어주고 싶은 마음은 굴뚝같지만, 지금 있는 녀석들 중 랭크가 가장 높은 건 D랭크야. 그래서 꼬마 네 부탁은 못 들어주겠다."

미라는 순간 소년이 괴롭힘을 당하고 있는 것이라 생각했다. 하지만 자세히 보니 그 모습은 떼를 쓰는 아이와 그를 두고 어쩔 줄을 몰라 하는 어른의 그것이었다.

끈질기게 물고 늘어지는 소년과 차례로 나와서 그를 달래는 어른들. 대단한 사건은 아니라 판단한 미라는 그대로 술사조합의 문을 열었다.

조합 내부는 질서정연하게 정돈되어 있었고 횡렬로 나란히 자리한 접수처 앞에는 커다란 게시판과 대기용 의자가 놓여 있었다.

언뜻 보면 구청으로 착각할 것만 같은 광경이었기에 미라는 순간적으로 멍해져서는 주변을 둘러보았다.

술사조합이라는 이름대로 그곳에 있는 자들 중 태반은 술사였다. 게다가 대부분은 로브차림이었으나 개중에는 눈을 의심케 하는 차림새를 한 자의 모습도 섞여 있었다.

"이게, 보통인 겐가……?"

미라가 주목한 것은 조합 내에 드문드문 점재하는 열대여섯 살 전후로 보이는 여자아이들의 복장이었다. 그것이 아무리 보아도 마법소녀 같아 보였기 때문이다.

그간 미라는 자신이 입고 있는 고스로리 마법소녀 복장이 부끄러운 나머지 주변의 시선을 경계하고 다녔다. 혼자만 붕 뜬 듯한 느낌이 들었기 때문이다.

하지만 이 광경은 무엇이라는 말인가. 자신과 비슷한 차림새를 한 소녀들이 여럿 있지 않은가.

그것을 본 미라의 마음속에, 자신뿐이 아니라는 사실이 커다랗게 부풀어 올랐다. 자신의 옷이 특별하지 않다는 증거를 발견했기 때문이다.

그 사실에 이루 헤아릴 수 없을 정도의 안심감을 얻은 미라는 무언가로부터 해방된 듯한 감각에 젖어든 채 상쾌한 미소를 짓고서 접수처로 향했다.

여럿 있는 접수대 중, 빈자리에는 '신규 등록 접수'라고 적혀 있었다. 접수대별로 대응 내용이 다른 모양이었다.

"조합에 등록하고 싶다만, 지금 가능한가?"

미라는 구청을 떠올리며 말을 붙였다.

"네, 가능합니다. 신규 등록 맞으신가요?"

"음."

미소를 띤 채 대응을 해준 것은 리본으로 긴 금발머리를 포니테일로 묶은, 단정하게 생긴 여성이었다. 목에 걸고 있는 명찰에는 유리카라 적혀 있었다.

지금 입고 있는 복장을 보고 어떤 반응을 보일지 긴장했던 미라는, 그것을 의식하는 낌새를 전혀 보이지 않는 유리카의 미소를 보고 안도하며 역시 평범한 차림새가 맞았구나, 하는 사실을 재인식했다.

"그럼, 이 서류에 기입을 해주세요."

유리카가 내민 서류를 본 미라는 솔로몬에게서 추천장을 받았다는 사실을 떠올리고는 서류 위에 얹어놓았다.

"추천장이라는 것을 받았다만."

"추천장 말씀이신가요? 잠시 보겠습니다."

봉투를 집어 들고서 뒤집은 유리카는 거기 적힌 추천자를 확인하자마자 굳어버렸다.

추천장을 들고 오는 신규 등록자가 많지는 않았지만, 그리 드물지는 않았다. 귀중품을 손에 넣으려는 귀족이 사병을 던전으로 보내기 위해 조합에 등록시키거나, 고랭크 모험가가 유력한 신인을 추천하거나 하는 일도 있기 때문이다. 유리카 본인도 추천장을 접수한 일은 몇 차례나 있었다.

하지만 이번 추천장은 지금까지와는 명백히 달랐다. 술사조합에 왔으니 눈앞에 있는 소녀는 술사일 것이다. 얼핏 보기에는 가냘픈 소녀처럼 보일지 몰라도 몸의 크기와는 그다지 상관이 없는 것이 바로 술사라는 클래스의 특징이었다. 보통은 눈에 보이지 않는 마력으로 실력이 판가름 나기 때문이다.

유리카도 추천장을 받아든 시점에는 그렇게 생각했다. 어디서 만난 것인지는 모르겠지만 그녀의 실력을 인정한 고랭크 모험가의 추천, 혹은 귀족 아가씨이리라고. 굳이 말하자면 귀여운 외모로 미루어 아가씨일 것이라 예상하고는 어느 가문의 아가씨일까 하고 추천자를 확인했던 것이다. 하지만 그곳에 적혀 있는 이름은 양쪽 모두 아니었다.

추천자는 솔로몬. 알카이트 왕국의 왕인 솔로몬 왕이었다.

"죄, 죄송합니다. 잠시만 기다려주십시오!"

미소를 짓고 있던 유리카가 다급한 표정으로 조합 안으로 달려갔다. 왕이 직접 추천장을 쓰는 경우 같은 것은 본 적도 들은 적도 없었던 것이다. 그런 탓에 유리카 독단으로는 판단을 내릴 수 없다고 생각하여 책임자의 지시를 구하기 위해 조합장실로 향했다.

자리에 남겨진 미라는 무슨 일일까, 하고 생각해 보았으나 짐작도 가지 않았던지라 접수대에 비치되어 있던 펜을 집어 서류에 필요사항을 기입하기 시작했다.

"죄송합니다. 오래 기다리셨습니다."

서류에 기입을 마치고 술사 조합 안을 관찰하던 참에 접수대 너머에서 누군가가 말을 붙여왔다. 미라가 고개를 돌려 보니, 마음을 가라앉힌 것인지 처음 봤을 때와 같은 미소를 지은 유리카의 얼굴이 눈에 들어왔다.

"적었다만, 이러면 되나?"

미라가 그렇게 말하며 서류를 내밀자 유리카가 기입 누락이 없는지를 확인하더니 고개를 끄덕였다.

"네. 문제없습니다. 그리고 추천장 말씀입니다만, 조합장실까지 함께 가주시겠어요?"

"흠. 상관없다."

이러니저러니 해도 미라가 가지고 온 것은 국왕인 솔로몬의 추천장이었다. 미라에게는 그냥 친구였지만 이 세계에서는 중진 중한 사람이었다. 그렇다면 조합장이 직접 확인을 하는 것이 당연한 흐름이리라 생각한 미라는 곧장 승낙했다.

유리카는 근처에 있던 직원에게 접수대를 맡기고는 술사조합

3층 깊숙한 곳에 자리한 조합장실 앞까지 미라를 안내하여 유달리 고급스럽게 생긴 방문을 두드렸다. 그러자 안에서 "들어오게"라는 점잖고도 중후한 목소리가 들려왔다.

"실례하겠습니다."

유리카는 양해를 구하고는 문을 열었다.

조합장실인 만큼 그곳은 고상하고도 차분한 분위기를 풍기는 공간이었다. 집기류는 지나치게 자기주장을 하지 않고 실내를 은근히 장식하고 있었고, 집무용 책상 뒤에는 커다란 책장이 차분하게 자리해 있었으며 놓여 있는 다양한 책의 종류가 방의 주인인 조합장의 지식욕을 대변해주고 있었다.

"번거롭게 하여 미안하군. 술사조합장인 레오닐이네."

자신을 레오닐이라 소개한 남자는 집무석에서 일어나 묵례를 했다. 이목구비가 또렷한 그 얼굴에 세월을 새겨 넣은 듯한 주름은 차분한 분위기를 한층 더 성숙시켜주었다.

레오닐은 그대로 응접용 테이블로 이동해 미라에게 자리를 권하며 본인도 앉았다.

"미라다."

미라는 간결하게 대답하고는 한 박자 늦게 맞은편 자리에 앉았다. 타이밍을 재고 있었던 것인지 집무실 안쪽에 있는 방에서 나온 여성은 차와 과자를 테이블에 늘어놓고는 살며시 묵례를 하고서 돌아갔다.

"미라 양이라."

레오닐은 유리카가 내민 서류를 받아들더니 그것에 시선을 떨어뜨려 내용을 확인했다. 서류에 기입되어 있는 것은 이름, 클래스, 소속국이었다.

"혹시 아가씨가 소문이 자자한 덤블프 님의 제자분이신가?"

레오닐이 확신으로 가득한 표정으로 진실을 들이밀었다. 술사 조합장인 그에게는 국내뿐 아니라 온갖 정보가 모여들기 마련이었다. 특히 레오닐은 정보 수집에 열을 올리고 있어 전속 정보기관까지 조직했을 정도였다.

그 정보망에 걸린 것이, 영웅 덤블프의 제자가 출현했다는 소문이었다. 미라라는 이름, 클래스는 소환술사, 아름다운 외모를 지닌 은발머리 소녀. 소문으로 들은 정보는 그러했다. 그만한 정보가 있으면 미라를 자칭하는 소녀가 그 정보에 해당되는 인물인지 아닌지를 판단하는 것은 어렵지 않은 일이었다.

"음, 그렇다. 벌써 이곳까지 전해진 겐가."

"역시 그런가. 그렇다면 솔로몬 왕께서 추천장을 써주셨을 만도 하군."

레오닐은 다소 놀란 듯한 표정을 지으면서도 납득했다는 듯 서류를 책상에 내려놓고 도장을 찍었다. 추천장에 적힌 바와 같이 C랭크에 상당하는 실력을 지녔는지 확인을 해야 하려나 싶기는 했으나, 솔로몬 왕이 직접 추천을 한 데다 영웅의 제자라면 그럴 필요는 없으리라고 레오닐은 판단했다. 한편, 유리카는 대화의 내용에 어안이 벙벙해졌는지 미소를 짓는 것도 잊은 채 멍하니 미라를 쳐다보고 있었다.

"저기저기, 죄송합니다! 덤블프 님이라는 건, 그 덤블프 님을 말씀하시는 건가요?!"

어찌어찌 머릿속을 정리한 유리카는, 대화에 끼어드는 것은 실례라는 생각을 하면서도 꼭 물어야겠다는 의지를 담아 레오닐에게 시선을 날렸다.

"그렇네, 그 덤블프 님을 말하네. 정련기술의 개발자이자 건국의 영웅. 군세의 덤블프라 불렸던 그 분 말이야."

뻔한 것을 묻는다는 투로 레오닐이 대답했다.

30년 전에 모습을 감춰 생사여부조차 알 수 없었던 현자의 이름. 그 이름이 느닷없이 이야기 속에 등장한 것이다. 심지어 제자를 자칭하는 자까지 동시에 나타났다는 소리를 들은 유리카로서는 완전히 자다가 벼락을 맞은 듯한 기분이리라. 레오닐 역시 사전에 정보를 입수하지 않았다면 진위를 확인하는 데 얼마간 시간이 더 걸렸을 터다.

레오닐의 답변을 머릿속에서 반추하면 반추할수록 유리카의 표정에는 희색이 번져 나갔다.

이 소문은 머지않아 온 도시에 퍼질 것이다. 그렇게 생각하면서도 레오닐은 일단 유리카에게 함구령을 내리고는 승인 도장을 찍은 서류를 그녀에게 내밀었다.

"수속을 부탁하네."

"네, 네! 맡겨주세요!"

유리카가 잔뜩 고양된 목소리로 쾌활하게 대답했다. 그러고는 서류를 소중히 두 손으로 끌어안은 채 미라에게 한 차례 시선을 던지고는 등록 수속을 진행하기 위해 한발 먼저 조합장실을 뒤로

했다.

“어디, 지금부터 할 이야기는 사적인 것이니 돌아가도 상관없네만, 괜찮다면 시간 좀 내주겠나.”

추천장에 관한 확인은 끝났다. 하지만 레오닐은 자신이 모르는 정보를 무수히 알고 있을 미라에게 지대한 관심이 있는 모양이었다. 가능하다면 덤블프의 현황이며 그녀 자신에 관해 알고 싶다는 생각이 지식욕을 자극했다.

“흠. 상관없다.”

술사조합의 장(長) 정도가 되면 그 나름의 권력도 있기 마련이다. 조금은 비위를 맞춰 인연을 만들어두는 것도 나중을 위해 좋을지도 모르겠다고 생각한 미라는 바로 승낙했다.

미라는 레오닐의 물음에 은의 연탑의 보좌관인 마리아나, 리탈리아와 이야기했던 것을 떠올리며 무난하게 대답했다. 덤블프는 환수의 도시에 있었으나 지금은 어디에 있는지 모른다는 것. 스승과 동격의 다크나이트를 소환할 수 있다는 것 등, 알려져도 문제가 없을 법한 이야기만 늘어놓았다.

중간 중간 미라는 접대용으로 나온 케이크를 깨작거리며 허브티를 홀짝였다. 몹시도 맛있게 먹는 모습을 본 레오닐이 하나 더 먹지 않겠느냐고 권하자 미라는 그 즉시 고개를 끄덕였다.

“이 몸도, 하나 물어도 될까.”

대충 질문에 대한 대답을 마친 미라는 다 마신 찻잔을 내려놓고서 이번에는 자기 차례라는 듯 레오닐을 바라보았다.

"그럼, 물론이네."

레오닐은 어쩐지 기쁜 듯 그렇게 말하더니 "내가 대답할 수 있는 것이라면 얼마든지"라고 덧붙여 말했다.

"그럼 최근 좀비가 세간을 떠들썩하게 하고 있다는 모양이던데, 원인에 관해서는 어디까지 알고 있나?"

현재 항간을 떠들썩하게 하고 있는 좀비는 그야말로 게임 시절에는 있을 수 없는 현상이었던지라, 세계의 변화에 관심이 많은 미라는 기대감을 품은 채 답변을 기다렸다.

"으~음, 원인이라…. 우선, 애초에 이 부근에 불사 계열 마물은 출현하지 않았네. 가까운 곳 중 출현했던 곳은 지하묘지라 불리고 있는 고대신전 네뷸러폴리스 정도였지. 하지만 그곳에도 지금 나돌아다니고 있는 흙과 풀로 된 좀비는 본래 존재하지 않았다네."

레오닐은 생각을 정리하며 그렇게 말하더니 자리에서 일어나, 책상에서 종이다발을 들고 돌아왔다. 그리고 다발 안에서 한 장을 빼내어 테이블 위에 펼쳐놓았다.

거기에는 좀비들의 특징이 적혀 있었다.

밤에 배회하기는 하나 사람을 습격하지 않으며 몸은 흙과 식물로 되어 있다.

낮에는 햇볕을 피하기라도 하듯 그늘에 숨으며 때때로 이동하다 마차 등에 치이기도 한다.

햇볕에서 미처 달아나지 못한 것인지 가옥 앞에 널브러져 있는 예도 몇 차례 확인됐다.

배회하는 목적은 불명.

어디서 나타났는지도 불명.

사람을 습격하지 않는 이유도 불명.

그리고 마물인지 아닌지 여부도 불명.

제시된 답은 미라를 만족시키기에는 부족한 것이었다.

"이 건에 관해서는 대답할 수 없는 이유가 있는 것이 아니라, 보다시피 단순히 아는 바가 없네."

레오닐은 그렇게 말하며 창문 쪽으로 고개를 돌렸다.

"하지만 뭐어, 짚이는 바는 있네. 우선은 조만간 고대신전을 조사해볼 예정이네."

현황과는 달리 그 표정은 매우 신이 난 듯했고, 수수께끼는 깊으면 깊을수록 재미있다는 듯한 태도는 추리 소설에 등장하는 탐정을 연상케 했다.

"호오, 그런가. 그렇다면 마침 잘됐군. 이 몸의 목적지도 그곳이니. 가는 김에 간단히 사전조사라도 하고 오도록 할까."

"과연. 그래서 C랭크 모험가증이 필요한 거였나. 그럼, 부탁하지."

"맡겨둬라."

미라는 자신만만하게 말하며 케이크의 마지막 한 조각을 입에 넣었다.

"잘 먹었다. 그럼 또 보도록 하지."

"서둘러 등록하게 하고 있으니 모험가증은 내일이면 될 걸세."

"음, 알겠다."

잘 먹은 덕에 미라는 만족스럽게 배를 두드리며 조합장실을 뒤로 했다.

그런 미라의 뒷모습을 배웅한 레오닐은 솔로몬 왕이 보낸 추천장을 집어 들고 의자 등받이에 몸을 기대며 생각에 잠겼다.

현자의 제자를 자칭하며 솔로몬 왕의 협력도 얻은 이가 고대신전으로 간다는 이야기를 아무렇지도 않게 했다.

무언가를 숨기고 있는 것은 분명한 듯 했으나 거기서 악의는 느껴지지 않았다. 뺨에 크림을 묻혀가며 케이크를 먹던 모습은 겉보기에 걸맞은 소녀 그 자체였지만, 때때로 보이는 몸짓이며 단어 선택은 어린 아이의 그것과는 동떨어진 듯 보였다.

레오닐은 유달리 눈을 의심하게 했던 한 문장으로 시선을 떨구며 의자에 깊이 몸을 묻었다.

"으~음. 모를 일이군."

추천장을 책상에 팽개치고 하늘을 올려다보았다. 팔랑, 하고 책상 구석에 내려앉은 종이에 적힌 문장 끄트머리에는 금역(禁域) 프라이멀 포레스트 통행증을 발행해주기 바람, 이라고 적혀 있었다.

〈3〉

술사조합에서 모험가 등록 수속을 마친 미라는 대로를 오가는 모험가들을 바라보고 있었다.

거기에는 갑옷이며 로브 차림 등을 한, 말하자면 일반적인 모험가들이 섞여 있었으며, 당당히 돌아다니는 아메리칸 닌자며 도검 수집이라도 하고 다닐 법한 사무라이, 한냐(般若. 일본 전통 가면극인 노(能)에 쓰이는 가면 중 두 개의 뿔이 달린 귀신의 가면) 가면을 쓴 수녀 등, 자세히 보면 마법 소녀 이상으로 딴죽을 걸 요소가 수두룩한 차림새의 인물들이 태연한 표정으로 돌아다니고 있었다.

'이 몸은, 평범한 거였군.'

미라는 자신의 차림새를 내려다보고는 동류 이상의 자들이 활보하고 있는 도시니 겁낼 것 없겠다는 확신을 얻었다. 차림새보다 용모가 훨씬 주목을 모으고 있다는 사실을 잊은 채.

'자아, 이제 어쩔까.'

모험가증 발급에는 하루가 걸리며 그것이 완성될 때까지는 목적지인 고대신전에 들어갈 수가 없었다. 수속을 마치려면 좀 더 시간이 걸릴 것이라 생각했던 미라는 정오를 조금 넘긴 시점에 용건을 마치는 바람에 텅텅 빈 나머지 시간을 어떻게 보낼지 고민하고 있었다.

그러던 순간, 매혹적인 슬릿(slit)이 들어간 로브를 입은 여성 모험가가 미라의 앞을 가로질러 술구점(術具店)으로 들어갔다.

'흠…… 현지조사가 필요하겠군!'

그 모험가를 슬그머니 쫓던 도중, 문득 시야에 들어온 쇼윈도에 못 보던 술구가 잔뜩 늘어서 있는 것을 본 미라의 눈동자가 호기심으로 물들었다.

모처럼 생긴 자유시간이니 현실이 된 이 세계를 만끽해보는 것도 괜찮겠다고 생각한 미라는 의기양양한 발걸음으로 술구점으로 돌입했다.

'오호라, 이게 게임과 현실의 차이로군그래.'

미라는 가게 안에 장식된 술구를 감탄스러운 눈빛으로 둘러보았다. 일찍이 술구라 하면 전투를 보조하기 위한 아이템에 불구했다. 하지만 현재, 눈앞에 진열된 술구들은 조리며 조명과 같은, 생활과 밀접한 관계가 있는 것이 과반을 차지하고 있었다.

'흥미롭군…….'

공기를 빨아들여 뒤로 토해내는 청소기를 연상시키는 술구를 기동시킨 미라는 바람을 뿜어내는 방향을 조정하며 히죽히죽 웃었다. 그 시선 끝에는 아슬아슬하게 흔들리는 슬릿이 있었다.

미라는 술구뿐 아니라 무구며 약가게까지 돌아보고는, 그 진보에 눈을 반짝였다. 그 후, 열한 번째 가게를 나선 참에 사람들이 부자연스럽게 모여 있는 것을 발견하고는 걸음을 멈췄다.

정신이 들어보니 그곳은 대로에서 다소 벗어난 곳이었고, 웅성대는 집단은 그곳보다 더 깊숙한 곳에 자리한 주택가에 있었다.

'무슨 소란이지.'

구경꾼 근성이라도 발동한 것인지, 아니면 조건반사인지, 미라는 끌려가기라도 하듯 사람들 무리 속으로 들어갔다.

작은 몸을 비집어 넣어 사람과 사람 사이를 헤집고 들어가다 보니 곧 소란의 원인에 도달했다.

그곳에는 별다를 것 없는 목조 민가가 있었다. 손질을 게을리한 것인지 집 앞에 늘어선 화분 속 꽃이 기운 없이 시들어 있었다. 하지만 사람들이 모여든 것은 그 집 때문이 아니었다. 집 문에 기대어 앉아 있는 좀비 때문이었다.

본래는 재킷이었던 것으로 보이는 심하게 불에 그을리고 헐고 찢어져 너덜너덜해진 가죽조각이 좀비의 어깨에 걸쳐져 있었다.

"현재 확인 중입니다. 위험하니 다가오지 마십시오."

그렇게 말하며 주변에 주의를 주고 있는 것은 흰색과 푸른색으로 된 경갑을 몸에 걸친 경라 기사였다.

경라 기사란, 알카이트 왕국군 경라청에 소속된 경비병을 뜻하며 경찰 같은 일을 하는 자들이었다. 경갑에는 알카이트 왕국의 국장이 새겨져 있어, 이것이 제복 대신 쓰이고 있었다.

두 명의 경라 기사 중 한 명이 구경꾼들을 뒤로 물러나게 하고, 나머지 한 명은 칼자루에 손을 걸친 채 손가락 하나 까닥하지 않는 좀비를 경계하고 있었다.

'어떻게 된 일이지. 아직 해도 높건만.'

햇빛은 조막만한 그림자마저도 지워버릴 기세로 곧장 내리쬐고 있었다. 하늘을 올려다보려다 눈부신 나머지 눈살을 찌푸린 미라는 양지 한복판에 있는 좀비에게로 시선을 옮겼다.

그러자 경라 기사 중 한 명이 "이거 영 이상한데"라고 중얼거리며 좀비에게 다가갔다. 동시에 주변에서 웅성거리던 구경꾼들의 목소리가 그치더니 일대가 정적에 감싸였다.

좀비 앞에 선 경라 기사는 칼집을 끄르고는 결심을 굳힌 듯이 좀비의 어깨 부근을 칼집 끝으로 찔러보았다.

어디선가 희미한 목소리가 흘러나오더니, 그것이 전파되기라도 한 듯 숙덕거리는 소리가 퍼져 나갔다.

하지만 좀비가 움직일 낌새는 없었다. 그것을 확인한 경라 기사는 다시 한 번 칼집 끝으로 좀비를 쿡쿡 찔러보았다. 조금 전보다 강한 충격에 좀비의 몸이 흔들흔들 흔들렸다. 동시에 숙덕거리던 소리가 수그러들어 다시금 정적이 찾아왔다.

모든 이가 마른침을 삼키며 지켜보는 가운데, 좀비의 몸이 서서히 기울어지기 시작하더니 그대로 무너져 내리듯 쓰러졌다.

'아무래도 힘이 다한 모양이로군.'

좀비의 사지가 작은 흙먼지를 일으키며 부수어지자 두 경라 기사는 서로 얼굴을 마주 본 채 쓴웃음을 지었다.

"나 원, 간 떨어지는 줄 알았네."

그렇게 중얼거리자 시민들에게 주의 권고 등을 하던 경라 기사는 주변을 둘러보며 안전하다고 선언했다.

그 말을 들은 구경꾼들은 저마다 소문으로 들은 이야기를 떠들어대며 한 사람 두 사람, 해산하기 시작했다.

'역시 몸이 흙과 식물로 되어 있군……. 햇빛 아래서 보니 좀비

라기보다는 사령술로 만든 골렘에 가까운 것 같다만.'

드문드문 흘러나가는 사람들의 무리 속에서, 미라는 꼼짝도 않고 턱 끝에 손가락을 가져다댄 채 그 요상한 좀비를 관찰했다.

사령술. 그것은 인공적으로 영혼을 만들어내, 죽은 자의 육체나 무기물에 불어넣는 술법이다. 이 술법으로 되살아난 죽은 자는 일시적이기는 하나 산 자였을 적에 지녔던 능력을 발휘할 수 있다. 더불어 불사 계열 마물과는 달리 온전한 영혼을 지닌 탓에 햇볕을 쬐도 문제는 없었다. 그리고 그것은 무기물에 영혼을 불어넣은 골렘도 마찬가지였다.

'그나저나, 햇볕을 피하는 경향이 있다고 들었는데. 그것과는 다른 것인가?'

비슷하기는 했으나 명백한 상이점이 있었다. 무엇보다도 이 좀비의 토대를 이루고 있는 것은 사람의 뼈였다. 굳이 말하자면 스켈레톤을 골렘으로 뒤덮은 듯한 상태였다. 그러한 술법이 과연 있기는 할는지.

설령 있다 한들 태양을 싫어한다는 행동은 사령술의 근본을 부정하는 것이었다.

미라가 그런 생각을 하는 동안, 다른 경라 기사가 커다란 상자를 가져왔다.

경라 기사들은 조각난 좀비의 잔해를 모아서 상자에 담기 시작했다.

"뭐야, 이건. 반지인가? 이상한 저주라도 걸려 있는 건 아니겠지……?"

잔해 속에서 반지를 주워든 경라 기사 중 한 사람은 얼굴을 찌푸리며 중얼거리더니, 그 반지를 내팽개치다시피 상자에 던져 넣었다.

그 모습을 곁눈질하고 있자니 미라는 문득 친구의 얼굴이 떠올랐다.

'지하묘지에 소울하울이 있다면, 그 녀석은 이 일과 관련이 있을까.'

괴짜이기는 하지만 사령술에 관한 지식과 실력에 있어서는 따를 자가 없었다. 미라는 어찌된 일인지 알지도 모르니 만나면 물어보자고 마음속에 새겨두었다.

좀비를 상자에 담는 작업이 끝나자 경라 기사들이 철수하기 시작했다. 그것을 무심하게 배웅한 미라는 또 다른 가게나 둘러보러 갈까 하고 대로를 향해 걸음을 옮겼다.

주변에 있던 구경꾼들도 거의 해산하여 온화한 정적이 돌아온 상태였다.

"어라?! 아무것도 없잖아!"

그때, 얼빠진 목소리가 울려 퍼져 정적을 어지럽혔다. 목소리의 주인은 검고 긴 머리카락을 나부끼며 힘차게 달려온 엘프 여성이었다. 다정해 보이는 표정에 다소 처진 눈, 흰색과 녹색으로 된 경갑을 걸치고 가느다란 검을 차고 있었다.

그녀는 멈춰 서자마자 무언가를 찾는 것인지 두리번두리번 주변을 둘러보기 시작했다.

그 모습을 통해 어디서 좀비가 나타났다는 소문이라도 듣고 찾아온 구경꾼이리라 생각한 미라는 여성의 옆얼굴만 흘끔 살피고는 그 옆을 지나쳤다.

그러던 중 마침 고개를 돌린 여성의 눈에 미라의 모습이 비쳤다.

"아, 잠깐 뭣 좀 물어봐도 될까? 이 근처에 좀비가 나타났다는 이야기를 들었는데, 어떻게 됐는지 아니?"

엘프 여성은 그렇게 물으며 종종걸음으로 다가와서는 눈높이를 맞추려는 듯 앞으로 상체를 굽혀 미라의 얼굴을 들여다보았다. 여성은 다정한 미소를 짓고 있기는 했으나 그 검은 눈동자에는 어쩐지 불안한 빛이 서려 있었다.

"방금 전에 경라 기사인지 뭔지 하는 자들이 치우고 갔다만."

미라는 과정을 건너뛰고 결과만을 전달하고는 살며시 시선을 떼어 경라 기사들이 돌아간 방면으로 고개를 돌렸다.

"아, 그래? 요컨대 해결됐다는 뜻이지? 다행이다~. 고마워~."

엘프 여성은 미라의 말을 듣고 안심했는지 표정을 풀더니 감사 인사를 하고서 좀비가 기대어 있던 민가의 문을 두드렸다.

좀비의 잔해는 말끔하게 치워져, 이제 막 온 자들은 그곳에 있었으리라고는 생각도 못할 정도였다.

어쩔 셈인지 신경이 쓰여 미라는 상황을 살피기 위해 조금 가까이 다가갔다.

민가에서 나온 것은 소박하고 얌전해 보이는 여성이었다.

"아, 에메라 씨. 어쩐 일이세요?"

여성은 담담한 말투로 말하더니 어쩐지 맹한 표정으로 고개를 살며시 갸웃했다. 잠이 덜 깬 것인지, 어쩐지 마음이 딴 곳에 가 있는 듯한 여성의 모습을 본 미라는 가슴이 술렁이는 것을 느꼈다.

"이 근처에 좀비가 나왔다기에 걱정이 돼서. 괜찮았어?"

에메라라고 불린 엘프 여성은 어지간히 걱정을 했던 것인지, 상대 여성의 손을 꼭 쥐며 물었다.

'이 근처라기보다는, 그 발치에 있었는데 말이지.'

에메라의 말에 미라는 마음속으로 딴죽을 걸었다.

"그랬어? 몰랐는데."

여성은 남의 일이라는 투로 대답했다. 좀비가 나왔다는 소리를 듣고서도 표정이 덤덤한 것이 딱히 신경이 안 쓰이는 듯한 눈치였다.

"그래? 그럼 별일 아니었구나. 다행이야. 아, 혹시 무슨 일 생기면 말해."

"응, 고마워."

그리고 두 사람은 또 봐, 하고 가벼운 인사를 주고받고는 문을 닫았다.

문에서 떨어져 몸을 돌린 에메라는 몹시 안도한 듯한 표정이었다. 조금 전에 보였던 그 여성을 상당히 걱정했던 모양이었다.

그러다 문득 눈이 마주쳤다. 에메라가 부드럽게 빙긋 미소 짓자 미라는 상대의 발치를 가리키며 말했다.

"거기가, 좀비가 널브러져 있던 곳이다."

"흐꺄아!"

미라가 지적하자 에메라는 매우 유쾌한 비명을 지르며 펄쩍 뛰어 물러나더니 조심조심 원래 있던 장소를 돌아보았다.

"그 집에 사는 자와 아는 사이였나."

미라가 의미심장한 미소를 지은 채 시선으로만 조금 전의 민가를 가리키며 말하자 에메라는 다소 뺨을 부풀리며 고개를 끄덕였다.

"응. 그 아이의 결혼 상대가 내가 소속되어 있는 길드 멤버였거든. 그 인연으로 몇 번 만나다 친구가 됐어."

"멤버'였다'라. 그렇다면 지금은 아니라는 소리로군."

목소리 톤이 다소 떨어진 것을 알아챈 미라는 흥미와는 다른 감정을 실어 물었다.

에메라는 천천히 친구의 집을 올려다보다 문득 시선을 내리깔며 고개를 끄덕이더니 다시금 부드러운 미소를 지어 보였다.

"응. 우리 길드는 모험가 가업이 메인이라, 정기적으로 이 도시에서 저 도시로 이동하고 있거든. 안정적인 생활과는 거리가 멀다고 할 수 있지."

"확실히, 그렇겠군."

결혼을 한 이상은 아내와 언젠가 태어날 아이를 위해서라도 탄탄한 기반이 필요할 터. 모험가라는 것은 그 점에 있어 예술가보다도 불안정한 직업이었다. 보수도 보수이거니와 생명의 위험까지 따르는 일이니.

"그래서 그는, 그게, 토마스 군이라고 하는데. 토마스 군은 이 도시의 조합 직원 채용 시험을 쳤어. 그리고 결과적으로, 길드에서의 활약상이 높은 평가를 받아 무사히 채용됐지. 조합 직원으로 취업했으니 앞으로는 행복하게 사는 일만 남은 참이었는데…….”

거기까지 말한 에메라는 갑자기 표정을 흐리더니, 친구의 집을 흘끔 쳐다본 채 입을 다물었다.

“무슨 일이, 있었던 모양이로군.”

에메라의 표정을 살피던 미라의 뇌리에 조금 전 아주 잠시 고개를 내밀었던 여성의 표정이 떠올랐다. 결혼한 자로는 보이지 않을 정도로 그늘이 져 있어 행복한 낌새라고는 찾아볼 수가 없는 얼굴이었다.

“한 달 정도 전이었을까. 던전 결계 장치를 점검한다고 나간 뒤로 돌아오지 않았어. 수색대도 파견되었지만 발견되지 않았지. 우리 길드도 여러모로 손을 써봤지만…… 단서 하나 찾지 못했어.”

애달픈 심정을 토해내는 것만 같은 에메라의 말은, 도움이 되어 주지 못한 자신을 탓하는 참회처럼 들리기도 했다.

척 보아도 알 수 있을 정도로 의기소침해졌던 에메라는 갑자기 고개를 들며 표정을 바꾸었다.

“아, 어두운 얘기해서 미안해. 하지만 괜찮아! 토마스 군은 가끔씩 무언가에 푹 빠지면 갑자기 모습을 감추기도 했거든. 분명 조만간 훌쩍 돌아올 거야!”

에메라는 미라를 향해 밝게 웃어 보였다. 하지만 그 말은, 굳이 말하자면 자기 자신을 설득하는 말처럼 들렸다.

“그럼, 또 보자.”

에메라는 끝으로 그 말을 남기고는 씩씩하게 떠나갔다.

‘상당히 표정이 휙휙 바뀌는 아이였군.’

에메라의 뒷모습을 배웅하던 미라의 머릿속에 그러한 감상이 떠올랐다. 그녀의 모습이 사라지자 미라는 다소 침통한 표정으로 시선을 옆으로 옮겼다.

그곳에는 에메라의 친구라는 여성의 집이 있었다. 신혼 생활로 깨가 쏟아져야 했을 그 집은 쨍쨍 내리쬐는 햇볕 속에 있음에도, 당장에라도 곡소리가 들려올 듯 보였다.

4

술사조합에서 등록 수속을 밟은 다음 날 아침. 미라는 상체를 훤히 드러낸 채 침대 위에서 시행착오를 반복하고 있었다. 브래지어를 처음 찼을 때는 시녀인 릴리가 도와줬던지라 차는 방법을 제대로 알지 못했다. 그렇다, 미라는 지금껏 노브라로 지냈던 것이다.

그렇게 얼마간 악전고투를 이어가던 그녀는 퍼뜩 정신이 들어 말했다.

“역시, 모르겠군…….”

쓸려서 아파질 것이라는 협박이나 다름없는 시녀의 말이 떠오른 것이 계기가 되어 시작한 일이었으나, 미라는 이루 말할 수 없는 자기혐오를 견디지 못하고 침대 위에 브래지어를 내팽개치고는 민소매 옷에 머리를 집어넣었다.

이날 아침은 그리 늦지 않은 시간에 깨어난지라 미라는 갈렛과 함께 아침 식사를 하기로 했다. 카라낙 요새에서의 용건은 마친 모양이었으나 소포를 끌어안고 있는 것으로 보아 갈렛은 또 다른 일로 나가려는 모양이었다.

미라는 바나나오레를 홀짝홀짝 마시며 목적지에 관한 기억을 되짚어보고 있었다.

통칭 지하묘지라 불리는 던전, 고대신전 네뷸러폴리스. 여섯 개의 층으로 구축되어 있으며 통칭대로 계속해서 밑으로 내려가는 타입의 던전이었다.

높다란 바위산을 통째로 깎아 건조한 신전에는, 마찬가지로 깎아 만든 신상이 좌우에 몇 개나 늘어서 있어 장관을 이루고 있었다. 마물만 없었다면 관광 명소로 번성했을지도 모른다.

그리고 묘지라는 이름이 말해주듯, 던전 안은 불사 계열의 마물로 넘쳐났다. 그런 탓에 미라가 찾고 있는 인물인 아홉 현자의 일원, 불사 소녀 애호가인 소울하울이 잠복하고 있을 가능성이 높았다.

바나나오레를 다 마신 미라는 한숨 돌리고 나서 코트를 걸치고는 씩씩하게 아침거리로 나섰다.

술사조합에 도착한 미라는 면식이 있는 접수 담당자 앞으로 달려갔다. 어제 그녀를 안내해주었던 유리카가 부지런히 서류를 정리하고 있었다. 아직 얼굴을 익힌 정도의 관계이기는 하지만 전혀 모르는 자보다는 말을 붙이기가 쉬웠다.

"잠시 실례하지."

"네. 잠시만 기다려주세요."

말을 붙이자 유리카는 정리하던 서류를 옆으로 치우고서 고개를 들었다. 그러고는 미라의 모습을 확인하자마자 두 눈이 휘둥그레져 말했다.

"으아! 아아, 미라 씨! 안녕하세요! 저기, 모험가증 발급 받으러 오신 거죠?"

아주 잠시 당황하기는 했으나 금세 냉정함을 되찾은 유리카는 미라가 온 목적을 즉시 알아챘다.

"음, 다 되었나?"

"네, 다 됐습니다. 잠시만 기다려주십시오."

유리카는 그렇게 말하며 자리에서 일어나 접수대 뒤쪽에 자리한 선반에서 파일을 꺼내서 돌아왔다.

"여기 있습니다. 확인해주십시오."

그녀는 한 장의 카드를 미라 앞으로 내밀었다. 거기에는 이름과 클래스, 그리고 랭크가 적혀 있었다.

이름은 미라, 클래스는 소환술사, 추천장의 덕에 처음부터 C랭크였다.

"문제없군."

"그럼 미라 씨는 C랭크이시니, 여기 있는 조자(操者)의 팔찌를 대여하실 수 있습니다. 이용하시겠어요?"

유리카는 선반을 열어 심플한 디자인의 팔찌를 집어 접수대에 올려놓았다.

조자의 팔찌. 낯설기 그지없는 이름이었다. 하지만 접수대에 놓인 그 팔찌를 미라는 알고 있었다.

"흠, 혹시 이걸 말하는 건가?"

미라는 그렇게 말하며 왼쪽 소매를 걷어 올려 가녀리고도 하얀 손목에 채워진 팔찌를 보여주었다. 그 순간, 유리카는 어안이 벙벙해졌는지 침묵했으나 금세 정신을 가다듬고서 수긍했다.

"네, 맞습니다. 이미 가지고 계셨군요."

"음."

유리카는 미라가 영웅의 제자라는 사실을 떠올리고는 이내 납득하여 냉정함을 유지했다. 그 정도 인물쯤 되면 개인적으로 소유하고 있어도 이상할 것이 없다고 생각하며.

조자의 팔찌란 플레이어가 지닌 조작 단말의 복제품으로, 사용할 수 있는 기능은 아이템 박스로 한정되어 있었다. 그럼에도 기능대전에조차 실리지 않은 비전(祕傳)이 사용된 탓에 제작비가 비싸, 개인적으로 소유하고 있는 자는 드물었다.

하지만 그 편리성은 이루 헤아릴 수 없을 정도라 활약이 기대되는 상급 모험가, 요컨대 C랭크 이상에게 월 정액제로 조합에서 대여하고 있었던 것이다.

"역시 덤블프 님의……. 이제 아주 그렇게 생각하고 마음의 대비를 해두는 게 좋을 것 같네요."

유리카는 여전히 다소 긴장한 채 미라가 영웅의 제자라는 사실을 염두에 두고 더욱 단단히 마음의 대비를 할 필요가 있겠다고 스스로를 타일렀다.

그녀는 마음을 다잡고 파일을 펼쳐 한 장의 종이를 꺼내 미라에게 건넸다.

"여기에는 술사조합 소속에 관한 요점이 적혀 있습니다. 의뢰에는 각각 랭크가 설정되어 있으며, 랭크 이상의 의뢰는 수주할 수 없습니다. 랭크가 높은 분이 받은 의뢰에 참가할 수는 있습니다만, 그럴 경우에는 상응하는 각오가 필요할 겁니다. 또한 각지에 있는 던전에도 랭크에 따른 제한이 있습니다. 가까운 도시에 있는 조합이 결계로 관리하고 있으니 들어가실 때에는 조합에 신고해 주십시오. 결계를 해제하는 통행증을 발행해 드릴 겁니다. 이를 위반하면 불이익이 발생하니 주의해주세요. 여기까지의 내용 중 질문하실 게 있으신가요?"

"신고가 필요한 겐가."

미라가 곧 향할 목적지는 던전이었다. 방금 들은 바에 따르면 신고를 하지 않으면 불이익이 주어진다는 모양이었다.

"잠시 후에 지하묘지…… 고대신전 네뷸러폴리스로 들어가려 한다만, 허가는 어떻게 해야 받을 수 있지?"

"느닷없이요?! ……아, 던전 관리는 입구에서 봤을 때 제일 우측에 있는 접수대에서 하고 있으니 그쪽에서 허가를 받아주세요."

"그렇군."

미라는 다소 상체를 젖히고 고개를 빼꼼 내밀어 오른쪽 끝에 자리한 접수대를 확인했다. 조합의 중앙 부근에는 사람이 많았지만 오른쪽 끝에는 그렇게까지 많지 않았다.

"마지막으로 조합 시설 이용에 관해 말씀드리자면, 기본적으로는 무료입니다. 음식과 소모품 등은 할인된 가격으로 제공하고 있습니다. 그리고 시설을 파손했을 시에는 수리비가 향후 보수에서 공제되므로 조심히 이용해주십시오."

말을 마친 유리카는 주머니에서 카드와 비슷한 크기의 가죽제 케이스를 끄집어냈다. 그것은 핑크색 바탕에 리본과 지팡이가 그려진, 귀여운 카드 케이스였다.

"이건, 제가 드리는 선물이에요. 모험가증을 넣는 데 사용해주세요."

"으……음. 고맙구나."

너무도 소녀 취향의 디자인인 탓에 당황하기는 했으나 만면의 미소를 띤 유리카의 선의를 무시할 수는 없다고 생각한 미라는 얌전히 고개를 끄덕였다. 미라가 승낙하자 유리카는 잽싸게 접수대에 비치된 접시에 올려져 있던 모험가증을 카드 케이스에 넣더니 미소를 지은 채 건네주었다.

미라는 쓴웃음을 지은 채 그것을 받아들었다.

"그리고 조합장께서 건네 드릴 것이 있다고 하셨습니다. 오늘 중에 준비하겠다고 하셨으니 내일 이후, 편하신 시간에 다시 방문해주십사 하셨습니다."

"건네줄 것이라니?"

"네. 무엇인지는 모르겠지만, 솔로몬 님이 지시하신 바라 들었습니다."

"그 녀석이……? 뭐어, 알겠다. 내일 이후에 오면 된다 이거로군."

"네, 모쪼록 부탁드립니다."

"알겠다."

조합장을 경유해 무엇을 건네주려는 것인지는 짐작도 되지 않았지만 지금은 솔로몬의 부탁으로 움직이고 있는 것이니 그와 관련된 것이리라고 예상해보았다.

"그럼 이로써 수속은 끝입니다. 그리고 미라 씨의 내력에 관해 알고 있는 것은 현재까지 저와 조합장뿐이니 무슨 일이 있으시면 제게 말씀해주십시오."

"기억해두지."

"그리고 말이죠……."

"뭐냐, 또 할 말이 남은 게야?"

유리카는 다소 말하기가 거북스러운 듯도 보였지만 기대감이 가득한 눈으로 미라를 바라보며 말했다.

"악수해주세요!"

힘껏 두 손을 내밀더니 그렇게 말하며 고개를 숙였다. 조금 전까지는 조합원으로서 업무를 수행하기 위한 업무용 표정을 짓고 있었다. 하지만 그것이 끝난 지금, 도저히 참을 수가 없어졌는지 사심을 있는 그대로 드러내고 만 것이다.

유리카는 집에 관련 상품이 넘쳐날 정도로 아홉 현자, 특히 덤블프의 열성 팬이었다.

장기 휴가를 받으면 실버호른까지 가서 휴가 기간 내내 은의 연탑을 올려다본 경험까지 있었다.

그런 그녀의 앞에 동경하던 영웅의 제자가 나타난 것이다. 그 결과, 유리카는 완전히 몹시 상기되어 있었다.

"이거면 되겠나……?"

미라가 기세에 밀려 손을 내밀자 상대는 그녀의 손을 두 손으로 살며시, 그러면서도 감촉을 똑똑히 기억에 새겨 넣으려는 듯 꽉 움켜쥐었다. 유리카의 눈에는 어렴풋이 눈물까지 떠올라 있었다.

"감사합니다. 앞으로 이 손은 절대로 안 씻을게요!"

"아니, 씻는 게 좋을 텐데."

유리카가 열광적인 덤블프 팬이라는 사실을 모르는 미라는 다소 식겁하여 답했다. 하지만 잘은 모르겠지만 기뻐하니 됐다고 생각했다.

"그럼 좋은 모험가 라이프가 되시기를. 이용해주셔서 감사합니다!"

발랄한 유리카의 배웅을 받으며 접수처를 벗어난 미라는 곧장 고대신전으로 들어가기 위한 허가를 받기 위해 오른쪽 끝 접수대로 향했다.

"고대신전 출입 허가를 신청하고 싶다만, 여기가 맞나?"

접수대에 도착 후, 던전 허가 접수라 적힌 안내표를 보며 대뜸 그렇게 물었다.

"네, 이곳에서 접수하고 있답니다."

어디서 들어본 목소리다 싶어 미라는 고개를 들었다.

그곳에는 유리카가 있었다.

고대신전 네뷸러폴리스로 가겠다고 한 미라의 말을 듣고서는 본래 이곳에서 접수 업무를 보던 여성에게 부탁하여 일시적으로 교대를 한 듯 보였다.

어째서 여기 있는 것인가 싶어 미라는 다소 어이가 없어졌지만, 유리카의 안내에 따라 고대신전에 들어가기 위한 수속을 시작했다.

수속을 마치고 수수료로 천 리프를 지불한 미라는 잔뜩 신이 난 유리카에게서 고대신전 출입 허가증을 건네받았다. 그것은 도형이 그려진 카드였다.

발급과 동시에 설명이 이어졌다.

우선 던전 입구에 있는 결계석에 카드를 터치하여 결계를 해제하면 들어갈 수 있게 된다. 카드를 떼고 10초가 지나면 결계는 부활한다.

카드는 한 번밖에 사용할 수 없으며 다시 안에 들어가기 위해서는 다시 한 번 수속을 밟아야만 한다.

하지만 카드는 조합에서 특별한 처리를 하면 다시 이용이 가능해서 버리지 말고 조합으로 가져와줬으면 한다.

던전에서 나올 때는 사용하지 않아도 그대로 결계를 빠져나올 수 있다는 모양이었다.

"다시 한 번 당부 말씀을 드리자면, 현재 고대신전 출입 허가증이 부족한 상황이니 가능하면 재활용에 협조해주십시오."

유리카는 대강 설명을 마친 뒤에 그렇게 덧붙여 말하며 입구 부근에 비치된 재활용 상자를 가리켰다.

미라는 그러한 안내 한마디 한마디에 맞장구를 쳐주고, 마지막으로 다시 한 번 악수를 나누고서 조합을 뒤로했다.

술사조합을 나선 미라는 모처럼 얻은 것이니 고대신전 출입 허가증도 넣어버리자는 생각에 파우치에서 카드 케이스를 끄집어냈다. 디자인이 너무도 소녀 취향이기는 했으나 확실히 편리하기는 했다.

그렇게 미라가 케이스를 연 순간이었다. 갑자기 전사조합의 문이 세차게 열리더니 안에서 한 소년이 뛰쳐나왔다. 무슨 일이 있었는지 소년의 눈에는 눈물이 그렁그렁했고, 슬픔으로 물든 얼굴을 땅바닥으로 향한 채 미라가 있는 쪽으로 달려왔다.

"흐악!"

"우와악!"

앞을 보지 않고 달리던 소년은 그대로 미라의 등으로 돌진했다. 카드 케이스에 허가증을 넣고 있던 미라는 갑작스러운 충격에 케이스를 떨어뜨리기는 했지만 간신히 넘어지지 않고 버텼다.

"대체 뭐냐!"

미라는 반사적으로 자신에게 부딪힌 상대를 노려보았다. 그러자 땅바닥에 엎어진 채 몸을 웅크리고 있는 소년의 모습이 눈에 들어왔다. 그 모습을 본 순간, 분노가 급속하게 식은 미라는 그대로 소년에게 다가가 보듬어 안 듯 두 손을 둘러 몸을 일으켜 주었다.

"괜찮으냐, 꼬마. 다친 데는 없고?"

미라는 세심하게 소년의 몸에 묻은 먼지를 털어줌과 동시에 상태를 살피며 다정한 말투로 물었다.

원래는 장난꾸러기처럼 생겼을 것으로 보이는 소년은 슬픔과 당혹감이 가득한 얼굴로 미라를 바라보았다.

미라는 그런 소년에게 부드러운 미소를 건네며 코트 소매로 소년의 붉어진 눈에 걸린 눈물을 훔쳐주었다.

"네. 부딪혀서 죄송해요."

소년은 당황한 투로 고개를 꾸벅 숙였다. 미라는 기특한 아이다 싶어 감탄하며 "괜찮다" 하고 머리를 쓰다듬어주었다.

"너도 다친 데 없니?"

머리 위에서 목소리가 들려와 미라는 고개를 들었다. 그러자 검은 머리와 검은 눈동자를 지닌 엘프 여성의 모습이 눈에 들어왔다.

"음, 그대는?"

"아, 어제 봤던."

그 여성은 어제 좀비 소동 현장에서 만났던 그 엘프 여성이었다.

소년은 엘프 여성을 흘끗 쳐다보기는 했으나 금세 시선을 떨구더니 몸을 떨었다.

"흠, 이 꼬마의 눈은 넘어져 울어서 이렇게 된 건 아닌 듯하군. 그대는 뭔가 알고 있는가?"

단순히 넘어져서 우는 것이었다면 미라는 소년에게 애플오레라도 건네서 돌려보냈을 것이다. 하지만 소년의 눈가는 울다 부은 것처럼 새빨개져 있었다. 그것이 몹시 신경 쓰여서 미라는 그 이유를 물었다.

"그게 있지…… 아, 그러고 보니 자기소개를 아직 안 했네. 나는 에메라야."

"이 몸은, 미라다."

미라는 짧게 자기소개를 하고서 "자, 남자가 돼서 울면 쓰나" 하고 다시 흐르기 시작한 소년의 눈물을 소맷부리로 닦아주었다.

에메라는 그 모습을 보고 살며시 미소를 지었다.

"그게, 사정을 말하자면 나 때문은 아니……라고는 못하겠지만, 하지만 별수 없는 일이야."

"호오, 어떠한 사정이기에?"

"아으, 무모한 부탁을 거절한 것뿐이야아."

다소 노기가 섞인 미라의 목소리에 에메라는 허둥지둥 그렇게 대답하고는 그대로 이어서 설명을 했다.

"그게, 그러니까, 그 애는 C랭크 던전에 들어가고 싶대. 조합에 소속되어 있으면 랭크에 상응하는 던전 출입 허가증을 발행해준다는 건 아니? 나는 C랭크니 C랭크 던전까지 들어갈 수 있어. 그래서 부탁을 받았는데, 그렇게 위험한 곳에 데려갈 수는 없다고 거절했어."

"흐음, 그러했군."

그러한 사정이라면 별수 없다는 생각에 미라는 표정을 풀었다.

가시 돋친 분위기가 사라졌음을 알아챈 에메라는 후우, 하고 가슴을 쓸어내리며 증거라는 듯 자신의 모험가증을 꺼내 보여주었다. 거기에는 분명 C랭크라 적혀 있었고 겉모습을 통해 짐작한 바와 같이 클래스는 검사라는 사실 역시 확인할 수 있었다.

"확실히 C랭크로군. 아아, 그렇지. 실은 이 몸도 방금 막 조합에 등록했다."

"어머, 신입이었구나."

미라 역시 갓 만든 모험가증을 보여주려다가 그제야 직전에 무슨 일이 있었는지 생각이 났다.

"어이쿠, 조금 전에 부딪쳤을 때 떨어뜨린 것 같군."

미라는 그렇게 중얼거리더니 발치를 중심으로 주변을 둘러보았다. 소년 역시 그 흉내를 내듯 발치를 쳐다보았다.

"아, 죄송해요. 저 때문에."

소년이 재빨리 떨어져 있던 카드 케이스를 발견해 주워 들었다. 그리고 열린 카드 케이스에 꽂혀 있던 던전 출입 허가증을 보고는 눈빛을 빛내며 말했다.

"누나! 누나, 네뷸러폴리스에 갈 거예요?!"

소년은 제 손으로 눈물을 닦으며 기대로 가득한 얼굴로 미라를 쳐다보았다.

"음, 그렇다만."

무슨 심경의 변화가 있었던 것인지는 모르겠지만 울음을 그쳐 주었으니 됐다는 생각에 미라는 안심하며 고개를 끄덕였다.

"엑…… 말도 안 돼! 신입이랬잖아? 등록 직후면 G랭크일 텐데."

에메라는 소년보다 훨씬 더 놀란 눈치였다. 그럴 만도 했다. 등록하자마자 C랭크가 되었다는 이야기는 들어본 적이 없었기 때문이다. 물론 에메라는 추천장이 있으면 초기 랭크를 올릴 수 있다는 사실을 알았다. 하지만 그렇다 해도 E랭크가 한계라는 것이 일반적으로 알려진 상식이었다.

조합에 등록된 모험가는 활약에 따라 랭크가 오른다. 실력을 인정받으면 F랭크, E랭크, 그런 식으로 올라가는 것이 일반적이었다. 거기서 더욱 경험을 쌓아 일류로 인정받은 자들만이 상급 모험가의 증표인 C랭크로 승급할 수 있는 것이다. 하지만 이 소녀는 등록하자마자 중급마저도 뛰어넘어 상급이 되었다고 한다.

대체 어떻게 된 일인가 싶어 에메라는 코를 박을 기세로 소년이 들고 있는 카드 케이스를 들여다보았다. 그곳에는 미라의 모험가증 말고도 고대신전 네뷸러폴리스 통행증까지 들어 있었다.

"어떻게 된 거지……? 신입인데……. 어라~?"

에메라는 혼란스러운 눈치로 미라의 모험가증을 응시했다. 하지만 수작을 부려 랭크 표기를 위조한다 해도 정보는 조합에서 관리하고 있으므로 던전 출입 허가증을 발행할 때는 속일 수가 없을 것이다.

"고대신전 통행 허가증도…… 진짜 맞네."

에메라는 무심결에 그렇게 중얼거렸다. 그 말을 들은 소년은 더더욱 눈빛을 빛내며 미라에게 깊숙이 고개를 숙였다.

"누나, 부탁드릴게요. 저를 네뷸러폴리스로 데려가주세요!"

너무도 필사적인 부탁이었다. 소년은 계속해서 고개를 숙인 채 몇 번이나 "제발요"라는 말을 반복했다.

고대신전 네뷸러폴리스. 던전인 그곳에 가려면 조합에 등록하여 C랭크 이상의 자격을 취득해야만 한다. 에메라의 말대로 랭크에 상응하는 위험이 따르는 장소이기 때문이다.

그런 만큼 미라는 소년이 어째서 그렇게까지 고대신전에 가고 싶어 하는 것인지가 신경 쓰였다. 눈물을 흘린 이유가 거기에 있다면 들어주고 싶다는 생각이 들기 시작했다.

"흠, 사정을 말해보거라."

미라가 그렇게 말하자 소년은 그제야 고개를 들었다. 불안함과 기대가 뒤섞인 듯한 표정이었으나 소년은 기대를 담아 힘껏 고개를 끄덕였다.

"네뷸러폴리스 제일 안쪽에 죽은 사람과 이야기할 수 있는 거울이 있다고 들었어요. 그곳에 데려다주셨으면 해요!"

"죽은 사람과 대화할 수 있는 거울이라……. 암승(暗丞)의 거울 말이로군. 해서, 누구를 만나고 싶은 게냐?"

"아빠랑 엄마를 만나고 싶어요. 제 아빠와 엄마는 모험가였어요. 하지만 요전에 조합 사람이 와서 지금까지 계속 행방불명 상태였던 엄마와 아빠가 죽어버렸다고 해서."

미라는 가만히 눈물이 그렁그렁해져서 코를 훌쩍이며 이야기하는 소년의 말에 귀를 기울이며 살며시 머리를 쓰다듬어주었다. 그러고는 자세한 사정을 알 법한 에메라에게 시선을 던져 보았다.

"있지, 조합 규칙에 의뢰수행 중에 소식불통 상태로 소재를 알 수 없게 됐을 경우, 의뢰 접수일로부터 5년이 지나면 수행 중 사망한 걸로 처리 돼."

에메라는 말하기 거북한 눈치였으나 그렇게 보충설명을 해주었다.

대략 일주일 전부터 전사조합에 얼굴을 내밀어 거기에 있는 모험가들에게 부탁을 하고 다녔다는 소년. 전사조합에 소속된 에메라도 몇 번인가 그 모습을 본 적이 있었고, 소년이 그러고 있는 이유도 당연히 전해들은 적이 있는 모양이었다.

"과연. 그렇게 된 겐가."

두 번 다시 못 만난다는 소리를 들으면 만나고 싶어지기 마련이다.

감정이 지나치게 고조된 탓인지 소년은 눈물이 그렁그렁해져서 고개를 푹 숙여버렸다. 그 부탁에 담긴 사정을 납득한 미라는 소녀의 머리에 살며시 손바닥을 얹으며 말했다.

"신기한 우연도 다 있군. 이 몸도 그리로 갈 예정이었다. 가는 김에 데려다주기로 할까."

미라는 소년을 안심시키려는 듯 얼굴을 들여다보며 미소를 지어주고는 눈을 똑바로 쳐다보며 다정한 말투로 말을 건넸다.

소년은 계속 부탁을 거절당해온지라 미라의 말을 이해하는 데 다소 시간이 걸렸다. 하지만 그 말은 천천히 번져 나가 소년의 마음을 울렸다.

"고, 고맙습니다! 저는, 타쿠토라고 해요!"

이해한 순간, 소년 타쿠토는 눈물을 흘리면서도 어린애다운, 그늘 없는 미소로 그렇게 말하며 다시금 고개를 숙였다.

〈5〉

죽은 부모를 만나기 위해 죽은 자와 대화할 수 있다고 하는 거울이 있는 고대신전으로 가고 싶어 하는 타쿠토.

그 부탁을 들어주기로 한 미라는 쇠뿔도 단김에 빼라는 격언에 따르려는 듯 타쿠토의 손을 잡고 걸음을 떼었다.

하지만 그것을 맹렬하게 반대하는 자가 한 명 있었다.

"자, 잠깐 있어봐~! 설마 둘이서만 갈 셈이야?!"

그 자리에 있던 에메라가 두 사람의 앞으로 돌아들어 길을 가로막았다.

"음, 그럴 셈이다만."

미라가 즉답하자 에메라는 어이가 없다는 표정으로 할 말을 잃었다가, 간신히 정신을 차리고는 말을 이었다.

"전투 경험도 없는 애를 C랭크에 데려가겠다니, 아무리 봐도 무모하잖아!"

던전은 조합에서 랭크별로 관리하고 있었다. C랭크 이상의 모험가가 상급으로 분류되듯, 던전의 난이도 역시 그와 같이 분류되고 있었다. 특히나 D랭크와 C랭크 사이에는 커다란 벽이 있었다. C랭크 이상의 던전으로 넘어가면 위험도가 껑충 치솟는 것이다.

그 사실을 잘 알고 있는 에메라의 반응은 당연한 것이었고, 그 판단에 이의를 제기할 자는 조합에 아무도 없으리라.

그렇기에 타쿠토는 전사조합에서 계속해서 퇴짜를 맞았던 것이다. 고대신전은 자기방어조차 못하는 자를 데려갈 만한 장소가 아니기 때문이었다.

"이 몸이 지켜주면 그만 아니냐."

하지만 그러한 사정은 아랑곳 하지 않고 미라는 그렇게 단언했다. 호위 대상이 있는 상태로 5층까지의 여정을 대강 상상해본 미라는 자신이 지닌 기술로 충분히 대처가 가능하리라고 결론을 내린 것이다.

"어째서, 그렇게 간단히……."

너무도 자신만만한 미라의 발언에 에메라는 당황했다. 하지만 미라에게서는 베테랑 전사라도 보는 듯한 기백이 느껴지기도 했다.

술사의 실력은 겉모습으로는 가늠할 수 없다. 그것은 이 세계의 상식이었다. 하지만 술사로서의 실력이 상식의 범위에 속할 경우, 미라의 발언은 도저히 제정신인 사람의 것으로 볼 수가 없었다.

과신한 것인지, 진짜 실력자인 것인지. 에메라에게 있어 이제 막 조합에 등록을 마친 신입 모험가임에도 불구하고 C랭크인 미라는 완전히 종잡을 수가 없는 존재였다.

그 정도로 전대미문의 대우를 받았으니 상응하는 실력은 있을 것이다. 하지만 그렇다 쳐도 과신하고 있을 경우에 대한 우려도 내버릴 수가 없었다.

"그러면, 나도 갈래!"

결과, 에메라는 자연스럽게 그런 말을 내뱉었다. 고대신전을 대수롭지 않게 여기는 미라에게, 모험가로서 흥미가 동했다는 이유도 한몫 거들었다.

그 말을 들은 미라는 의견이 평행선을 이루는 것보다는 나으리라 판단하여 고개를 끄덕여 승낙했다.

에메라가 동행을 결심한 뒤, 세 사람은 면밀한 대화를 나누기 위해 카페를 찾았다. '카페 드 쇼콜라'라는 이름의, 코코아와 초콜릿 케이크가 일품인 가게였다.

"그래서 미리 물어두겠는데, 미라는 술사 맞지? 무슨 술사야?"

에메라는 우선 미라의 실력을 알기 위해 속을 떠보기로 했다. 목적지는 고대신전 네뷸러폴리스. '지하묘지'라는 통칭이 말해주듯 불사 계열 마물의 소굴이었다. 그런 장소의 특성상, 미라가 상급 성술사나 퇴마술사라면 적과의 상성이 좋으니 그 자신만만한 태도도 어찌어찌 납득할 수 있을 듯했다.

하지만 돌아온 답은 예상과 달랐다.

"소환술사다."

미라는 그렇게 간결하게 대답하고는 에메라가 사준 카페 드 쇼콜라의 간판 메뉴, 쇼콜라틱 오버로드를 입속에 넣었다. 지나치게 달지 않으면서도 달콤한 것을 좋아하는 이들의 탄성을 자아낼 만큼의 잠재력을 지닌 일품이었다. 크기도 상당하여 미라는 옆에 앉은 타쿠토와 나눠 먹고 있었다.

미라가 때때로 타쿠토의 입가에 묻은 크림을 테이블에 비치된 휴지로 닦아주고 있었다.

사이좋은 남매 같은 두 사람의 모습이 훈훈하게 느껴지기는 했으나, 에메라의 표정은 완전히 얼어붙어 있었다.

소환술사라 하면 일반적으로 거의 멸종 위기종으로 알려진 클래스였다. 난이도가 지나치게 높은 탓에 새로이 소환술사가 되려 하는 자가 거의 없다는 소문은 에메라도 들은 적이 있었다.

에메라의 기억 속에 있는 소환술사는 은의 연탑에서 일하는 엘리트들뿐인지라 비교 대상이 되지 않았다.

"저기, 잘 몰라서 그러는데…… 소환술사라는 거…… 강해?"

미라의 실력을 가늠해보려 했으나 더더욱 알 수 없게 되어버리는 바람에 에메라는 지극히 단순한 질문을 입에 담고 말았다.

그 말은 소환술에 심취한 미라의 긍지를 자극했다. 동시에 소환술의 탑의 엘더 대행인 크레오스의 말이 미라의 뇌리를 스쳤다. 소환술은 쇠퇴 중이라 했다. 하지만 명색이 상급으로 분류되는 C랭크의 모험가가 소환술사의 전투를 본 적도 없다는 듯한 발언을 할 정도라니.

소환술의 과소화(過疎化)가 이토록 심각하게 진행되었다는 말인가 싶어 미라는 하늘을 올려다보았다.

하지만 미라는 좌절하지 않았다. 좌절은커녕 소환술사의 위엄을 자신의 손으로 되찾고 말리라라 다시금 다짐했다.

"때가 되면 알게 될 게다."

미라는 의미심장한 말을 하며 미소 지었다. 그에 반해 에메라는 더더욱 불안해져 "때가 왔는데 못 이기면 몽땅 다 끝장인데"

라고 투덜댔다.

대강 의논을 마친 세 사람은 카페 드 쇼콜라를 뒤로 했다.

“그럼, 가보도록 할까.”

미라는 밝은 대낮의 햇볕 탓에 눈을 가늘게 뜨며 타쿠토의 손을 잡고서 고대신전이 있는 방향으로 걸음을 떼었다.

그러자 에메라의 표정이 다시금 얼어붙었다. 그리고 벌써 몇 번째 느끼는 것인지도 모를 고뇌에 머리를 싸쥐었다.

“잠깐, 잠깐! 목적지는 C랭크 던전이라고! 준비도 없이 갈 수 있을 리가 없잖아. 최소한 오늘 하루 동안은 준비를 해야지.”

에메라는 냉정함을 유지하고자 애를 쓰며 타이르는 투로 말했다. 그 반응 역시 상식의 범주에 속하는 것으로, 던전에 들어갈 때는 당연히 시간을 들여 꼼꼼히 준비를 해야만 했다. 상급 던전쯤 되면 준비에 일주일을 들이는 경우도 있다. 때문에 에메라는 설마 오늘 이대로 가자고 하리라고는 생각도 못했던 것이다.

“별수 없군. 그럼 내일 출발하기로 하지.”

오늘 중에 끝낼 예정이었던 미라는 귀찮다는 생각을 하면서도 그렇게 해서 납득을 해준다면 됐다고 생각하며 출발일을 내일로 연기했다.

그 후부터는 상급 모험가인 에메라가 자신의 진가를 발휘했다. 각종 점포를 돌아다니며 필요한 약품이며 도구를 갖추어 나갔다. 에메라는 만일의 사태에 대비해 고급 약품까지 구입했다. 여차하면 약과 도구를 몽땅 퍼부어서라도 지켜서 도망칠 각오였다.

그에 반해 미라로 말하자면 완전히 관광을 온 사람 같았다. 구입한 것이라고는 벌레 쫓는 약 정도였다.

타쿠토는 에메라에게 도구 사용법이며 약품의 종류를 배우고 있었다. 이 역시 만일의 사태를 위한 대비였다.

"미라, 정말 괜찮겠어?"

"괜찮다. 본래부터 고대신전에 갈 예정이었으니. 필요한 것들은 모두 이 안에 들었지."

미라는 그렇게 말하며 왼팔 소매를 걷었다. 거기에는 팔찌형 조종단말, 이 세계에서는 조자의 팔찌라 일컬어지는 물건이 있었다.

"그렇다면 다행이지만……."

에메라는 역시 납득이 안 가는지 불안함을 얼굴에 비치며 만약을 위해 약품과 도구를 넉넉하게 구입했다.

미라는 기분상 장단을 맞춰주기 위해 동행을 했던 것이다. 아무것도 사지 않는 이유를 묻기에 이미 준비를 다 해두었다고 말하기는 했지만, 실제로 미라의 아이템 박스에는 다종다양한 약품과 도구가 들어 있었으므로 아주 틀린 말은 아니었다.

소모품을 다 구입한 뒤, 세 사람은 에메라를 앞세워 이번에는 식량을 사러 시장으로 향했다.

대로 한구석, 식료품을 주로 다루는 점포가 늘어선 그곳을 에메라는 일직선으로 나아갔다.

"어머, 에메. 어서 오렴. 또 어디 가니?"

에메라가 간 곳은 단골 모험가용 식료품점이었다. 풍채 좋은 아줌마가 운영하는 곳으로 가게 앞에는 여러 가지 가공식품과 조미료가 진열되어 있었다.

아줌마가 상품을 진열하며 쾌활한 미소로 맞이하자 에메라의 표정도 자연스럽게 풀어졌다.

"네, 내일 고대신전에 가요."

"호호~. 거물을 노리는구나. 에메네 길드라면 걱정할 것 없겠지만, 조심해서 다녀오렴."

"네, 감사합니다."

에메라는 괜한 걱정을 끼치지 않도록 미라와 타쿠토를 데리고 간다는 소리는 하지 않기로 했다. 하지만 아줌마는 에메라를 따라온 두 사람을 흥미진진하다는 표정으로 번갈아 보며 말했다.

"얘들은 에메의 아이니?"

"아니에요!"

놀리는 듯한 표정으로 말하는 아줌마와 얼굴이 새빨개져서 부정하는 에메라. 미라는 홈드라마의 한 장면 같은 대화를 곁눈질하며 진열된 상품을 흥미진진하게 바라보았다.

좌우간 에메라는 그 가게에서 훈제한 고기와 냉동 건조한 채소, 과일 통조림을 대강 구입했다.

다음으로 향한 곳은 무구점이었다. 가게 내에는 금속제 무구가 즐비하여 몇몇 손님들이 직접 집어 들고 상태를 확인하고 있었다.

"그런데, 미라는 무기를 안 들고 다니는 것 같은데, 소환술사는 어떤 무기를 써?"

에메라는 미라가 조자의 팔찌를 하고 있기에 어쩌면 아이템 박스에 들어있을지도 모른다고 생각했다. 하지만 무기라는 것은 여차할 때를 위해 평소부터 휴대하고 다니는 것이 보통이었다. 에메라 역시 허리에 검을 차고 있었다.

"없다. 소환술 자체가 무기니 말이지."

"흐음, 그렇구나."

미라의 말도 틀리지는 않았지만 모든 소환술사가 다 그런 것은 아니었다. 대부분의 소환술사는 지팡이를 장비해 마나 최대치나 회복속도를 강화시키고는 했다. 미라는 일반적인 소환술사와는 실력이 동떨어져 있기도 하거니와 선술사가 세컨드 클래스이기도 했다. 선술사는 맨손 전투가 기본이며 지팡이를 들면 세컨드 클래스를 활용할 수 없게 되는지라 미라는 무기를 쓰지 않았다.

에메라는 그러한 사정이며 소환술사에 관해서는 전혀 모르는지라 그런 거구나, 하고 납득했다.

무구점에서는 주로 에메라의 장비 점검과 타쿠토가 걸칠 방어구를 마련했다.

참고로 요금은 모두 에메라가 댔다. 연장자의 능력을 보여줬다고 해야 할지. 어린이용 장비쯤은 무리 없이 마련할 수 있을 정도로는 금전적인 여유가 있는 모양이었다.

"후우, 이 정도면 되려나. 실은 좀 더 시간을 들여 준비하고 싶었는데."

겨우 채비를 마친 에메라는 광장에 세워진 커다란 진혼 석비를 둘러싼 석제 울타리에 앉았다. 해가 져서 어둑해진 가운데, 밝혀진 가로등 불빛이 일을 마치고 돌아가는 사람들의 길을 비추어주고 있었다.

"내일 일정 말인데, 아침 열 시에 조합 앞에서 보기로 할까?"

"음."

"네! 잘 부탁드릴게요!"

그렇게 말하며 미라는 에메라의 옆에 앉았고, 타쿠토는 두 사람 앞에 선 채 깊숙이 고개를 숙였다.

에메라의 마음속에는 아직도 불안감이 남아있었으나 그것도 곧 찾아갈 곳에서 어떻게든 해결될 예정이었다.

"그러면 시간도 늦었으니 오늘은 이만 끝내도록 할까. 미라와 타쿠토 군은 어디 살아?"

"조합 뒷골목에 있는 할아버지 집이요."

"이 몸은…… 뭐라고 했더라……."

그러고 보니 미라는 이제야 호텔 같은 여관의 이름을 물어보지 않았다는 사실이 생각났다. 덤으로 비슷한 이야기를 하다 미아가 됐을 때 하라는 말이 뇌리에 떠올랐다.

"분명, 도시 제일의 여관. 이었던 것 같다만."

미라는 손가락을 턱 끝에 가져다 대며 어물어물 대답했다.

그 말을 들은 에메라는 놀라움을 초월해 어이없기 그지없다는 표정으로 이마에 손을 짚었다. 타쿠토는 두 사람의 모습을 번갈아 보며 무슨 일인가 하고 고개를 갸웃했다.

"저기……구나."

에메라가 한숨 섞인 투로 말하며 시선을 보낸 곳에는 가로등 불빛으로 채색된 커다란 건물이 자리해 있었다. 휘황찬란하게 비쳐진 여관, '하등롱'은 낮과는 또 다른 화려함을 뽐내고 있었다.

"오오, 저기다. 이렇게 가까운 데 있었다니."

에멜라의 시선을 좇은 미라는, 분위기는 바뀌었지만 눈에 익은 여관을 발견하고는 고개를 끄덕였다.

"이제…… 난 안 놀랄 거야. 그래, 안 놀라고말고."

흔들리던 동공을 수습한 에메라는 천천히 자리에서 일어나 타쿠토의 손을 잡았다.

"그러면, 타쿠토 군은 내가 바래다줄 테니 미라는 곧장 돌아가. 알겠지?"

에메라는 얼굴을 바싹 들이대고서 미라의 눈을 똑바로 쳐다보며 아이를 타이르는 듯한 말투로 말했다.

"으……음. 이 몸도 배가 고파서 곧장 돌아갈 생각이다."

미라도 그렇게 말하며 일어나, 코앞까지 얼굴을 들이댄 에메라에게서 거리를 벌리기 위해 몸을 뒤로 뺐다. 아직은 갑자기 미인이 접근하면 동요를 감출 수가 없었다.

"그래, 그렇다니 안심이네. 그럼 내일 봐."

"그래, 내일 보자. 타쿠토도 내일 보자꾸나. 오늘은 푹 쉬거라."

"응, 누나 고마워요. 내일도 잘 부탁드립니다."

"음."

인사를 나누고 타쿠토의 미소에 고개를 끄덕여 답한 미라는 몸을 돌려 여관을 향해 걸음을 떼었다. 에메라는 금방은 움직이지 않고 미라가 '하등롱'으로 들어갈 때까지 가만히 배웅하고 나서야 타쿠토를 데리고 조합이 있는 방향으로 걷기 시작했다.

6

고대신전으로 가기로 약속한 다음 날 아침. 미라는 여관 식당에서 점심 식사용으로 부탁해두었던 런치박스를 받아서 나갔다.

하늘은 화창하게 개어 있어, 피크닉 가기에는 그만인 날씨였다. 다소 늦은 아침의 온화한 햇볕이 쏟아지는 가운데, 대로에는 장을 보러 온 주부며 무장을 한 모험가가 오가고 있었다.

오늘은 소환술의 진수를 보여주마고 굳게 다짐하며 미라는 길을 나아갔다.

집합 장소는 조합 앞으로 잡아두었던지라 그곳에 도착한 미라는 에메라와 타쿠토의 모습을 찾았다. 하지만 두 사람은 아직 오지 않은 듯했다.

가볍게 주변을 확인한 미라는 술사조합 앞에 있는 휴식용 의자에 앉았다.

"음, 무슨 일이지?"

한숨 돌리고 나서 문득 고개를 든 미라의 눈에 꾸물대는 사람들의 모습이 들어왔다. 조합 앞에 자리한 자그마한 광장에 무언가를 중심으로 이런저런 사람들이 뒤섞여 있었다.

또 좀비라도 나타난 겐가. 미라는 그렇게 생각했지만 가만히 들어보니 그 집단에서는 성원 같은, 새된 목소리가 드문드문 들려오기에 곧장 아니리라고 판단을 내렸다.

미라는 그 즉시 흥미를 잃고는 애플오레를 꺼내 멍하니 입에 댔다.

미라가 조합 앞에 도착한지로부터 대략 십 분이 지났다. 광장에 자리한 대형 시계가 열 시를 가리켰다. 약속시간이다. 하지만 아직도 두 사람의 모습은 보이지 않았다.

"늦는군. 지각이야."

투덜대며 주변을 돌아보던 미라의 시야에 여전히 떠들썩한 수수께끼의 집단이 비쳤다.

'아침 시장이나 길거리 공연이라도 하고 있는 겐가.'

마침 잘 됐다 싶어 시간이라도 죽일 겸 한번 볼까 하는 생각에 미라가 일어난 순간, 그 집단에서 낯익은 소년이 사람들을 헤치고 뛰쳐나왔다. 하지만 그러면서 누군가의 발에 걸려 고꾸라진 소년은 손에 들고 있던 동화(銅貨) 두 닢을 떨어뜨리는 바람에 굴러가는 동화를 쫓기 시작했다.

"뭐냐, 타쿠토. 와 있었던 게냐."

미라는 굴러오는 동화를 주워든 채 낯익은 소년, 타쿠토에게 말을 붙였다.

"아, 미라 누나. 안녕하세요!"

미라가 살며시 미소를 지으며 동화를 내밀자 타쿠토는 붙임성 좋은 미소를 지으며 "고맙습니다!" 하고 그것을 받았다.

"그대만 있을 리 없을 터. 에메라는 어디 있느냐."

"저기 있어요!"

타쿠토는 광장에 있는 집단을 가리켰다.

아무래도 자신보다 빨리 와서 시간을 죽이고 있었던 모양이구나, 하고 미라는 생각했다.

"에메라 누나~ 미라 누나 왔어요~!"

타쿠토는 집단을 향해 오도도도 달려가서는 큰 소리로 에메라를 불렀다.

얼마 지나지 않아 검은 머리의 엘프, 에메라가 인파를 헤치고 모습을 드러냈다.

"미라, 왔었구나. 왔다고 말이라도 좀 하지 그랬어."

미라는 그렇게 말한 에메라를 향해 어깨를 으쓱하고는 보란 듯이 한숨을 내쉬며 말했다.

"말도 안 되는 소리. 저런 사람들 무리 속에 있으리라고는 생각도 못 했다."

미라의 말에 에메라는 뒤를 돌아보았다. 그렇게 잠시 바라본 후에야 에메라는 서서히 당황한 눈치를 보이기 시작하더니, 쓴웃음을 지으며 미안하다는 듯 두 손을 마주치며 말을 받았다.

"미안! 사람이 저렇게 많이 모일 줄은 몰랐어."

에메라는 변명을 입에 담았다. 어째 말이 좀 이상한데, 싶어진 미라가 막 입을 열려던 순간이었다.

"그 애가 부단장이 말한 미라라는 아가씨야?"

그 목소리와 함께 에메라의 등 뒤에서 덩치가 큰 남자가 얼굴을 내밀었다. 그 남자는 둔탁한 은빛으로 빛나는 중후한 금속 갑옷을 두르고 심홍색을 띤 방울이 새겨진 토시를 하고 있었다. 등에 짊어진 금속제 대형 망치는 남자의 키만큼이나 길어서, 남자의 완력이 여느 사람들보다 뛰어나다는 사실을 말해주고 있었다. 그러면서도 사람 좋아 보이는 얼굴을 하고 있었으나, 짧고 단정하게 자른 붉은 머리와 입 주변에 난 다박수염은 야성적인 분위기를 더해주고 있었다.

그 말을 계기로 두 사람이 더 얼굴을 내밀었다.

"하욱, 무진장 귀여워~!"

에메라의 오른쪽에 선 보라색 로브를 입은 여성은 그렇게 말하며 폴짝 폴짝 뛰었다. 청록색 안경 안쪽에서는 정욕으로 물든 비취색 눈동자가 빛나고 있었다. 로브 자락 가장자리에는 길드의 심벌로 보이는 심홍색 방울이 자수로 박혀 있었다. 얼핏 보면 지성적인 인상을 풍기는 생김새를 하고 있었으나 지금은 정욕에 눈이 먼 상태라 그러한 분위기를 전혀 느낄 수가 없었다. 어깨보다 조금 아래까지 자란 머리카락은 녹색이었고, 허리에는 1미터 정도 되는 길이의 지팡이를 차고 있었다.

"진짜? 어디, 어디?! 오오, 미소녀 발견! 하지만 5년은 더 있어야 내 취향이 될 것 같은데?"

이번에는 경갑 차림의 남자가 에메라의 왼쪽에 서서 흥미롭다는 눈초리로 미라의 머리부터 발끝까지 관찰하며 말했다. 갈색 머리에 피어스, 녹색 반다나에는 두 사람과 마찬가지로 심홍색 방울이 자수로 새겨져 있었다. 미남이라 할 만한 얼굴에 키는 훤칠했고, 허리에는 단검을 두 자루 찬 데다 검은 재킷을 걸쳤으며, 미채색을 띤 바지에는 벨트를 몇 개나 두르고 있었다. 겉모습뿐 아니라 언동까지 경박해 보이는 남자였다.

"누구냐?"

갑자기 여러 사람의 시선이 쏟아지는 바람에 미라는 거북스럽기는 했으나 아무래도 에메라와 아는 사이인 듯 보이는 세 사람을 둘러보았다.

"내가 소속된 길드, 에카르라트 카리용에서 엄선한 멤버들이야!"

에메라는 미라의 물음에 매우 자랑스러운 듯 가슴을 젖히며 자신만만하게 대답했다.

"뭐, 사실 오늘 일이 없었던 게 우리뿐이라 모인 거지만~."

"왜 말하는 건데~!"

최대한 폼을 잡고 싶었던 에메라의 속내를 경박해 보이는 남자가 순식간에 폭로했다. 에메라가 길길이 화를 내며 덤벼들자 남자는 완전히 놀리는 투로 "미안, 미안"이라고 말하며 피했다.

"나는 아스발이라고 해. 잘 부탁해, 아가씨."

덩치 큰 남자가 그런 두 사람을 곁눈질하며 쾌활하게 웃었다. 풍모는 무서워 보여도 말 군데군데에서 사람 좋은 성격이 배어 나왔다.

"플리카예요. 잘 부탁해요."

이어서 보라색 로브를 걸친 여성이 안경을 손가락으로 고쳐 쓰며 지성적인 미소를 지은 채 악수를 청하듯 오른손을 내밀었다.

"으……음. 나는 미라다."

좀 전과 인상이 다른 것 같다는 생각을 하면서도 미라는 플리카가 내민 손을 향해 오른손을 뻗었다.

"역시 귀여워~!"

손을 잡은 순간, 플리카는 활짝 웃더니 딴 사람이 된 듯 달달한 목소리를 내며 몸부림을 쳤다. 그리고 생각지도 못한, 강한 힘에 끌려간 미라는 무슨 일이 일어난 것인지 제대로 파악도 못한 채 플리카의 품안에 사로잡혔다.

"미라라고 하는구나~ 뺨, 말랑말랑한 것 좀 봐~."

플리카는 그렇게 말하며 미라의 뺨을 콕콕 찔렀다. 미라는 떨어지려 했지만 손을 잡힌 상태인지라 사정권에서 벗어날 수가 없었다. 고개를 저어 저항해보았지만 플리카는 이리저리 페인트를 걸며 마음껏 뺨을 콕콕 찔러댔다.

"에메라, 어떻게 좀 해봐라!"

미라는 참지 못하고 소리쳤다. 에메라는 무슨 일인가 하고 경박한 남자에게서 손을 떼고서 돌아보았다. 그리고 그 상황을 확인하고는 쓴웃음을 짓더니 "에잇" 하고 플리카의 정수리를 손날로 내리쳤다.

"미안해, 미라. 플리카한테는 되도록 손을 대지 말라고 말해뒀는데."

"되도록, 이 아니라 절대로, 라고 일러둬줬으면 한다만."

상당한 위력이었는지 플리카는 두 손으로 머리를 부여잡은 채 괴로운 표정을 짓고 있었다. 플리카가 그러고도 미라에게 밀착하려 하자 아스발은 익숙한 손놀림으로 둘 사이를 떼어놓았다.

"나는 제퍼드. 제프라고 불러줘."

자신을 제퍼드라 소개한 경박한 남자는 소리도 없이 다가와서는 눈높이를 미라와 맞추고서 빙긋 웃었다. 미라는 그 그늘 없는 표정에 의외로 좋은 인상을 받았다.

"나는 미라다. 그래, 이 녀석들은 무엇이냐?"

어제 이야기를 나눴을 때는 한마디 언급도 없었던 에메라의 동료들이 등장하자 미라는 당황하여 말했다.

"도와줄 사람들!"

그에 반해 에메라는 자못 당연하다는 투로 대답했다. 그도 그럴 것이, 행선지는 C랭크 던전이었다. 남은 불안감을 불식시키고 확실하게 공략하기 위해 에메라는 어젯밤에 급거히 세 사람의 양해를 얻어냈다. 미라는 고대신전을 하위 사냥터로 인식하고 있었지만 세간에서는 지금 이 장소에 있는 정도의 전력으로 임하는 것을 타당하다 여기고 있었다.

"흠, 뭐어 됐다. 그럼 가보도록 할까."

미라로서도 인원수가 늘어난들 딱히 문제는 없었고, 오히려 처음 만나는 자들과 파티를 이루는 것은 오랜만이라는 생각이 들어 내심 즐거워졌다.

타쿠토의 손을 잡고 의기양양하게 걸음을 뗀 미라는, 직후에 눈을 휘둥그레 뜬 채 할 말을 잃었다. 정신이 들어보니 광장에 있던 집단이 지금 이 자리를 중심으로 전개해 있었기 때문이었다.

이 소동이 벌어진 것은 사실 에메라 일행 때문이었다. 상급 길드로서 명성을 떨치고 있는 에카르라트 카리용. 그 주요 멤버가 넷이나 모여 있으니 주목을 모으는 것이 당연했다.

에메라 일행은 미라보다도 빨리 조합 앞에 도착했다. 조합에서 몇 가지 볼일을 마친 뒤, 미라를 광장에서 기다리고 있었더니 이래저래 사람들이 모여들어 정체불명의 집단이 형성되고 만 것이다.

집단을 형성시킨 장본인들이 미라와 함께 있으니 같은 현상이 일어나리라는 것은 불을 보듯 뻔한 일이었다.

"에메라 누님, 멋지셔.", "플리카 씨한테 밟히고 싶어.", "제프, 우쭐거리지 마라~.", "아스발 형님, 다음에 한잔 같이 하시죠.", "저 귀여운 애는, 새 멤버인가?", "제프, 밤길 조심해라~."

떠들썩한 광장에서 이런저런, 그야말로 잡다한 소리가 들려왔다. 익숙한 일인지 에메라는 그들에게 가볍게 손을 흔들어 답해주었고, 아스발은 쾌활하게 웃어넘겼으며 플리카는 미라에게 푹 빠져 있었다. 제프만이 "내 욕밖에 안 들리네……" 라며 고개를 푹 숙였다.

"그러면 가볼까요. 다들, 나를 따르라~."

"오냐~."

에메라는 오른손을 든 채 의기양양하게 대로를 거닐었다. 대답을 한 것은 제프뿐이었다.

에메라가 걸음을 옮기자 집단은 걸리적거리지 않도록 길을 열어주었고 그녀가 지나가고 나자 후방에서 격려를 던져주었다. 상급 모험가쯤 되면 이렇게 유명인 대우를 받는 건가 싶어 미라는 감탄하며 아스발의 뒤에 숨었다.

진혼도시 카라낙을 나선 지 대략 한 시간. 북쪽 숲을 지나자 깎아지른 듯한 절벽이 눈앞에 펼쳐졌다. 그곳에서는 사람과 비슷하지만 척 보아도 다르다는 것을 알 수 있는 거대한 상이 빽빽이 늘어서서 일행을 맞이해주었다.

바위벽을 직접 깎아 만든 무수한 상들은 시야를 가득 메우고도 남을 정도로 까마득히 먼 곳까지 늘어서 있었다.

"자아, 드디어 도착했어."

"다시 보니 상당한 장관이로군."

에메라는 그것을 올려다보며 마음을 다잡았다. 미라로 말하자면 묵직한 질량감이 느껴지는 그 광경 앞에서 완전히 관광객 기분을 내고 있었다.

고대신전의 문은 무수한 석상으로 가득한 단애 절벽의 기슭에 있었다.

"그럼, 다녀올게."

그렇게 말한 제프는 발소리를 지운 채 슬그머니 신전 안으로 들어갔다. 확률은 낮았지만 들어가자마자 보이는 제의장(祭儀場)에 마물이 숨어 있는 경우도 있었다. 그것을 경계하여 행동에 나선 것이다.

하지만 이번에는 문제가 없었는지 이내 "괜~찮~아~" 하는 목소리가 들려왔다.

제의장에 도착한 일행은 각자 적당한 곳에 앉았다. 그러고는 한숨을 돌린 참에 에메라가 입을 열었다.

"자아, 그러면 이번 목표를 확인하자. 목적지는 제5층, 암승의 방이야."

"암승의 거울이라고 했던가? 그나저나 소환술에 관해서는 아는 게 별로 없는데, 5층쯤 가면 성가신 마물이 늘어날 텐데 괜찮겠어?"

에카르라트 카리용도 이곳에는 몇 번인가 들어간 적이 있었다. 단단히 준비를 하고 주요 멤버로 구성된 파티로 돌입한 끝에 겨우 5층을 답파할 수 있었다.

당시에 비해 실력이 늘었다고는 하나 이번에는 주요 멤버가 네 명 밖에 없었고, 실력을 알 수 없는 소환술사가 추가되었다. 아스발이 쓴소리를 할 만도 했다.

"흠, 그대들의 편견을 바로 잡아주지."

미라는 가볍게 가슴을 젖힌 채 자신만만하게 말했다. 에카르라트 카리용은 주목도가 높은 길드였다. 그 멤버가 소환술 본래의 힘을 정확히 인식하면 마이너스 이미지를 불식시키는 데 좋은 광고탑이 되어줄 것이다. 미라는 그렇게 생각했다.

"그래? 그렇다면 기대하도록 하지."

아스발은 그렇게 말하며 약품류며 각종 술구를 재확인했다. 여차할 때 미라와 타쿠토를 든든히 지킬 수 있도록.

"전위는 나랑 아스발 씨. 한가운데에 미라랑 타쿠토 군을 두고 후위를 플리카랑 제프 군이 맡아. 괜찮지?"

"알겠어."

"네."

"오케이 오케이~."

"뭐어, 그러도록 하지."

"네! 잘 부탁드릴게요!"

제각각 동의를 표하자 에메라는 만족스럽게 고개를 끄덕였다.

그 후, 에카르라르 카리용에 속한 네 명은 각각 전투준비를 시작했다.

아스발은 대형 망치의 손잡이와 이음매 부분을 점검했고, 플리카는 타로 카드 같은 카드를 몇 장 확인하고는 품안에 도로 넣었다. 제프는 단검을 뽑아 기름 같은 액체를 발랐다.

그리고 에메라는 지금까지 허리에 차고 있던 검을 아이템 박스에 집어넣고 한 자루의 서양검을 끄집어내서는 지금까지 보였던 것과는 다른 수상쩍은 미소를 지으며 허리에 찼다.

"오, 그 검, 단장 거 아냐?"

에메라의 검을 본 아스발이 그렇게 묻자 일동의 시선이 자연스럽게 에메라에게 집중되었다.

"응, 맞아. 장소가 장소니까. 사정을 설명했더니 빌려줬어. 이게 있으면 공략도 상당히 편해질 거야."

에메라는 그렇게 말하며 칼을 뽑아들었다. 그 양날검은 희미하게 하얀 빛을 내뿜고 있어, 척 보아도 예사로운 검이 아니라는 것을 알 수 있었다.

"호오, 광(光)정령검인가. 재미있는 물건을 갖고 있군."

미라는 에메라의 검을 보며 말했다. 희미한 하얀 빛을 내뿜는 것은 광속성이 부여된 물건의 특징이었다. 그리고 광속성검은 레어 아이템을 비롯해 수없이 많았지만, 눈앞에 있는 검은 다소 특수한 내력을 지닌 물건이었다.

일반적인 광속성검은 제작할 때 휘수(輝水)와 휘석(輝石)을 소재로 추가하면 제작할 수 있다. 또한 레어 아이템인 성검과 신검 같은 것은 디자인이 독특해서 한눈에 레어 아이템이라는 것을 알아볼 수 있었다.

에메라가 들고 있는 그것은 얼핏 보기에는 평범한 광속성검처럼 보였다. 하지만 술사. 특히 상위 술사의 눈에는 검의 주변을 감싸고 있는 것들이 보였다.

"용케 알아챘네. 원래는 단장 건데 부탁해서 빌려왔어."

에메라는 그렇게 말하며 황홀한 표정으로 도신을 쳐다보았다. 검을 칼집에 넣자 검에 달라붙어있던 빛나는 입자가 슥, 하고 사라졌다. 그 빛나는 입자가 바로 미라가 광정령검이라고 판단한 이유였다.

정령검. 그것은 정령이 검에 축복을 내린 것으로, 정령별로 각각 성질이 달랐다. 검 이외의 것에도 깃들 수 있는데, 그러한 것들은 대체로 정령무구라 불렸다. 특징은 모든 무구에 깃들 수 있다는 것과 술사에게는 그것에 깃든 힘의 편린이 보인다는 것이었다.

전사 클래스는 투기, 술사 클래스는 정령을 인식할 수 있다. 그 때문에 미라에게는 검에 깃든 정령의 힘이 보이는 것이다.

이는 술사라면 누구나 아는 사실이다. 그리고 상위 술사일수록 명확히, 그리고 많은 정령을 지각할 수 있었다.

"너만 믿는다."

아스발은 입꼬리를 치올리며 씩 웃고서는 대형 망치를 다시 짊어지며 일어섰다.

"응, 나만 믿어. 자아, 가볼까!"

세차게 일어난 에메라에 이어 다른 일행도 자리에서 일어나, 고대신전 네뷸러폴리스의 지하, 제1층 입구인 제단으로 향했다.

에메라와 아스발, 제프는 미라를 박식한 소녀 정도로만 생각했으나 같은 술사인 플리카는 달랐다. 그녀에게는 정령검의 증거인 빛의 입자가 보이지 않기 때문이다. 그리고 그것이 보이지 않는 사람이 정령검이라는 것을 단번에 알아맞히는 것은 매우 어려운 일이었다.

미라는 대수롭지 않은 잡담이나 할 요량으로 그런 말을 입에 담았다. 하지만 그것이 플리카에게는 미라가 보통내기가 아니라는 것을 의식하게 된 계기가 되었다.

여섯 명이 나란히 선 제단 중앙 정면에 자리한 바닥의 일부를 젖빛유리 같은 불투명한 막이 뒤덮고 있었다. 네 곳의 귀퉁이에는 뭔가 의미가 있어 보이는 거치대와 수정구슬이 놓여 있었다.

미라는 한 걸음 앞으로 나서서 파우치에서 카드 케이스를 끄집어냈다. 그리고 안내 받았던 방법을 떠올리며 고대신전 출입 허가증을 거치대 위에 가져다 대었다.

그러자 지하와 이어진 돌계단을 막고 있던 막이 눈 깜짝할 새 투명하게 변했다.

"흠, 품이 많이 든 장치로군."

미라는 색이 바랜 허가증을 쳐다보며 중얼거렸다. 그런 미라의 옆을, 에카르라트 카리용의 면면이 차례로 지나쳐 갔다.

“자~ 드디어 시작인가~. 보물은 있으려나~.”

“목적이 뭔지 잊지 말라고. 대상을 암승의 방까지 호위하는 거니까.”

“나도 안대도~.”

완전히 투명해진 결계를 지나, 깡충깡충 계단을 내려가는 제프와 그에게 진지하게 충고를 하는 아스발. 에메라와 플리카, 타쿠토가 결계를 지나는 것을 지켜보고 나서야 미라도 허가증을 카드케이스에 다시 집어넣고 뒤를 쫓았다.

〈7〉

계단을 다 내려간 미라 일행은 파르라니 흔들리는 등불에 의지해가며 길고도 어슴푸레한 복도를 나아갔다.

"꽤 밝아졌군그래."

에메라 일행 네 명의 허리께에서 주변에 빛을 흩뿌리는 랜턴을 보며 미라가 중얼거렸다. 금속으로 된 기둥으로 둘러싸인 중심에 떠오른 구체는 파르께한 빛을 내뿜어 광원이 없는 고대신전의 통로를 부드럽게 밝히고 있었다.

"준비가 다 됐다고 해서 모험용품점에는 안 들렀는데, 설마 랜턴이 없을 줄은 몰랐어."

에메라는 어이가 없다는 투로 그렇게 말하더니 미라의 머리 위에서 황황히 빛나는 구체를 바라보았다. 그것은 미라가 무형술로 빚어낸 조명용 구체였다.

"술사라면 등불을 만드는 술법 정도는 쓸 수 있을 터. 그거면 충분하지."

"그건 그렇지만 조명 때문에 마나를 소비하다니, 앞으로 무슨 일이 일어날지 모르는데 괜찮겠어?"

에메라의 말에 플리카도 고개를 끄덕였다. 지금은 던전에 막 들어온 참이고, 앞으로 전투도 숱하게 벌어질 것이다. 그런데 랜턴으로 대용할 수 있는 일에 마력의 근원인 마나, 요컨대 MP(마나 포인트)를 소비하는 것은, 일반적인 술사 모험가에게는 비상식적인 행위였다.

"이 정도 술법에 드는 양은 얼마 안 되니 문제없다."

무형술에 의한 조명은 꺼질 때마다 다시 켤 필요가 있으며 전역을 비추는 것이 아닌지라 다소 어둡기 마련이었다. 그런 탓에 덤블프였을 적에는 크레오스를 데리고 돌아다녔던 것이다. 광정령의 힘을 지닌 크레오스가 내뿜는 빛은 구역 전체를 구석구석 비추어 고성능 조명 노릇을 톡톡히 해주었다.

미라는 앞이 잘 보이지 않는 복도 끝을 쳐다보며 크레오스를 데려왔으면 편했을 텐데, 하고 에메라 일행은 이해하지 못할 생각을 하고 있었다.

"그렇……구나."

에메라는 소환술사라는 클래스를 잘 알지 못하는지라, 아마도 클래스 보정이나 뭐 그런 것이라도 있는 것이겠거니 생각하고는 고개를 끄덕였다. 플리카 역시 자신에게는 보이지 않는 정령의 흔적을 간파해낸 미라의 말이니 납득하기로 했다.

사실 클래스 보정 같은 것은 없었지만 미라의 마나는 이미 거의 회복된 상태였다. 오래 전부터 마력 스테이터스를 중심으로 단련한 탓에 최대치와 회복속도가 일반적인 모험가와는 비교도 안 됐다.

그러한 이야기를 하며 나아가자, 복도가 끝나더니 작은 공간이 나타났다.

피부에 닿는 공기가 눅눅한 데다 빛이 닿지 않는 안쪽은 정적의 어둠으로 뒤덮여 있었다. 날숨소리와 발소리, 갑옷이 스치며

나는 금속음만이 연거푸 울려 퍼지는 가운데 에메라는 맵을 열어 다음 공간으로 가는 통로를 향해 계속해서 걸음을 옮겼다.

'이제 곧 마물이 나오기 시작하겠군.'

지하로 내려가 첫 번째 큰 방을 지나 복도를 얼마간 걸어가면 나오는 곳. 그곳에는 더욱 커다란 공간이 펼쳐져 있었다. 고대신전에서는 두 번째 큰 방부터 마물이 나타나기 시작한다는 사실을 미라는 알고 있었다.

'소환술 : 홀리나이트'

미라는 전투에 대비해 출현위치를 자신의 옆으로 확정하여 소환술을 행사했다. 그러자 그 즉시 눈부신 마법진이 바닥에 나타나 복도를 비췄다.

"뭐야, 이 빛은?!"

"뭐야, 어떻게 된 거야?"

랜턴과 술법으로 된 빛이 지워질 정도의 섬광이 터지자 선두에서 걷던 에메라와 아스발이 돌아보았다. 그 두 사람이 목격한 것은 빛 속에서 나타난 순백의 기사의 모습이었다.

"놀라게 해서 미안하군. 이 녀석은 이 몸의 소환정령이다."

미라는 백기사의 허리 부근을 통통 두드리며 간결하게 말했다.

2미터를 넘는 신장을 지닌 그 기사는, 온몸을 가릴 수 있을 정도로 장대하고도 하얀 방패와 은빛으로 빛나는 장검을 손에 들고 있었다. 그리고 무엇보다 특징적인 것은 온몸을 감싼 중후한 갑옷이었다. 빛을 내뿜을 듯한 순백색을 띤 풀 페이스 투구 안에는 붉은 빛이 일렁이고 있었다.

“이게 무구정령……?”

“엄청난 힘이 느껴지네요.”

에메라와 플리카는 숨을 죽인 채 그 모습을 바라보았다. 그 존재가 지닌 것은 압도적인 위압감뿐이 아니었다. 하얀 기사는 안심감까지도 내포하고 있었다.

“멋지구만!”

“이게 소환술이라는 건가. 굉장하구만, 이거.”

제프는 당당한 홀리나이트의 모습을 전후좌우에서 살피며 어린애처럼 소리를 쳤다.

아스발은 눈앞에 있는 백기사를 뚫어져라 쳐다보며 에메라에게 들었던 이야기를 떠올렸다.

그것은 미라가 이제 막 등록을 했음에도 불구하고 C랭크더라는 이야기였다. 그 이야기를 처음 들었을 때, 아스발은 에메라가 노망이 났거나 꿈이라도 꾼 것이리라 생각했다. 하지만 실제로 고대신전에 가겠다고 하는 것이 아닌가.

아스발은 그 진상을 확인하고, 여차하면 힘을 써서라도 데리고 돌아오고자 동행했던 것이었다. 하지만 눈앞에 나타난 홀리나이트를 보고나니 인식을 바꿀 수밖에 없었다. 직감이 눈앞에 있는 기사가 한 수 위라고 호소를 해왔기 때문이다.

아스발은 생각했다. 전대미문의 대우를 한 이유는 이거였구나. 소환술사라는 클래스의 한없는 가능성을 목격한 아스발은 약간의 공포를 느꼈다.

네 명의 반응에 소환술을 조금은 다시 본 것 같다는 생각이 들어 만족스러워진 미라는 홀리나이트에게 타쿠토를 수호하라고 명령했다. 모든 방향에서 날아드는 적의를 모두 떨쳐내라고.

홀리나이트는 방어를 위해 사용된 무구에 깃든 정령이다. 따라서 방어에 전념하면 상위 소환체를 능가할 수도 있었다. 이것이 위험한 장소에 타쿠토를 데려올 수 있었던 이유였다. 방어에 주력하기로 한 미라의 홀리나이트를 힘으로 무너뜨릴 수 있는 것은, 현재 고대신전에는 미라 본인 말고는 존재하지 않을 것이다.

일행은 타쿠토의 안전을 확보하며 넓은 빈터에 다다랐다. 동시에 아스발은 주변을 경계의 시선으로 살피며 대형 망치의 상태를 확인하듯 고쳐 쥐었다.

"잠깐 스톱, 뭔가 있는 것 같아."

제프가 진행방향에서 왼쪽으로 시선을 옮기더니 미라와 타쿠토의 바로 옆까지 다가와 두 손에 든 단검을 겨누었다. 아스발은 미라와 갑자기 나타난 무언가 사이에 섰고 에메라는 즉시 맵을 접고 그 옆에 섰다.

이윽고 정적에 파문이 퍼지듯 무언가를 질질 끄는 소리가 주변에 울려 퍼지기 시작했다.

아스발과 에메라는 무기를 겨눈 채 전방을 노려보았다. 제프는 다른 방향에서의 기습에 대비해 주변 일대를 훑어보고 있었다. 플리카는 차분한 표정으로 지팡이를 손에 든 채 전방을 쳐다보았다.

"이거, 구울인가?"

실루엣이 떠오르더니 광원이 있는 곳으로 다가올수록 윤곽이 또렷해지고 있는 그것들은, 인간과 유사한 모습을 한 채 꾸물대고 있었다.

에메라와 아스발은 잠시 혐오감을 드러내기는 했으나 즉시 냉정함을 되찾고는 각자 무기를 겨눈 채 대치했다.

제프는 한 걸음 물러난 채 대기했고, 홀리나이트는 타쿠토 뒤에 서서 커다란 방패를 뒤집어 씌우는 모양새로 들고 경계 자세를 취했다.

'그나저나 시야가 썩 좋지 않군.'

미라는 크레오스를 데리고 다니는 데에 지나치게 익숙해져 있었던지라 어둠속에서 나타나는 마물을 경험하는 것이 매우 오랜만이었다. 아무리 눈을 크게 떠도 아스발의 덩치가 너무 커서 잘 보이지 않았고, 까치발을 해가며 몸을 좌우로 흔들어보아도 다소 거리가 떨어진 곳의 상황을 온전히 파악할 수가 없었다.

"음…… 무엇이지, 이 냄새는……."

"뭐지? 이상한 냄새가 나는데."

서서히 주변에서 밀려드는 악취에 미라가 얼굴을 찌푸리자 옆에 있는 타쿠토도 같은 냄새를 맡았는지 코를 잡고 코맹맹이 소리로 중얼거렸다.

"저 녀석들 냄새지 뭐겠어."

제프가 그렇게 말하며 전방에 위치한 구울을 눈짓으로 가리켰다.

그렇다. 미라가 맡은 냄새는 썩은 내였다. 시체에 기생하는 마물은 생명을 부여한 것이 아니므로 부패의 진행은 멈추지 않는

다. 몸이 계속해서 썩은 끝에 허물어지면 마물은 또 다른 시체에 들러붙는다.

제프의 말을 이해한 미라의 표정에 담긴 혐오감이 더욱 짙어졌다. 찰나, 아스발 너머로 구울의 모습이 언뜻 보였다.

"욱……!"

그것은 시체라 부르기도 꺼려질 정도로 문드러진 고깃덩이였다. 탁한 눈은 초점을 잃은 채 공허하게 먹잇감을 바라보고 있고, 입술이 허물어진 입은 벌어져 있어서 당장에라도 떨어져 나갈 듯한 혀가 고스란히 보였다. 비쩍 마른 뺨과 거의 다 벗겨진 두피에는 얼마 안 되는 머리카락이 남아 있을 뿐이었다. 찢어진 피부 곳곳에 자리한 썩은 살점 사이사이에는 구더기가 득시글거리고 있었다.

너무도 생생하면서 어설프게 인간의 모습을 유지하고 있는 탓에 들이쉬는 공기마저도 썩은 것이 아닐까 하는 착각이 들 정도였다. 그 현실감 넘치는 광경에 미라는 맹렬한 구역질이 났다.

하지만 옆으로 돌린 시선 끝에 비친 타쿠토의 모습을 보고는, 이 자리에 데려온 보호자로서의 자존심이 고개를 들어 미라는 간신히 구역질을 삼켰다.

"선제공격할게요."

플리카가 그렇게 선언하더니 한 걸음을 내디뎌 준비해두었던 '마술 : 진홍(眞紅)'을 발동시켰다. 치켜든 지팡이로 마력이 모여들어 한 차례 번쩍이더니 불꽃으로 된 소용돌이가 구울의 무리 한복판에 발생했다. 미쳐 날뛰는 진홍빛 업화에 휩싸이자 구울들의 피부는 불타 허물어지고 다리는 터져나가 앞으로 우르르 쓰러졌다. 불꽃은 그대로 구울들을 뒤덮어 재를 흩뿌리며 내장까지 불태웠다.

한발 늦게 그들을 화장한 불꽃은 부정한 것이 씐 가련한 시체를 정화하듯 불타올라 악취까지 남김없이 불살랐다.

새빨갛게 주변을 밝힌 불꽃이 천천히 잦아듦과 동시에 술법의 범위 밖에 있던 구울 두 마리가 전진을 재개했다. 하지만 그것을 확인하자마자 에메라와 아스발이 뛰쳐나갔다. 구울 중 한 마리는 조각조각 썰려나갔고, 나머지 한 마리는 상체가 박살나 살점과 구더기를 흩뿌리며 땅바닥에 쓰러졌다. 아무리 불사 계열 마물이라 해도 이렇게까지 파괴되면 더는 움직일 수 없었다.

"대충 정리됐나."

불과 수십 초 만에 일어난 일이었으나 미라는 게임이 현실이 되었다는 상황을 새삼 이해하게 되었다.

게임 시절에도 묘사가 리얼한 나머지 처음 구울을 봤을 때는 똑바로 쳐다볼 수가 없었다. 하지만 그것은 게임을 계속하다 보니 익숙해졌다.

하지만 현실이 되어 진짜와 재회한 지금, 사실감 넘치는 부패 정도와 시각뿐 아니라 후각으로도 생생하게 느껴지는 썩은 시체의 모습은 내성이 있어도 익숙해질 수 있는 것이 아니었다.

일동이 경계 자세를 풀자 타쿠토가 홀리나이트의 방패 뒤에서 코를 움켜쥔 채 고개를 내밀었다.

잿더미가 된 구울은 문제없었지만 에메라와 아스발이 물리친

구울의 잔해에서는 아직도 썩은 내가 진동했다. 미라는 그 냄새에 다시금 얼굴을 찌푸렸다.

"타쿠토 군, 약 먹었어?"

"네, 먹었어요."

에메라의 물음에 타쿠토는 코맹맹이 소리로 대답했다.

"그럼 그렇게까지 신경 쓰이지는 않을 텐데."

"별수 없지 않을까~. 우리는 익숙하지만 타쿠토는 처음이니까. 약으로 경감시킨다 해도 곧바로 적응을 할 수 있는 것도 아니고."

제프는 의문스러워 하는 에메라에게 그렇게 말하고는 구울의 잔해를 흘끔 쳐다보았다. 에메라로 말하자면 "그건 그러네" 하고 자신이 초심자였을 때를 떠올리며 고개를 끄덕였다.

"이봐라, 약이라는 게 무슨 뜻이냐?"

대화 속에서 신경 쓰이는 단어를 발견한 미라는 다시 구역질을 일으킬 것만 같은 냄새를 막기 위해 입가를 소매로 덮은 채 물었다.

"그야 물론 취항약(臭抗藥)이지……. 미라, 설마 안 가져온 거야?!"

"취항약? 처음 들어봤다만."

미라의 답변에 에메라는 쓴웃음을 지은 채 "랜턴만 안 가져온 게 아니었구나……" 하고 중얼거렸다.

"그게 간단히 말하자면, 엄청 구린내가 살짝 구린내처럼 느껴지는 약……이라고나 할까?"

“설명이 지나치게 데면데면하긴 하지만, 맞는 말이야.”

에메라의 데면데면한 설명을 들은 아스발은 어깨를 으쓱하며 동의했다.

아스발의 설명에 따르면 그 약은 20년 전부터 활용되고 있다는 듯했다

취항약이란 후각에 영향을 미쳐 그 기능 중 일부를 마비시키는 약이라는 모양이었다. 완전히 후각을 마비시킬 정도로 약효가 강력하지는 않고 한계가 정해져 있어 일정 수준의 자극적인 냄새로부터 코를 보호해주는 효과가 있다는 모양이었다.

냄새가 없었던 게임 시절에는 별 필요성을 느끼지 못한 효과였다. 하지만 현실이 된 지금은 이러한 약의 수요가 발생하는 것이 당연하다 할 수 있었다.

‘30년이라. 재미있군그래. 또 어떠한 것들이 변했을는지.’

이 세계에 와서 처음으로 모험다운 모험을 하고 있는 지금, 차례로 찾아드는 현실감에 미라는 기분이 들떴다.

하지만 문제는 지금이었다. 여전히 고약한 냄새가 충만해 있었다. 타쿠토는 큰맘 먹고 손가락을 떼고 적응하고자 노력했다. 약의 효과로 어찌어찌 버티고 있는 듯 보였다.

익숙해지고 나면 아무것도 아니다. 그렇게 생각한 순간, 미라의 뇌리에 어떠한 사실이 떠올랐다.

지금 있는 곳은 고대신전 네뷸러폴리스. 불사 파라다이스라 할 수 있는 지하묘지였다. 초반 몬스터인 구울조차도 이 정도였다. 앞으로도 잔뜩 솟구쳐 나오리라는 것은 불을 보듯 뻔했다. 게다

가 미라는 3층에 자이언트 구울이라고 하는 거대한 썩은 시체가 있었다는 사실을 기억해내고 말았다. 그 존재가 얼마나 큰 영향을 끼칠지는 짐작조차 되지 않았다.

순간, 정상적인 모험을 포기한 미라는 다섯 명에게서 다소 떨어져서 오른손을 옆으로 뻗었다.

'소환 스킬 : 아르카나 제약진(制約陣)'

미라가 스킬을 발동시키자 오른손 끝에 그녀의 키보다 큰, 푸른 마법진이 떠올랐다. 하지만 미라의 행동은 거기서 끝나지 않았다. 마법진을 확인하더니 이번에는 그대로 손을 왼쪽으로 뻗었다.

그러자 두 번째 마법진이 나타났다. 천천히 회전하고 있는 그것은 아르카나 제약진이라 불리는 것이었다. 소환술사의 전용 스킬로 이 마법진 근처에 소환체가 있을 경우, 이런저런 효과를 얻을 수 있다. 수가 많을수록 효과는 커지며 기초능력을 올리거나 스킬 소비 마나를 경감시키는 등의 추가효과도 늘어난다.

하지만 미라의 목적은 소환 강화가 아니었다. 아르카나 제약진은 또 하나의 스킬을 발동시키기 위한 조건이기도 했다.

"미라. 뭐 하는 거야?"

"뭐어, 보고 있어라."

에메라는 마법진이 희미하게 빛나고 있음을 알아챘다. 미라는 그 물음에 간결하게 대답하고는 마법진으로 손을 뻗었다.

"어디."

'소환 스킬 : 로사리오 소환진'

미라가 마법진에 손을 대자 두 개의 마법진이 일제히 빛나기 시작하더니 눈 깜짝할 새 문양이 바뀌었다. 무슨 일이 일어날지 짐작도 가지 않아, 에메라 일행은 그저 숨을 죽인 채 그 광경을 지켜보고 있었다.

가라앉은 빛에서 한층 더 커진 이중 마법진이 나타났다. 붉게 빛나는 두 개의 마법진은 조금 전과는 달리 강력한 마력을 띠고 있었다. 그 마력을 느낀 플리카는 입을 헤벌린 채 넋을 잃고 그 광경을 쳐다보았다.

준비가 되었음을 확인한 미라는 천천히 입을 열었다.

『하늘 달리는 처녀에게 묻노라, 섬광을 검 삼아 마(魔)를 물리치는 자의 이름은 무엇인가.』

미라는 한쪽 마법진에 손을 대며 그렇게 속삭였다. 소환술뿐 아니라 모든 상위 술법을 기동시키는 데는 전용 영창이 필요했다. 그리고 미라가 속삭인 이 말이 바로 상위 소환 영창 중 하나였다.

『그 이름은 알피나. 주인에게 충성을 맹세한 검의 이름이니.』

나머지 한쪽 소환진에서 목소리가 들려왔다. 이 답변으로 인해 문제없이 소환 준비가 완료되었다. 그리고 그 목소리는 후방에 자리한 다섯 명에게도 들렸는지, 그들은 무슨 일인가 싶어 주변을 둘러보고는 이내 미라가 있는 방향에서 들려왔음을 깨닫고서 다시 시선을 돌렸다.

『내 곁으로 오라.』

'소환술 : 발키리'

미라가 상위 소환 사용을 선언하자 주변에 위치한 마법진이 미라의 마력에 호응해 빛을 내뿜었다.

"뭐야, 이거. 무슨 일이 일어나려는 거야?!"

"엄청난 마력이야……. 이번엔 또 뭐지?"

에메라는 눈이 부신 나머지 손차양을 했고, 플리카는 눈을 가늘게 뜨고서 흥미진진하다는 눈빛으로 응시했다. 나머지 세 사람은 본 적도 없는 광경에 할 말을 잃고 그저 방관하고 있었다.

미라의 곁에 있던 마법진이 유달리 밝은 빛을 내뿜더니 사라졌다. 그 직후, 나머지 한쪽 마법진이 천천히 떠올라 안쪽 마법진과 바깥쪽 마법진이 분리되어 위아래로 전개되었다.

"소환에 응해 대령하였습니다. 오랜만입니다, 주인님."

잔상처럼 남은 빛줄기에서 한 명의 여성이 모습을 드러냈다. 아름다운 그녀는 감청색 경갑에 건틀릿, 각반을 장비하고 있었다. 이마에는 황금빛으로 빛나는 서클렛, 초원을 내달리는 바람처럼 나풀거리는 푸른색 머리는 허리 부근에서 한 갈레로 묶여 있었다. 허리에는 몸에 장착한 장갑과 마찬가지로 감청색 칼집을 찼는데, 거기 담긴 검에서는 성스러운 빛이 흘러나오고 있었다.

그야말로 그 이름을 칭하기에 걸맞은 전쟁의 처녀가 느닷없이 에메라 일행의 앞에 강림했다.

"음, 오랜만이구나, 알피나."

미라는 그렇게 말하며 알피나를 가만히 바라보았다.

소환된 발키리 알피나는 미라 앞에 무릎을 꿇어 경의를 표했다.

"주인님, 상당히 모습이 바뀌셨군요."

미라의 모습을 흘끔 쳐다본 알피나가 그런 말을 입에 담았다.

"으…… 뭐, 뭐어 이런저런 일이 있어서 말이다."

"그러했습니까."

동요하지 않도록 알피나가 할 말을 미리 예상하여 마음의 대비를 해두었던 미라는 간신히 덤덤한 태도를 유지했지만 설마 이 정도일 줄은 몰랐던지라 쓴웃음을 지었다.

게임 시절에 소환술로 소환된 소환체는 명령에 대한 대답만 하는 등, 최소한의 말밖에 하지 않았다. 하지만 눈앞에 있는 발키리 알피나는 독립적인 의지를 가지고 말을 자아내고 있었다. 그것을 본 미라는 역시 그렇군, 하고 확신했다.

이 세계가 현실이라는 것을 안 순간부터 어렴풋이 예상은 하고 있었다.

미라가 계약한 소환체들 중에는 고도의 지능을 지닌 자들도 많았다. 발키리도 그중 하나였다. 따라서 다른 자들과도 대화가 가능할지도 모른다고 생각했던 것이다. 솔로로 행동하는 경우가 많았던 미라에게 있어 이는 다행스러운 일이었다. 놀라움보다는 기쁨이 더 큰 일이었다.

"알피나여, 그대는 지금까지 어찌 지냈지?"

미라는 모처럼 불러냈겠다, 호기심도 충족시킬 겸 잠시 대화를 시도해보기로 했다.

"주로 자매들과 수련을 하며 보냈습니다. 언제 주인님께서 부르셔도 괜찮도록 노력하고 있었습니다."

"흠, 그런가. 과연 대단하군. 믿음직하구나."

"칭찬해주시어 영광입니다."

미라는 이제 혼자 하는 여행도 외롭지 않겠다 싶어 표정이 풀어졌다.

"저……저기, 미라. 거기 계신 분은?"

에메라는 눈이 휘둥그레져서 심상치 않은 분위기를 두른 발키리를 바라본 채 간신히 한 걸음을 내디디며 물었다. 플리카 쪽은 흘러나오는 마력을 보고 할 말을 잃었고, 제프로 말하자면 그 미모에 반해 한시도 눈을 떼지 못했다.

"발키리인 알피나다."

미라가 그렇게 대답하자 알피나가 일어나 에메라 쪽으로 고개를 돌렸다.

"주인님의 동료분들이시군요. 제 이름은 알피나. 앞으로 잘 부탁드립니다."

그렇게 말하며 묵례를 했다. 그 모습이 너무도 우아해서 에메라는 허둥지둥 "이, 이쪽이야말로 잘 부탁드립니다" 하고 어색한 묵례로 답했다.

"눈앞이 아찔해질 정도의 미인이시구만. 그나저나 저기 있는 기사와는 뭔가 다른 걸. 말도 하고."

정신을 차린 아스발이 알피나를 바라보며 감탄한 투로 중얼거렸다. 아스발도 알피나가 두른, 차원이 다른 기척을 느끼고는 그로 인한 엄청난 압박감에 혀를 내둘렀다.

"암, 그렇고말고. 인식들은 고쳐졌는가?"

미라는 다소 우쭐해져 팔짱을 낀 채 가슴을 젖히며 말했다. 이로써 일단 소환술의 힘을 보여주겠다는 목적은 달성되었다고 미라는 확신했다.

"주인님, 명령하십시오."

알피나는 몸을 돌려 다시금 무릎을 꿇은 자세로 지시를 기다렸다.

그 말을 들은 미라는 에메라가 여태 해온 준비며 걱정들을 몽땅 날려버리는 명령을 내렸다.

"여기서부터 5층까지 존재하는 마물을 섬멸하라!"

더는 그로테스크한 구울 등을 보고 싶지 않았다. 그렇다면 선행시켜서 모조리 다 처리시키면 그만이다. 얼마간 생각한 끝에 미라가 내린 결론은 바로 그것이었다.

"뜻대로 하겠나이다."

알피나는 칼집에서 검을 뽑아들더니 섬광으로 된 꼬리를 늘어뜨리며 고대신전 안으로 달려 나갔다.

〈8〉

알피나는 인공적인 빛 속에서도 선명하게 빛나는 머리를 나부끼며 지하를 향해 몰아치는 바람처럼 질주했다.

그 모습을 배웅한 미라는 이제 아무 문제도 없겠군, 하고 생각하며 한 차례 눈을 깜박여 조금 전에 봤던 구울들의 모습을 머리에서 떨쳐냈다.

"자아, 가보도록 할까."

미라가 그렇게 말하며 진행 방향으로 시선을 던지자 타쿠토가 오도도 옆으로 달려와 미라의 손을 잡았다. 플리카도 그 뒤를 이어 당연하다는 듯 미라의 옆에 딱 달라붙었다.

한편, 에메라와 아스발, 그리고 제프는 알피나가 향한 방향을 바라본 채 굳어져 있었다.

"둘 다, 방금 그거 봤어?"

"그래, 봤어. 엄청나더구만."

"그런 점도 멋진 것 같아."

세 사람이 본 것은 알피나에게서 흘러나온 투기였다. 그것은 세 사람이 지금껏 본 적이 없을 정도로 막대한 것이었다.

투기란 개인차는 있어도 전투에 나선 모든 이가 두르고 있는 특수한 에너지를 말하며, 그 크기는 실력에 비례하는 경향이 있다. 그리고 술사가 정령을 지각할 수 있는 것과 마찬가지로 전사 클래스는 투기를 육안으로 인식할 수 있었다.

에메라는 만족스럽게 가슴을 젖힌 채 미라에게 시선을 보냈다. 그 정도의 실력을 지닌 알피나에게 주인이라 불리고 있는 미라의 정체는 대체 무엇일까.

"소환술이라는 거 굉장하네요. 처음 봤지만 굉장히 놀랐어요."

"……그대는 누구냐……."

미라는 그렇게 말하며 말을 붙여온 여성, 플리카를 바라보았다. 이때까지 보였던 것과 지금의 분위기가 달라도 너무 달랐다. 미라를 보고 귀엽다며 주물러거리던 때의 표정은 어디로 가버린 것인지, 지금의 플리카는 밤에 핀 코스모스처럼 조용히 빛나는 눈으로 미라를 바라보고 있었다. 그 지성적인 모습은 좀 전과는 전혀 다른 사람과 마주한 듯한 인상을 주었다.

"계속 같이 다녔잖아요. 이상한 말씀을 하시네요."

플리카가 안경을 슥 올리는 동작을 취하며 대답했다.

"에메라, 에메라~. 플리카가 이상하다~!"

미소를 지은 채 조심스럽게 자신의 머리를 쓰다듬는 플리카의 태도에 뭐라 형용할 수 없는 무언가를 느낀 미라는 에메라에게 도움을 구했다.

"으음, 왜 그러는데?"

넋이 나가 있던 에메라는 자신의 이름을 부르는 목소리에 의식을 되찾고는 멍한 상태로 미라에게 다가왔다.

"플리카가 이상하다. 이상하게 차분하다고 해야 할지, 지성적이라고 해야 할지. 어쨌든 이상해."

"아~. 그거~?"

상황을 파악한 에메라는 짓궂은 미소를 짓더니 "사랑해~" 하고 말하며 갑자기 플리카를 끌어안았다.

"뭐야, 에메라? 장난치지 마."

플리카는 그런 에메라를 가볍게 무시하듯 밀쳐내고는 품안에서 빠져나왔다. 에메라로 말하자면 혀를 날름 내밀며 "차여버렸네" 하고 웃었다.

"그래서, 어떻게 된 것이냐?"

"미라도 똑같이 해봐."

"왜 이 몸이 그런 짓을……."

미라는 눈에 띄게 동요했다. 그럴 만도 했다. 에메라의 말은 플리카를 끌어안으라는 뜻이었다. 그래도 되는 것이라면 하고 싶었지만 부끄러움이 앞서서 도저히 그럴 수가 없었다.

"자, 해보면 안다니까."

보다 못한 에메라가 미라의 등 뒤에서 두 손을 잡아서는 그대로 플리카를 정면으로 끌어안게 했다.

"어푸, 이게 무슨 짓이냐, 에메라……아아아아아~?!"

"아앙, 미라도 참 어리광쟁이구나. 별수 없지이, 자아, 꼬옥 껴안아줄게~!"

갑작스러웠다. 갑자기 플리카의 쿨하고 지성적인 표정이 붕괴되더니 품안으로 뛰어든 미라를 자빠뜨릴 기세로 끌어안았다. 그리고 그대로 뺨을 부비며 미라의 부드러운 뺨을 탐닉하기 시작했다.

"미라야, 사랑해!"

"어찌 된 일이냐~~~?!"

표변한 그 모습을 본 미라는 몹시 당황했다. 처음 봤을 때 느꼈던 인상 탓에 어느 정도는 경계하고 있었지만 지금까지 보였던 매우 차분한 행동거지에 속아서 완전히 방심하고 말았다.

"이미 알겠지만, 플리카는 귀여운 여자애라면 사족을 못 써. 평소에는 냉정하고 침착해서 믿음직한 후위지만 말이야. 보다시피 계기만 주어지면 지금이랑 같은 상태가 돼."

"그러면 그렇다고 말로 설명하면 될 게 아니냐!"

플리카가 온몸을 쓰다듬자 미라는 필사적으로 항의했다.

"보여주는 게 더 빠를 것 같아서. 에헷."

"멍청이~~~~!"

미라의 비명은 정적을 되찾은 지하묘지에 허무하게 울려 퍼졌다.

에카르라트 카리용의 면면들은 안쓰러운 눈으로 쳐다보며 쓴웃음을 지을 뿐이었다. 타쿠토만 유일하게 미라의 손을 꼭 잡은 채 소심하게 자기주장을 하고 있었다.

미라는 플리카가 한껏 귀여움 성분을 보급하고 나서야 겨우 해방되었다. 구속되고서 이래저래 5분은 경과해 있었다. 그러는 사이 제프는 구울의 잔해를 뒤지며 마물의 고유 드롭 아이템을 물색하고 있었다. 어떠한 일에도 겁을 먹지 않는 제프에게 있어 마물 소재를 선별하는 일쯤은 아무것도 아니었다.

이러저러하여 일행은 겨우 전진을 재개했다. 발소리와 얼마간의 금속음이 울려 퍼지는 어둡고 긴 통로를. 미라는 등 뒤에서 들려오는 플리카의 거친 숨소리를 경계하며 나아갔다.

본래의 던전 공략에서 느껴졌던 것과는 다른, 이질적인 긴장감 탓에 미라는 녹초가 되기는 했으나 다음 공간에 도달했다. 그곳에서는 아무런 기척도 느껴지지 않았다. 곳곳에 잿더미가 흩어져 있을 뿐이었다.

"아무것도 없어~."

만약을 위해 공간을 들여다보며 확인하던 제프가 오른손을 들어 안전하다는 사실을 알렸다.

제프는 미라 일행을 이끌며 그대로 주변을 탐색했다. 그리고 잿더미 앞에 선 그는, 그 안에서 빛나는 무언가를 발견해냈다.

"오, 이거 마동석(魔動石)이잖아."

제프는 그렇게 말하며 잿더미 속에서 유리구슬 정도 크기의, 보라색을 띤 돌을 주워들었다. 그것을 본 아스발은 대형 망치로 근처에 있던 잿더미를 허물어뜨렸다. 그렇게 마동석이 굴러 나오는 것을 확인하고는 랜턴을 들어 공간 전역을 훑어보며 말했다.

"설마, 이 잿더미가 다 마물의 잔해라는 말인가……?"

아스발이 둘러본 한 면이 20미터 정도 되는 방에는 열 개도 더 되는 잿더미가 생성되어 있었다.

그런 가운데 미라는 잿더미 중 하나에서 마동석을 집어 들었다.

'흠, 드롭은 제대로 하는 모양이로군.'

마동석이란 주로 불사 계열 마물에게서 채취할 수 있는 소재 아이템 중 하나였다. 시체를 움직이기 위한 동력으로 사용되는 마력이 담겨 있으며, 그 마력은 온갖 분야에서 이용되는지라 그럭저럭 수요가 있었다. 현실이 된 지금도 지하묘지의 마물은 당시와 변함없이 마동석을 떨군다는 사실을 미라는 확인했다.

일찍이 지하묘지의 마물들은 이것에 눈독을 들인 플레이어들에게 성대하게 난획(亂獲)을 당하고는 했다. '성묘'라는 단어가 플레이어들 사이에서 지하묘지 난획을 뜻하는 말로 널리 알려졌을 정도였다.

미라가 그런 생각을 하고 있자니 어느새 제프가 모든 잿더미를 둘러보며 마동석을 회수했다. 그 수는 합계 14개나 되었다.

"이제 보니 이거, 전부 아까 봤던 알피나 씨? 그 사람이 한 것 같네."

"상황으로 미루어보아 그럴 테지."

"왜 재가 된 거지. 가지고 있었던 건 검 아니었어? 화염 마술이라도 쓰나?"

제프가 말한 바대로 알피나가 가지고 있었던 것은 검이었다. 만약 시체가 널브러져 있었다면 참격에 베인 흔적이 남아 있을 테지만, 시체로 추정되는 것들은 모두 잿더미가 되어 먼지처럼 쌓여 있었다.

"마술이라도 어지간한 고위술식이 아니고서는 이렇게까지 흔적도 없이 재로 만들지는 못 해요. 하지만 이곳에는 고위술식을 행사한 것으로 보이는 잔재는 남아있지 않으니 마술은 아닐 거예요."

상당히 고위에 속하는 화염 공격이 아니고서는 모든 것을 재가 되도록 불태우는 일은 불가능했다.

그것이 가능한 것이 있다면 마술이다. 이 정도의 화력을 내려면 고위마술 정도가 되어야 했지만 강대한 힘을 행사하고 나면 반드시 남게끔 되어 있는 흔적이 그 어디에도 보이지 않아, 플리카는 아닐 것이라 판단했다.

현실과 이론의 괴리에 물음표를 띄우고 있던 일동의 시선이 이내 미라에게 집중되었다.

"그럼 미라. 진실을 말해줘~."

제프가 윙크를 날리며 설명을 요청하자 미라는 "별수 없군" 하고 거드름을 피우는 듯한 태도로 그 답을 자아냈다. 우선은 무수히 많은 소환술 중에서 어째서 알피나를 선택했는지를 언급했다.

"알피나의 검은 빛을 응축해서 벼린 멸마(滅魔)의 검이지. 마에 속한 자를 베면 그 즉시 섬광을 내뿜으며 불타버리게 되어 있다. 이곳에 출현하는 것은 모두 불사 계열이니 알피나를 막을 수 있는 것은 없을 게야."

미라는 손가락을 턱 끝에 가져다 대며 자랑스럽게 몸을 젖히고 가슴을 폈다.

"그런 검이 있구나……."

에메라는 눈빛을 빛내며 잿더미를 쳐다보았다. 이번에 에카르라트 카리용의 단장에게 부탁해 정령검을 빌려온 것도 실은 써보고 싶었다는 이유가 절반을 차지했다 해도 과언이 아닐 정도로, 에메라는 명검이라면 사족을 못 썼다.

"오호. 그런 검을 지닌 자까지 소환해버리다니, 놀라운걸."

미라의 꿍꿍이대로 아스발은 소환술에 대한 인식을 더욱 상향

수정하였다.

C랭크 던전인 고대신전 네뷸러폴리스의 공략은 당초에 에메라가 생각했던 것보다도 간단……한 정도를 초월해 신속 공략이라 할 수 있을 정도의 여정이 되어버렸다.

던전에서 가장 경계해야 할 마물이 모두 잿더미가 되어버리자, 제프가 의기양양하게 그것을 뒤졌다. 유일하게 모험다운 일이라 할 수 있는 일은 통로가 여럿인 방에서 에메라가 맵을 펼쳐 진행 방향을 확인하는 것 정도였다.

"우리 여기 뭐 하러 왔더라? 마동석 냥냥~?"

잿더미에서 대충 아이템을 다 회수한 제프가 문득 그런 소리를 했다. 본인으로서는 별다른 의미 없이 한 말이었으나 이번 공략의 주최자인 에메라는 "윽……" 하고 숨을 죽였다.

타쿠토를 암승의 방까지 호위하는 것.

그것이 목적이었으나 현재 상황으로 미루어 미라 혼자서도 충분히 해낼 수 있었을 듯했다.

C랭크 던전이라는, 상급 모험가라도 긴장을 풀면 위험한 곳에 소년소녀만 보낼 수는 없다며 억지로 따라온 에메라는, 아직 한 번밖에 휘둘러보지 못한 정령검을 손에 쥔 채 쓴웃음을 지었다.

"빈대 붙기 냥냥~?"

"말하지 마~~~~!"

심장을 후벼 파는 듯한 말에 에메라는 머리를 싸쥐고 괴로워

했다.

그 후, 계속해서 전진하여 3층 중반에 자리한 광장에 도착해 보니 유달리 커다란 잿더미가 중앙에 쌓여 있었다. 그곳에 있었을 터인 마물이 바로 미라가 절대로 상대하고 싶지 않아 소환술을 행사하게 만든 원흉, 자이언트 구울이었다. 제프가 자이언트 구울의 잿더미를 발로 헤집고 있었다.

"우오! 마동결정 떴다!"

잿더미 속에서 손바닥 정도 크기의 돌을 발견한 제프는 그것을 높이 들어 올렸다. 그러자 그때까지는 그다지 관심을 보이지 않았던 에카르라트 카리용의 면면들의 표정이 확 바뀌었다.

그럴 만도 한 것이, 마동결정은 쓰러뜨리기 어려운 대형 불사 계열 마물에게서 매우 낮은 확률로 얻을 수 있는 희소 아이템이었기 때문이다.

"우와! 보여줘, 보여줘."

"으아, 말도 안 돼."

"굉장히 운이 좋았네요."

태도가 완전히 돌변한 에메라가 제프에게 돌격하는 것을 지켜보던 아스발은 제프의 손안에 있는 보석 같은 그것을 멀찍이서 쳐다보았다. 플리카는 표정이 그대로이기는 했으나 뺨이 약간 상기되어 있었다.

그런 면면들 앞에서 타쿠토는 영문을 알 수 없었지만, 현장의 즐거워 보이는 분위기를 느끼고는 미소를 지었다. 미라는 미라대로 마동결정을 드롭하다니 별 일이 다 있군, 하고 남의 일이라는 듯 바라보고 있었다.

일행은 이런저런 일을 거쳐 계속해서 전진한 끝에, 드디어 목적지인 암승의 방이 있는 5층에 도착했다.

그곳 역시 다른 곳과 다를 바가 없어, 마물의 기척은 전혀 느껴지지 않는 가운데 잿더미만이 끝없이 널브러져 있었다. 하지만 눈에 띄게 수가 늘어난 그것을 보고 있자니 알피나가 얼마나 용맹한지 직접 보지 않고도 짐작이 가서 에메라와 아스발은 숨을 죽일 수밖에 없었다. 본래대로였다면 이들과 정면으로 맞부딪혔을 자들은 자신들이었을 것이기에.

"섬멸 완료했습니다."

알피나가 홀에서 기다리고 있었다. 숨을 헐떡이기는커녕 갑옷에도 상처 하나 나지 않았다. 나타났을 때와 완전히 같은 모습이었다.

"음, 수고 많았다. 과연 알피나로구나."

"칭찬해주시어 영광입니다."

미라는 무릎을 꿇고 예를 올리는 알피나를 치하하는 말을 하고는 서서히 손을 내밀었다.

"푹 쉬거라."

그렇게 귀환을 명령하자 알피나는 나타났던 것과 같은 마법진에 휩싸인 채 안개처럼 흐려지더니 이내 송환되었다.

어쩐지 장엄하고 말참견을 하기조차 꺼려지는 모습에 일동은 그저 가만히 지켜볼 따름이었다. 하지만 제프만은 매우 아쉬운 듯한 눈치였다.

5층의 구조는 지극히 심플했다. 계단을 내려와 통로를 나아간 끝에 자리한 정방형의 대형 홀의 전후좌우에는 통로가 하나씩 나 있었다. 4층으로 돌아가는 길을 빼면 남는 통로는 셋. 왼쪽은 창고였고 정면 통로는 최하층과 이어져 있었다. 요컨대 타쿠토가 가고 싶어 했던 암승의 방에 가려면 오른쪽 통로로 가면 된다.

에메라는 그 사실을 맵으로 확인하고는 홀을 지나 오른쪽 통로로 안내했다. 잿더미를 뒤지던 제프는 다소 늦게 일행의 뒤를 쫓았다.

"여기가 암승의 방인 모양이네."

통로의 막다른 곳에 자리한 구리로 된 문을 열고 안으로 들어가자 벽 전체에 불가사의한 도형이 그려진 방이 나타났다. 미라도 그 이상한 광경은 기억하는지라 들어가서 정면 벽 근처에 자리한 고풍스러운 전신거울을 곧장 쳐다보았다.

에메라와 아스발은 실내를 대충 둘러보았지만 그 방에는 마물은커녕 잿더미도 보이지 않았다. 그저 거울 한 장이 있을 뿐이었다.

랜턴의 은은한 빛을 받아 으스스하게 윤곽이 떠오른 거울은 죽은 자를 비추는 것 말고도 다른 효과가 있지 않을까 하는 생각이 절로 들게 하는 분위기를 풍기며 자리하고 있었다.

누군가가 낸, 숨을 삼키는 소리가 정적에 지워졌다. 이상하게 긴장감이 고조된 가운데 미라는 "어디" 하고 중얼거리며 성큼성큼 거울로 다가가 성수를 끄집어내서는 그것을 거울에 뿌렸다.
레서 데몬이 암승의 거울을 저주하는 바람에 비참한 결말에 다다랐던 퀘스트를 기억하는 미라는 가장 먼저 그 대처법을 실행했다.
"흠, 괜찮은 것 같군."
저주받지 않았음을 확인하고서 몸을 돌린 미라는 타쿠토에게 다가갔다.
"어, 뭐야? 왜 그래?"
미라의 갑작스러운 행동에 에메라는 맹한 표정으로 물었다. 하지만 그 질문에 자세히 대답하자면 설명할 것이 한둘이 아니었다.
"무얼, 그냥, 액막이 같은 거다."
미라는 애매하게 대답하여 얼버무렸다.
암승의 거울에서는 물이 뚝뚝 떨어지고 있어, 좀 전보다 으스스해 보였다. 에메라가 겁에 질린 표정으로 그것을 바라보며 무엇에 대한 액막이였을까, 하고 생각한 순간. 갑자기 등 뒤에 자리한 문이 큰 소리를 내며 열렸다.
"어라~아? 왜 이런 곳에 뭉쳐 있어~. 찾던 물건은 찾았어?"
일행을 쫓아온 제프가 말을 붙이자 갑작스러운 소리에 놀란 에메라가 흠칫 몸을 떨었다.
"차, 찾았어. 저거야, 저거!"
에메라는 이 정도 일로 놀랐다는 것이 부끄러웠는지 얼굴을 붉히며 전방에 자리한 거울을 가리켰다.

"잘됐네, 타쿠토. 이제 아빠, 엄마와 재회할 수 있겠어."

"네, 여러분 덕분이에요. 고맙습니다!"

암승의 거울을 확인한 제프는 자기 일인 듯 기뻐하며 타쿠토의 어깨에 턱, 하고 손을 올렸다. 타쿠토는 눈물이 걸린 눈으로 미소를 지으며 대답했다.

"자, 만나고 오거라."

미라는 타쿠토의 등을 살며시 두드려주었다. 등을 떠밀어주자 한 걸음을 앞으로 나선 타쿠토는 "응!" 하고 크게 고개를 끄덕이고는 암승의 거울 앞에 서서 부모님의 이름을 불렀다.

죽은 자와의 인연이나 관련된 물건이 필요한 등, 허들이 높기는 하지만 암승의 거울을 사용하는 방법 자체는 지극히 단순했다. 만나고 싶은 자를 생각하며 이름을 부르기만 하면 되는 것이다. 타쿠토는 머릿속에 희미하게 남은 부모님의 모습을 떠올리며 거울을 보고 그들을 불렀다.

…….

………….

"나온, 거야?"

마른침을 삼키며 지켜보던 가운데, 초조한 마음에 못 이겨 에메라가 말했다. 하지만 직후에 플리카가 노려보자 어깨를 움츠린 채 맥없이 물러났다.

………….

"우리한테는 안 보이는 건가?"

아스발은 주변에 충만한 침묵을 견디지 못하고 질문을 던져 보았다. 하지만 그 질문에 답할 수 있는 자는 없었다. 타쿠토의 등을 가만히 쳐다보는 수밖에 없었다.

"타쿠토."

그 변화를 가장 먼저 알아챈 것은 미라였다. 미라는 종종걸음으로 달려가서 어깨를 들썩이며 눈물을 흘리는 타쿠토의 머리를 끌어안아주었다.

그 모습을 지켜보던 네 사람이 무슨 일인가 싶어 걸음을 내디뎠을 때, 타쿠토는 큰 소리로 울음을 터뜨리며 온기를 찾아 미라에게 매달렸다.

"아빠…… 엄……마……!"

미라는 둑이 터진 듯 쉴 새 없이 흐르는 눈물을 받아주며 그의 등을 살며시 토닥여주었다.

"왜 그러는 게야. 작별의 말이 슬펐던 게냐?"

미라의 말에 타쿠토는 고개를 가로저어 답하고는 눈물이 그렁그렁한 눈으로 고개를 들어,

"아빠와 엄마는, 나와 만나기 싫은가 봐."

그렇게 말하며 또다시 눈물을 흘렸다.

아무래도 부모님을 만나지 못한 모양이었다. 에메라와 플리카는 그런 타쿠토의 어깨에 손을 얹으며 침통한 표정으로 눈시울을 붉혔다.

아스발은 어쩌면 좋을지 모르겠는지 허둥지둥 아이템 박스를 열어 과자며 주스를 찾고 있었다.

제프로 말하자면 암승의 거울 앞에 서서 그것을 진지한 표정으

로 관찰하고 있었다.

"리리카."

제프는 나직한 목소리로 그렇게 중얼거렸다. 그것은 병으로 먼저 죽은 여동생의 이름이었다. 무의식적으로 내뱉은 그것은 제프에게 있어 기도나 다름없는 의미를 지닌 이름이었다.

직후, 희미한 빛이 암승의 거울에서 흘러나오더니 서서히 그 안에 한 소녀의 모습이 나타났다. 나이는 열대여섯 정도. 빨간 원피스에 갈색 머리를 두 갈래로 묶은 그 소녀는 붙임성 있어 보이는 미소를 띤 채 거울 앞에 선 제프를 올려다보고 있었다.

"말도…… 안 돼……."

죽었을 당시와 변함없는 외모에 아껴 입던 원피스, 묶어달라고 몇 번이나 재촉을 하는 바람에 묶는 방법을 익히고 만 머리 모양. 제프의 머릿속에 선명히 남아 있는 것과 일치하는 그 모습은 여동생인 리리카가 틀림없었다.

그리고 그 모습은 제프뿐 아니라 미라와 에멜라 일행의 눈에도 또렷하게 보였다. 타쿠토를 위로하고 있는 미라와 에메라, 플리카 역시 거울에서 시선을 뗄 수가 없게 되었다.

"리리카…… 리리카!"

제프는 엉겁결에 거울에 달라붙어 여동생의 이름을 불렀다.

"오……빠?"

그러자 거울 안에 나타난 소녀는 그의 말에 반응해 고개를 갸웃했다. 자신의 말이 들린다는 것을 확신한 제프는 지금까지 눌러왔던 감정을 폭발시켰다.

"리리카, 미안. 구해주지 못해서 미안! 내가 좀 더 빨리 돌아갔다면. 너는——."

제프가 자아낸 사죄의 말은 중간부터 목소리가 쉬어 알아들을 수가 없었다. 그래도 제프는 목소리를 내서, 몇 번이나 연거푸 미안하다는 소리를 했다.

"오빠. 왜 사과를 하는 거야? 오빠가 뭐 나쁜 짓했어?"

감정에 따라 안에 담아뒀던 것을 계속해서 토해내던 제프를 만류한 것은 다름 아닌 리리카 본인이었다.

"나는…… 리리카 널 구해주지 못했어. 내가 좀 더 빨리 마을에 돌아갔더라면 리리카는 죽지 않았을 텐데."

제프는 마치 참회라도 하듯 고개를 숙인 채 말했다. 유일하게 제프의 사정을 아는 아스발은 표정을 찌푸린 채 제프의 곁으로 다가갔다.

그건 네 책임이 아니잖아. 아스발이 그렇게 말하려던 순간이었다.

"오빠 때문 아냐. 난 병 때문에 죽은 거라고. 그러니까 오빠는 하나도 잘못 없어! 내가 오빠를 만나러 온 건, 미안하다는 말을 듣기 위해서가 아니라 고맙다는 말을 하고 싶어서라고!"

거울 속 소녀는 얼굴이 새빨개져서 오빠인 제프를 질타했다. 애달프게 느껴졌기 때문이다. 그런 이유로 사과를 하는 것이. 그리고 그런 이유로 자기 자신을 탓했다는 것이.

"오빠!"

"아, 네!"

노기등등한 리리카의 목소리에 제프는 저도 모르게 자세를 바로 잡았다. 그리고 그 모습을 보자마자 리리카는 환한 미소를 짓더니 키득키득 웃기 시작했다.

"리…… 리리카?"

"안 변했네. 오빠."

"아, 아, 으응."

아직 리리카가 살아 있었을 무렵, 장난기가 지나치게 많았던 제프는 때때로 이렇게 혼이 나고는 했다. 그때로부터 상당한 시간이 흘렀음에도 아직 몸이 기억하고 있었다. 리리카의 목소리를.

"오빠. 내가 죽은 건 유행병 때문이야. 오빠가 괜히 책임감 느낄 필요 없어."

"하지만, 리리카."

"하지만, 이라고 하지 마. 나는 오빠가 나를 위해 열심히 노력해줬다는 걸 잘 알아. 그러니 이 말만은 하고 싶었어. 고마워. 오빠. 사랑해."

그렇게 말하더니 리리카의 모습이 천천히 흐려졌다. 슬슬 시간이 다 된 모양이었다.

"나도. 나도 사랑해!"

제프는 사라져가는 리리카의 상에 대고 외쳤다. 직후, 일동은 희미한 소녀의 미소를 본 듯한 기분이 들었다.

9

아무 말 없이 암승의 거울에서 떨어진 제프는 고개를 홱 돌린 채 눈을 감았다. 돌아보면 타쿠토보다 엉망이 된 얼굴을 보이게 될 테고, 무엇보다도 지금 목소리를 낸들 제대로 말을 할 자신이 없었기 때문이다.

그 사실을 알아챈 것인지 모두가 눈빛을 교환해 얼마간 제프를 가만히 두는 데 동의했다.

"문제없이 쓸 수 있는 것 같군."

미라는 그렇게 말하며 거울을 보았다. 암승의 거울은 분명 죽은 자를 비춘다. 제프의 경우로 그 사실이 증명되었다.

"그러면 어째서일까?"

에메라가 어째서 타쿠토의 부름에는 답하지 않은 것일까, 하는 의문을 입에 담았다.

타쿠토의 부모님은 그의 앞에 나타나지 않았다. 그것은 리리카가 일동의 눈에도 보인 것을 통해 파악된 사실이었다. 타쿠토 때는 거울에 아무도 비치지 않았던 것이다.

"두 사람을 동시에 불러서 그런 게 아닐까."

플리카는 암승의 거울이 부를 수 있는 죽은 자는 한 번에 한 명까지가 아닐까 하는 가설을 세웠다. 타쿠토는 부모님을 모두 불러서 반응이 없었던 것이 아닐까 하는 가설을.

"가능성은 있군."

아스발은 그렇게 말하며 미라에게 시선을 보내 재촉했다. 미라는 그것을 보고 고개를 끄덕이고는 살며시 안고 있던 타쿠토를 다시금 거울 앞에 세웠다.

"타쿠토여, 이번에는 아버지와 어머니 중 한 명만 불러보거라."

타쿠토는 고개를 끄덕이고는 머릿속으로 어머니의 모습을 떠올렸다.

"엄마. 리네 엄마."

타쿠토는 간절한 마음으로 어머니의 이름을 불렀다.

………….

암승의 거울은 그래도 반응을 보이지 않고 침묵을 지켰다.

"애슐리…… 아빠……."

타쿠토의 눈에서 다시금 눈물이 흘러나왔다. 아무리 불러도 만나러 와주지 않는 것은 분명 자신을 만나고 싶지 않기 때문일 거라는 생각이 타쿠토의 머릿속에 퍼져 가슴을 슬픔으로 물들였다.

"우에…… 우에에으."

거울에 비친 타쿠토는 얼굴을 엉망으로 구긴 채, 한 줄기 희망을 찾아 거울을 계속해서 쳐다보았다.

하지만 시간은 그러한 마음을 저버리듯 흘러가기만 할 뿐, 끝내 부모님은 거울에 비치지 않았다.

"안 나오는군……."

아스발이 그렇게 말한 것을 계기로 결국 타쿠토는 참지 못하고 흐느껴 울기 시작했다. 타이밍상, 본인 탓이라고 생각한 아스발은 또다시 허둥대었다.

미라는 어떻게 하면 좋을지 몰라 허둥대는 덩치를 곁눈질하며 타쿠토를 끌어안았다.

미라의 온기 속에서 타쿠토는 조금씩이나마 마음을 진정시켜 나갔다. 그럼에도 흐르는 눈물은 멈추지 않아서 제대로 이야기를 할 만한 상태가 아니었다.

"그나저나 어떻게 된 걸까~."

에메라는 거울을 보며 주변을 빙글빙글 돌았다. 뭔가 단서라도 숨어 있지 않을까 싶어 조사해보고 있는 듯했지만, 그럴 법한 흔적은 발견되지 않았다.

"한 사람씩만 부를 수 있는 것도 아닌 모양이네."

"망가진 것도 아니고."

플리카는 거울을 들여다보며 표면을 쓰다듬었다. 냉정함을 되찾은 아스발도 플리카와 함께 거울을 주시하며 상처 하나 없다는 사실을 확인하고는 고민에 빠졌다.

미라도 어떻게 된 일인가 싶어 머리를 굴려보았다.

암승의 거울은 죽은 자와 만날 수 있는 퀘스트용 오브젝트였다. 그것이 현실이 된 지금, 퀘스트와는 무관하게 기능하고 있다는 사실이 조금 전, 리리카의 경우로 판명되었다.

그렇다면 어째서 타쿠토의 부모는 나타나지 않는 것일까. 정말로 타쿠토를 만나고 싶지 않은 걸까.

하지만 미라는 그 가능성을 부정했다. 이렇게나 간절하게 부모님을 만나고 싶어 하는 아이를 만나기 싫어할 부모가 있을 리 없기에.

그렇다면 어떻게 된 걸까. 미라는 좀 더 단순한 가설에 도달했다.

"혹시, 타쿠토의 부모는 살아 있는 것이 아닐까."

그 말을 들은 에메라의 움직임이 멈췄다. 암승의 방까지 온 이유는 타쿠토를 죽은 부모님과 만나게 해주기 위해서였다. 적어도 에카르라트 카리용의 면면들은 그렇게 인식하고 있었다.

하지만 미라의 말은 그 전제를 뒤엎어, 일동이 떠올렸던 가능성들 사이의 빈틈에 큰 물결을 일으키며 떨어졌다.

"그렇구나, 분명 행방불명되고서 5년이 지나서 사망한 것으로 인정됐다는 이야기에서 시작된 일이었지. 그렇다면 살아 있을 가능성도 있는 거잖아."

그것이야말로 진실이라고 확신한 듯, 에메라는 확 밝아진 표정으로 타쿠토의 곁으로 다가갔다.

"행방불명 상태로 5년 경과하면 사망. 조합 규칙에는 그렇게 되어 있죠. 과연, 그런 이유였군요."

"호~ 그런 규칙이 있었어? 요컨대 시체가 나온 건 아니라 이거지?"

플리카와 아스발, 그리고 제프는 자세한 설명을 듣는 건은 처음이었다. 그저 죽은 부모님을 만나고 싶어 하는 소년이 있고 등록하자마자 C랭크인 소녀가 함께 데려가겠다는 소리를 해서 걱정이 되니 도와달라고 에메라에게 부탁을 받은 것뿐이었다.

"타쿠토."

미라는 품에 안고 있던 타쿠토를 살며시 놓아주며 그 눈을 똑바로 쳐다보았다. 타쿠토도 상대가 진지하다는 것을 알아챈 것인지, 코를 훌쩍이면서도 미라의 눈을 마주 보았다.

"잘 들어라, 암승의 거울은 죽은 자를 비추는 거울이다. 요컨대 살아 있는 자는 비추지 않아. 무슨 소리인지 알겠느냐, 타쿠토. 다시 말해서, 그대의 부모님은 아직 살아 있다는 뜻이다."

살아 있다. 그 말은 감정이라는 이름의 골짜기 밑바닥까지 가라앉았던 타쿠토의 마음에 강하게 울려 퍼져 깜깜하게 닫혀 있던 가슴에 한 줄기 빛을 내려주었다.

"하지만…… 할아버지는 죽었다고. 그러니 포기하라고 했는데."

5년 동안 자신을 키워준 할아버지가 지금까지 본 적이 없는 표정으로 그렇게 말했던 일을 떠올리자 희망으로 부풀었던 타쿠토의 마음은 다시금 가라앉으려 했다.

"하지만 조합 사람은 행방불명 됐다고 했었지?"

"네."

"그렇다면 가능성은 있지 않을까. 요컨대 그대의 부모님이 죽은 것을 직접 본 것은 아니라는 뜻이다. 게다가 죽은 자를 비춘다고 알려진 암승의 거울에 비추지 않는다는 것을 보면, 살아 있을 가능성이 높을 것 같지 않으냐?"

천천히 그렇게 말한 미라는 끝으로 다정한 미소를 지으며 말을 이었다.

"살아 있으면 반드시 만날 수 있을 게다."

"리네 씨에 애슐리 씨랬지? 만약 어디선가 만나면 타쿠토 군 소식을 전해줄게."

아스발은 의외로 눈물샘이 약한지 눈두덩을 꾹 누르고 있었다.

플리카는 메모장을 끄집어내더니 거기에 '타쿠토 군의 어머니 리네 씨, 아버지인 애슐리 씨를 찾을 것'이라고 적어 넣었다.

"분명 살아 있을 거야. 거울에 비치지 않은 게 그 증거인 걸. 오길 잘했지, 타쿠토 군?"

몸을 굽혀 타쿠토와 시선을 맞춘 에메라는 수건을 꺼내 살며시 그의 눈에 남은 눈물을 닦아주었다.

"그래, 소년. 살아 있다는 건 그 자체로 희망적인 일이라고. 어려서부터 절망으로 물든 표정 짓고 있지 말고 웃어. 아빠랑 엄마도 그러는 걸 더 기뻐할 테니까."

그러한 말과 함께 제프가 고개를 내밀었다. 눈은 아직 붉었고 표정은 가라앉아 있었지만, 타쿠토를 보고 최대한 밝은 미소를 지어주었다.

"네, 고맙……습니다!"

타쿠토는 훌쩍이면서도 지금까지 본 것 중 가장 밝은 미소를 지으며 그렇게 대답했다. 그러고는 생판 남인 자신의 부탁을 받아들여 위험한 장소에 와준 미라 일행에게 진심 어린 감사인사를 했다.

일동은 그거면 충분하다는 듯 고개를 끄덕이고는 타쿠토의 머리를 쓰다듬어주었다.

얼마간 한가로운 분위기가 흐른 뒤, 미라는 문득 생각이 났다는 듯 다시금 성수를 손에 들고 암승의 거울 앞에 섰다.

"하워드 나와라~. 자아~ 성수다~."

그렇게 말하며 미라는 성수가 든 병을 흔들었다. 하지만 암승의 거울은 부름에 응하지 않았다.

'역시 부족한가.'

자칭 악마학자인 하워드. 미라와는 본래부터 암승의 거울을 사용할 수 있을 정도로 인연이 강하지 않은 데다, 그를 상징하는 대명사라 할 수 있는 성수도 하워드 본인의 추억이 담긴 물건이 아니었다.

하지만 미라도 만날 수 있으리라고 기대하지는 않았다. 솔로몬에게는 예상했던 대로였다고 보고하면 그만이다. 그렇게 금방 포기한 미라는 발걸음을 돌려 거울에 등을 돌렸다.

그러자 다소 떨어진 위치에 선 제프의 모습이 미라의 시야 끄트머리에 살짝 들어왔다.

타쿠토 일로 다소 유야무야된 감은 있었지만 이번 일은 제프의 트라우마라 할 수 있는 일에 매듭을 지은 것이나 다름없는 일이리라. 펑펑 울던 제프의 모습은 경박해 보인다는 첫인상과는 동떨어진 것이어서 미라의 뇌리에 강렬하게 새겨졌다.

"그나저나 제프. 그대는 이제 괜찮은 게냐?"

미라의 말을 듣고서야 생각이 났는지 일동의 시선이 제프에게 집중되었다.

갑자기 주목의 대상이 되는 바람에 제프는 당황했으나 가볍게 눈을 깜박거리더니 두 번째 손가락을 똑바로 치켜든 채,

"나, 부활!"

이라고 큰 소리로 선언했다.

그 표정은 다소 그늘이 남아 있기는 했지만 평소와 같은 털털한 제프의 것이었다. 사정을 알고 있었던 아스발도 내심 걱정하는 눈치였으나 그런 모습을 보고는 일단은 가슴을 쓸어내렸다.

제프 본인도 지금까지 계속 마음 깊숙한 곳에서 꾸물대던 감정을 몽땅 토해낸 탓인지 마음은 편해 보였다.

미라는 그런 그에게 다가가 발돋움을 하며 오른손을 머리로 뻗었다.

"미라, 뭐 해?"

의문을 그대로 입에 담은 제프의 머리에 미라의 손이 닿았다.

"그대도 다행이구나. 이 몸은 사정을 모른다만, 마음은 편해진 듯하구나."

겉모습은 전혀 달랐지만 꼭 여동생에게 위로를 받은 듯한 안도감이 제프의 가슴속에 퍼져 나갔다. 내면을 감추기 위해 뒤집어썼던 가면이 벗겨지자 제프는 자연스럽게 미소가 떠오른 얼굴로 "고마워" 하고 미라에게만 들릴 정도의 목소리로 중얼거렸다.

모습은 아무리 보아도 연하였지만 눈에 보이지 않는 모성 같은 것을 느낀 그는 얼마간 그 선의를 받아들였다. 그러고는 다정하게 웃으며 뇌리에 떠오른 여동생을 살며시 보내주었다.

"그러면, 볼일도 끝났으니 돌아갈까."

에메라는 타이밍을 헤아리다 손뼉을 짝 치며 말했다. 그러자 제프가 세차게 출구까지 달려갔다.

“뜻밖의 결과가 나오긴 했지만, 해피엔딩이라 봐도 되겠지?”

아무래도 제프는 완전히 평소 상태로 돌아온 모양인지 소년 같은 미소를 지으며 돌아보았다.

“타쿠토 군한테는 지금부터가 시작 아닐까.”

“네. 저, 여러분 같은 모험가가 돼서 아빠와 엄마를 찾을 거예요!”

부모님은 분명 어딘가에 살아 있을 것이다. 당초의 목적이 달성되지는 않았지만 그 결론은 타쿠토에게 더 큰 행복감을 가져다줬을 것이다.

“뜻밖인 건 너도 마찬가지 아니냐, 로리콘. 어떻게 될까 싶었는데 이것 참, 떨쳐낸 것 같아 안심했다.”

“어라? 지금 뭔가 엄청나게 뜻밖의 단어가 들린 것 같은데. 들린 것 같은데~!”

“아스발 씨는 알고 계셨군요. 나는 몰랐는데! 부단장인데 멤버가 고민하고 있다는 것도 못 알아채다니!”

제프가 미라에게 위로를 받던 광경을 보고 받은 인상을 아스발은 적절한 단어로 변환해서 별명으로 붙였다. 물론 제프는 항의했지만 스스로도 ‘괜찮은데?’ 하고 생각하고 만 탓에 아주 완강하게 저항하지는 못했다.

그와는 반대로 에메라는 부단장으로서 한심하다는 생각에 괴로워하기 시작했다. 하지만 당연히 에메라에게 그런 것까지 요구하는 사람은 그 누구도 없었다. 애초에 대규모 길드 멤버 개개인의 고민은 단장이 되었건 누가 되었건 모두 파악할 수 있을 리가 없기에.

"유쾌한 녀석들이로고……."

미라는 떠들썩한 면면들의, 눈에는 보이지 않을지 몰라도 그 사이에 분명히 존재하는 유대감이 느껴져서 쓴웃음을 지은 채 그들의 모습을 얼마간 흐뭇하게 쳐다보았다.

"자아, 모처럼 왔으니. 그대들은 이대로 타쿠토를 데리고 가주겠나? 이 몸은 6층까지 가서 볼 일이 있어서 말이다."

타쿠토의 용건은 끝났으니 이 이상 던전을 데리고 다닐 필요는 없다. 그렇게 판단한 미라는 이 멤버라면 맡길 수 있다고 생각해 그렇게 말했다.

"뭐야, 아가씨는 6층에 볼일이 있었던 거였어?"

"6층 말인가요? 성이 있을 뿐 마물도 나오지 않는, 아무것도 없는 곳이라고 들었는데요."

"나도 그렇게 들었어. 벌써 수천 명은 이곳에 다녀갔을 텐데, 6층에서 뭔가를 발견했다는 소식은 들어본 적이 없군."

플리카와 제프의 말대로 6층은 던전에서도 특수한 장소였다.

5층까지의 경관은 신전이라는 이름이 말해주듯 어딘지 모르게 엄숙함이 느껴졌다.

하지만 6층의 특수성은 그렇지 않다는 점이었다. 문제는 존재의 이유였다.

좌우간 아무것도 없는 것이다. 유일하게 의미가 있어 보이는 성조차도 내부 장식은 건축재가 그대로 드러나 있고, 집기류도 전혀 없다. 하물며 방에 문조차 없어서 보물창고로 보이는 장소마저도 활짝 열려 있는 데다 당연히 안도 텅텅 비어 있었다.

보물도 없고 마물도 나오지 않을뿐더러 이벤트도 안 일어난다.

그런 6층에 흥미를 보인 자칭 고고학자 플레이어들도 있었지만 구석구석 조사해본 결과, 그곳에는 아무런 의미도 없음을 재차 증명하게 되었을 뿐이었다.

하지만 미라는 그런 장소에 볼일이 있었다.

"그러고 보니 처음부터 고대신전 출입 허가증을 가지고 있었지. 그렇구나, 6층이 목적지였구나."

에메라는 조합 앞에서 있었던 일을 돌이켜보며 중얼거렸다. 타쿠토가 미라에게 애원을 하게 된 계기는, 미라의 카드 케이스에 들어있던 고대신전 출입 허가증을 본 것이었다. 요컨대, 타쿠토를 암승의 방에 데려다 주는 것 말고도 미라에게는 이곳에 올 이유가 있었다는 뜻이었다.

"재미있을 것 같으니 나도 갈래."

미라는 이제 아무도 없다는 것이 상식처럼 여겨지고 있는 장소에 볼일이 있다고 했다. 제프가 그 이야기를 듣고 흥미가 동한 일행의 뜻을 대변했다. 하지만 말하기 무섭게 일동의 따가운 시선이 쏟아졌다.

"역시 로리……."

"그런 녀석이 아니었는데 말이지."

"미라는 안 넘겨줄 거예요."

"글쎄 그런 거 아니라니까!"

비명과도 같은 제프의 목소리는 그 누구의 마음에도 닿지 않고 안개처럼 흩어졌다.

"다들 봤잖아. 미라의 실력. 난 그냥, 그런 미라가 볼일이 있다고 하는 걸 보니 뭔가가 있는 게 아닐까 싶었던 것뿐이라고. 엉큼한 생각은 눈곱만큼도 없어."

제프는 그렇게 변명을 늘어놓았다. 하지만 에메라 일행도 그럭저럭 신경은 쓰였던 모양이었다.

6층에는 아무것도 없다고 들었을 뿐, 실제로 눈으로 확인한 것은 아니었기 때문이다.

제프에게 걸린 의혹에 관해서는 반신반의였지만, 미라 본인에게는 흥미가 있었다. 그런 미라가 가려하고 있는 것이다. 무언가가 있지 않을까 하는 기대감이 모두의 마음속에 생겨나기 시작했다.

"그런고로 미라, 우리도 같이 가도 될까?"

이러쿵저러쿵 떠들어댄 끝에 에메라가 에카르라트 카리용의 총의를 정리했다.

"이 몸으로서는 무슨 일이 일어날지 알 수 없으니 돌아가줬으면 한다만……. 뭐어, 상관없겠지."

지금 만나러 갈 사람은 아홉 현자의 일원, 거벽(巨擘)의 소울하울이었다. 그자가 지닌 상당히 비뚤어진 취향 탓에 같이 가도 되겠느냐는 소리를 들은 미라는 다소 떨떠름한 표정을 지었으나, 인생에 공부는 따르기 마련이라고 생각을 고치고는 승낙했다.

소울하울의 취향은 고약했지만 진짜로 사람을 함정에 빠뜨리는 등의 악취미와는 방향성이 다른지라 그 점은 안심이었다. 그야말로 함정으로 가득한 귀신의 집을 만드는 것과, 진짜 시체를 매달아 귀신의 집을 만드는 것 정도로 달랐다.

그리고 미라 본인이 이 멤버들과 조금 더 함께 있는 것도 나쁘지 않겠다고 생각했다는 것 역시 원인 중 하나였다.

미라는 암승의 방을 뒤로 하고 6층으로 이어진 문을 열었다. 이 앞에서 마물이 출현하지 않으니 통로를 따라가면 6층에 다다를 수 있을 것이다.

얼마간 통로를 따라 걸어가자 지하 공동(空洞)의 최상부 부근이 나타났다. 전체적으로 암반이 훤히 드러나 있고 오른쪽 벽에는 암반을 깎아 만든 계단이 있었다. 하지만 그 계단은, 폭은 넓어도 높낮이는 제각각이라 실로 못 미더워 보였다.

"호오~. 이런 식으로 돼 있었구만~."

제프가 움찔거리며 앞을 내다보았다. 6층에는 빛이 있었다. 넓게 펼쳐진 돔 형태의 벽에 빛나는 결정이 수없이 튀어나와 있어, 광대한 공간 전체를 비추고 있었던 것이다.

"어디 보자, 녀석은 어디 있을는지."

미라는 그렇게 혼잣말을 중얼거리며 조명의 무형술을 해제하고는 타쿠토의 왼손을 잡고 계단을 내려가기 시작했다.

"노……높아아~~……."

"당연히 높지. 마지막에 접어들어서야 겨우 던전 공략 중이라는 실감이 드네."

"단장이 봤으면 졸도했겠네요."

에메라는 랜턴을 끄고 살짝 아래를 내려다본 뒤, 벽에 달라붙은 모양새로 미라의 뒤를 따랐다. 아스발은 잠시 쓴웃음을 짓기는 했지만 큇숨을 한 번 내쉬어 이런저런 것들을 떨쳐내고는 성큼성큼 계단을 내려갔다. 낙하속도를 경감시키는 무형술을 사용할 줄 아는 플리카는 동요하지 않고 고소공포증이 있는 에카르라트 카리용의 단장을 떠올렸다.

그리고 높은 곳에 익숙한 제프는 에메라를 놀리는 일에 전념했다.

〈10〉

"각오는 됐겠지~!"

"됐을 리가 없잖아~."

6층 최하부에 도착해 단단한 땅바닥에 내려서자마자 에메라는 악귀 같은 표정으로 제프에게 덤벼들었다. 고소공포증까지는 아니었지만 남들만큼은 높은 곳을 무서워하는 에메라를 제프가 계속해서 놀려댄 결과였다.

"시끄러운 녀석들이구나."

쓴웃음을 지은 채 유쾌해 보이는 그 뒷모습을 지켜보던 미라는 이어서 홀의 중앙에 우뚝 선 하얀 거성으로 시선을 옮겼다. 만약 소울하울이 한곳에서 살기로 했다면, 이 성만큼 그에게 어울리는 장소는 없으리라. 미라는 처음부터 그렇게 전망하고 있었다.

"내버려두고 성으로 갈까나."

나머지 멤버에게 그렇게 말하고는 훤히 드러난 암반에 발을 그대로 내디디며 걷기 시작했다. 다소 울퉁불퉁하기는 했지만 못 걸을 정도는 아니었다.

"먼저 성으로 간다~!"

아스발은 미라의 말에 고개를 끄덕이더니 신이 나서 호수 근처에서 술래잡기 중인 두 사람에게 큰 소리로 말했다. 때때로 비명이 들려오는 것으로 보아, 그 말이 귀로 들어갔을지 어떨지는 의문이었지만.

'허어, 무슨 잔해지?'

성문까지 가던 도중, 주변에는 검게 그을린 듯한 흔적이 남은 잔해가 흩어져 있었다. 미라는 보나마나 소울하울이 실험을 한 흔적이겠거니 하면서도 뭐라 형용할 수 없는 기척을 느끼고는 주변을 둘러보았다.

"아무것도 없다지만 이건 이것대로 장관이로군."

바로 뒤에 있던 아스발이 바로 앞에서 올려다 본 거성의 질량감에 압도되어 그런 소리를 했다. 타쿠토로 말하자면 눈을 빛내며 분주하게 주변을 두리번거리고 있었다.

"그렇구나."

거대하면서도 이음매가 보이지 않는 그 성은 만약 던전의 최심부가 아니라 지상에 있었다면 유명한 관광지가 되었을 것이다. 위치에 따라서는 도적의 소굴이 되어 있을 듯도 했지만.

정면에 자리한 성으로 다시 시선을 돌린 미라는 아스발의 말에 동의하며 활짝 열려 있는 문을 지나 성 안으로 걸음을 옮겼다.

현관 홀 한복판에는 커다란 계단이 있고, 벽에는 곳곳에 빛나는 결정이 박혀 있었다. 그 이외에는 전혀 꾸며지지 않은, 헐벗은 돌벽과 바닥이 끝없이 이어져 있었다.

"어디, 그대들은 여기서 기다려 다오. 지금부터 처리할 볼일은 비밀리에 해야 해서 말이지."

함께 갈 수 있는 것은 여기까지였다. 지금부터는 왕의 밀명으로 아홉 현자의 일원을 만나러 가야 하는지라 정보를 흘릴 수는 없는 노릇이었다.

소울하울의 성격을 아는 미라는 성을 지키기 위해 주변에 골렘이라도 배치해두지 않았을까 예상했다. 하지만 이미 현관홀에 들어왔으니 골렘은 나타나지 않을 것이다. 실내에 불사 소녀는 둬도 골렘은 두지 않는다. 소울하울은 그런 인물이었다.

어디까지나 소울하울이 이곳을 거점으로 쓰고 있을 경우에나 해당되는 이야기였지만, 미라는 있다고 믿어 의심치 않았다.

"흠, 비밀이라."

아스발은 어떤 볼일인지 신경이 쓰이기는 했으나 대놓고 그렇게 말하니 따라가겠다고 할 수가 없었다. 그것은 플리카도 마찬가지였지만 "미라의 비,미,일"이라고 중얼거리며 다른 방향으로 끙끙대며 고민하는 눈치였다.

"미안하다만 타쿠토를 부탁하마."

미라는 그렇게 말하며 타쿠토의 손을 플리카에게 맡겼다. 그 덕분에 플리카는 폭주하기 직전에 멈출 수 있었다.

"네, 알겠어요."

"미라 누나, 잘 다녀와요."

"음, 다녀오마."

미라는 타쿠토에게 손을 흔들어 답해주며 현관홀에 자리한 계단을 올랐다.

그 모습을 배웅한 아스발은 비밀이 위에 있다면 1층은 문제없겠거니 하고 탐험을 개시했다.

성을 올라가자마자 미라는 어떠한 설비가 갖춰진 방을 찾기 시작했다.

종종걸음으로 복도를 달리며 문이 없는 방을 둘러보던 미라는 간신히 그럴싸해 보이는 장소를 발견했다.

"흠…… 여기가 맞는 것 같군."

미라는 방에 들어가 그 중심에 있는 구멍을 들여다보며 중얼거렸다. 그것은 수세식에 가까운 형태의 변기였다.

문이 없는 방 안에서 미라는 속옷을 내리고 스커트를 걷어 올리고서 주저앉았다. 고개를 옆으로 돌리면 한없이 이어진 복도가 눈에 들어와서, 누군가가 오면 그 즉시 얼굴을 마주칠 지도 모르는 상태였다.

미라는 이루 말할 수 없는 불안감에 사로잡힌 채 후우, 하고 한숨을 흘렸다.

그 후에도 빈틈없이 파우치에서 휴지를 꺼냈다. 일전에 독성이 있는 꽃잎 탓에 혼쭐이 났던지라 긴급한 상황을 위한 휴지를 상비하고 다니기로 결심했던 것이다.

심신이 모두 완벽한 상태가 된 미라는 팬티를 끌어올리며 '선술 스킬 : 생체감지'를 발동시켰다.

'에메라와 제프도 합류한 것 같군.'

위치는 다소 각각 떨어져 있었지만 아래서 다섯 명의 고동이 감지되었다. 하지만 위에서는 아무런 기척도 느껴지지 않았다.

하지만 생체감지는 거리나 장해물의 유무에 따라 감도가 달라진다. 성은 크고 벽으로 가로막혀 있어 현 시점에서는 위에 아무도 없다고 단정할 수 없을 듯했다.

그러므로 미라는 그대로 최상층으로 향했다. 무언가와 연기는 높은 곳을 좋아한다는(바보와 연기는 높은 곳으로 오르기 마련이라는 일본의 격언을 인용) 격언에 근거한 행동이었다.

도중에 큰 소리로 소울하울의 이름을 부를까도 싶었으나 아래에 있는 일행에게 들릴지도 모른다는 생각이 들어 그만두었다. 아홉 현자의 이름은 영웅으로 널리 알려져 있었다. 듣자마자 비밀리에 처리해야 하는 볼일이 비밀이 아니게 되고 말 것이다. 그 대신 불사 소녀 박사, 변태 윤회, 막장 신사 등과 같은 동료들끼리 사용했던 별명으로 불러볼까도 싶었지만 큰 소리로 떠들어댈 만한 단어가 아닌 듯하여 생각을 접었다.

결과, 눈으로 찾는 것이 가장 빠를 것이라는 결론에 다다른 것이다.

최상층에 도착한 미라는 곧바로 '생체감지'로 주변을 훑어보았다.

"음, 이건."

그러자 아슬아슬하게 탐지 범위에 속하는 곳에서 반응이 있었다. 하지만 그것은 너무도 희미해서 그곳 한곳에 의식을 집중해야 겨우 감지할 수 있을 정도의, 당장에라도 사그라질 것만 같이 약하디약한 반응이었다.

이러한 장소에 있을 자는 미라가 찾는 사람뿐일 것이다. 하지만 감지된 고동은 너무도 미약했다.

이상하게 여긴 미라는 천천히 기척을 죽인 채 그 반응을 향해 다가갔다. 장소는 성 정면 복도를 따라 들어가던 도중에 나타난 대형 홀, 알현실이었다.

미라는 칸막이라 할 것이 없는 알현실 앞에서 벽에 몸을 붙인 채, 상황을 살피고자 살며시 안을 들여다보았다.

"이게, 무슨……."

미라의 눈에 그녀의 예상을 까마득히 뛰어넘은 이상한 광경이 비쳤다. 하지만 미라는 그 광기마저 느껴지는 알현실의 상황을 보고 쓴웃음을 지은 채 겁도 없이 걸음을 옮겼다.

알현실에는 콘서트 회장처럼 무수히 많은 의자가 안쪽에 자리한 옥좌를 바라보게끔 놓여 있었다. 미라는 그중 하나에 다가가 얼굴을 바싹 붙이고 들여다보았다.

"멈춰 있는 겐가……?"

미라는 의자에 앉은, 메이드복을 입은 여성의 뺨을 만져보았다. 차가운 것이, 생명의 온기가 느껴지지 않았다. 감겨 있는 눈에 다물어진 입술. 하나 같이 표정이 없는 자들이 그저 그곳에 존재하고 있을 뿐이었다.

"변태적인 방향으로 더욱더 진화한 모양이로군."

미라가 어이가 없다는 눈으로 주변을 둘러보았다. 알현실에 있는 모든 의자에는 다종다양한 메이드복으로 분류되는 의상을 입은, 동서양이 어우러진 모습을 한 여성들의 시체가 앉아 있었던 것이다. 방부처리도 완벽하게 해둔 것인지, 모두 다 죽은 지 얼마의 시간이 지나지 않은 모습이었다.

미라는 소울하울의 소행이 분명하다고 단정 지었다.

하지만 이곳에 늘어앉아있는 것은 모두 시체인지라 생체감지에 반응할 리가 없었다. 의아하게 여긴 미라는 다시 한 번 의식을 집중시켰다.

반응은 안쪽, 옥좌가 있는 방향에서 느껴졌다. 그곳으로 시선을 돌린 미라의 눈에 다른 것과는 확연히 다른 존재가 비쳤다. 두 개가 나란히 놓여 있는 옥좌. 그중 한쪽인 왕비의 옥좌에 앉아 있는 여성의 모습을 본 미라는 숨을 죽였다.

나이는 열 일고여덟 정도로 보이는 그 여성은, 아름답고도 우아한 드레스를 입은 이목구비가 또렷하고 덧없는 분위기를 풍기는 미녀였다. 허리까지 오는 매끄러운 남색 머리는 병적일 정도로 하얀 피부에 잘 어울렸다.

매우 눈길을 끄는 여성이기는 했으나 미라가 숨을 죽인 이유는 따로 있었다. 그것은 생체감지로 반응이 느껴짐에도 불구하고, 살아있는 것으로는 보이지 않았기 때문이다.

여성은 눈을 감은 채 미소를 짓고 있었지만, 그것은 무표정이라고 할 수 있을 정도로 감정이 담기지 않은 미소였다.

하지만 시체는 아니었다. 어찌된 일인가 싶어 미라는 손을 뻗어 그 피부를 만져보았다.

"얼었군……."

살아 있는 여성의 피부는 얼음장처럼 차가웠다.

"소울하울, 여기 있나!"

더 이상의 상황 파악은 어렵겠다고 생각한 미라는 별수 없이 찾고 있는 이의 이름을 불렀다. 하지만 10초, 20초가 지나도 반응은 없었다. 30초 만에 포기한 미라는 자리를 비운 것이리라고 결론을 내리고는 멋대로 단서를 찾기로 했다.

우선 옥좌 뒤에 있는 방으로 향한 미라는 들어서자마자 자신의 판단이 옳았음을 깨달았다. 그 방에는 대량의 종이와 책이 어지러이 널려 있었던 것이다. 중앙에 자리한 책상에는 자료인 사전이며 고문서가 쌓여 있었고, 책상 위에 흩어져 있는 종이에는 마구 갈겨쓴 메모가 무수히 남아 있었다.

단서가 될지도 모른다는 생각에 미라는 갈겨쓴 메모를 집어 들어 훑어보았다.

"신명광휘(神命光輝)의 성배라……."

미라는 메모와 쌓여 있는 자료를 통해 도출해낸 답을 입에 담았다.

신명광휘의 성배. 그것은 모든 상태이상을 회복하고, 어떠한 상처도 낫게 하고 모든 마를 물리치며 죽음마저도 뿌리쳐 전투불능시에 부과되는 페널티를 무효화, 심지어 인류의 적인 악마에 대한 절대적인 방어력과 공격력을 갖추게 해준다고 알려진 전설급 레어아이템의 이름이었다.

하지만 손에 넣었다는 정보는 소문으로도 들어본 적이 없는 물건이었다. 마물이 드롭하는 것인지 생산하는 것인지, 던전에 배치된 아이템인지조차도 알려지지 않았다. 따라서 플레이어들 은 데이터만 존재하고 도입되지는 않은 아이템이리라고 여기고 있었다.

정보상으로만 존재하는 아이템, 그것이 신명광휘의 성배였다.

'그 녀석이 왜 이러한 것을 조사하고 있었던 게지.'

효과는 확실히 파격적이었다. 하지만 미라는 소울하울이 이토록 방대한 자료를 모아 찾으려 하는 이유가 짐작도 되지 않았다.

아홉 현자쯤 되면 신명광휘의 성배가 필요한 상황이 그리 흔치는 않았다.

그렇다면 어째서. 그렇게 생각한 미라의 뇌리에 조금 전에 봤던, 얼어붙은 여성의 모습이 떠올랐다.

미라는 방에서 나와 알현실까지 돌아가, 옥좌에 앉은 여성을 발끝부터 머리끝까지 차분히 관찰했다. 젊은 여성의 몸을 구석구석 훑어보는 그 모습은 소울하울과 다를 바가 없는 변질자의 그것 같았다. 미라도 중간에 그 사실을 알아채기는 했지만 진실을 쫓기 위한 일이라며 자신의 행위를 정당화했다.

"없군."

대강 조사를 마친 미라는 드레스의 스커트를 각별히 정성껏 원래 상태로 돌려놓고는 여성에게서 한 걸음 떨어져 시야 속에 온몸이 들어오도록 했다.

애초에 여성의 현재 상태가 지나치게 이상해 판단을 내릴 방도가 없었다.

하지만 다시 한 번 정면에서 쳐다본 미라는 알아챘다. 여성이 옥좌에 앉아 있어 등 쪽은 확인을 못했다는 사실을.

천천히, 신중히 여성을 앞으로 밀친 미라는 그 등을 보고는 경악했다.

움푹 팬 드레스 사이로 드러난 등에는 상처 하나 없었다. 하지만 칙칙한 색의 피가 피부에서 직접 배어 나와 육망성을 그리고 있었던 것이다.

그리고 미라는 여성의 등에 떠오른 것을 본 적이 있었다.

육망성 주변에 자리한 기호며 도형, 중심에는 XV라는 문자가 새겨져 있었다. 여성의 등에 떠오른 기묘한 진(陣)은 각인이었다. 명부의 저주나 악마의 축복이라고도 불리는 것으로, 그것이 의미하는 바는 확정된 죽음이었다.

이 각인과 관련된 이벤트로 '검은 날개의 그림자'라는 것이 있었다. 이것은 각인이 새겨진 기사를 구하는 내용이었는데, 결과적으로 기사는 각인으로 인해 사망한다.

그 꺼림칙한 인상 탓에 미라는 그 각인을 지금도 생생하게 기억하고 있었다.

그리고 그 기억은 신명광휘의 성배로 이어졌다. 소울하울은 이 각인을 성배의 힘으로 없애려 하고 있는 것이리라. 이벤트에 의한 상태 변화인 탓에 술법과 약품 중 각인을 없앨 수 있는 것은 없었다.

없앨 가능성이 있는 방법을 아느냐고 물으면, 플레이어들은 입을 모아 신명광휘의 성배라고 대답할 것이다. 미라 본인도 그것 말고는 방법이 없으리라 생각했다.

미라는 다시금 여성을 바라보았다. 얼음처럼 차가웠지만 생체 감지로 반응이 느껴지는 것을 보면 여성은 아직 살아 있으리라.

산 채로 얼린다. 그러한 술법은 알지 못했지만 미라는 조금 전

뒤졌던 자료의 일부를 머릿속에 떠올려 보았다. 개중에는 성배 말고도 사령술에 관한 자료도 수없이 포함되어 있었다.

소울하울은 사령술을 사용해 각인의 진행을 늦추기 위한 조치를 했다. 그리고 해결책을 찾아 여행을 떠난 것이리라고 미라는 추측했다.

"**살아 있는** 여자라니. 그 녀석도 조금은 변한 겐가."

불사 소녀 러브~, 하고 까불대던 소울하울의 모습을 떠올리며 미라는 옥좌에 앉은 여성에게 묵례를 하고는 알현실을 뒤로했다.

고대신전에 아홉 현자 본인은 없었지만 존재했던 흔적은 있었다. 하지만 신명광휘의 성배라는 전설의 아이템을 찾고 있다면 언제 돌아올지 모를 일이다.

미라는 대강 성 안을 돌아보며 행선지를 알아낼 단서가 될 만한 자료를 회수해나갔다.

"오오, 이거 괜찮군."

실험 기록이며 사령술에 관한 고찰과 같은 서류를 모으며 방을 뒤지던 중, 미라는 소울하울의 의상실에 다다랐다.

미라, 아니 덤블프와 소울하울은 성적 취향에 있어서는 결코 서로를 이해할 수 없는 사이였으나 옷을 고르는 취향은 그럭저럭 비슷했다. 투박한 석제 방에는 천장에 닿을 정도로 커다란 전신 거울이 놓여 있고, 목제 행거 선반이 몇 개나 늘어서 있었다. 그리고 미라 취향의 로브가 빽빽하게 걸려 있었다.

색과 형상, 양쪽 측면에서 어두운 인상을 풍기는 수많은 로브를 본 미라는 눈빛을 반짝였다.

"한두 벌 정도는 가져가도 되겠지."

아무도 없는데 변명이라도 늘어놓는 투로 중얼거린 미라는 나중에 돌려주면 그만이라며 로브를 물색하기 시작했다. 굳이 시녀 취향의 옷을 계속 입고 다닐 필요는 없다. 자기 취향에 맞는 옷이 가장 잘 어울릴 것이라는 생각에 다다른 것이다.

고스로리풍의 옷을 벗은 미라는 이런저런 로브를 집어 입어보기 시작했다. 하지만 당연하게도 사이즈가 맞지 않았고, 번번이 낙담하게 되었다.

그럼에도 포기하지 않고 몇 벌을 더 뒤지던 중, 미라는 쇼트 로브를 모아둔 행거를 발견했다. 기장이 짧아서 소매를 걷으면 미라의 몸에 맞게 만들 수 있을 듯 했다.

"흠……. 이 몸의 귀여움이 두드러지기만 할 뿐이로군."

미라는 아슬아슬한 길이의 옷자락을 펄럭이며 전신거울을 바라본 채 자신의 매력을 재확인하고는 의기양양한 표정으로 중얼거렸다.

쇼트 로브는 기본적으로 위아래로 통일하게끔 되어 있는 장비품이었다. 옷자락을 질질 끌 염려는 없다지만 윗옷만 걸치면 미니 원피스나 다름없어진다. 그대로 걸으면 흘끔흘끔 속옷이 보일 듯한 그 모습에, 마음에는 들지만 뭔가 아닌 것 같다는 사실을 깨달은 미라는 할 수 없이 옷 갈아입기를 포기했다.

원래 입고 왔던 고스로리풍의 옷을 걸친 미라는 일동이 기다리

는 성의 1층으로 돌아갔다.

성의 현관홀에서는 에메라와 플리카가 새파랗게 질린 얼굴로 서로에게 기대어 있었다. 아스발도 다소 안색이 좋지 않았다. 그에 반해 제프는 타쿠토와 카드놀이를 하고 있었던 모양인지, 계단을 내려오는 미라를 발견하고는 가볍게 손을 흔들어 맞아주었다.

"그대들, 어떻게 된 게냐."

미라가 그렇게 말을 붙이자 에메라와 플리카가 공허한 시선으로 답했다.

"정말로 어떻게 된 게야……?"

쓴웃음을 지으며 시선을 뗀 미라는 직후에 달려든 타쿠토를 받아냈다.

"다녀오셨어요, 미라 누나."

두 사람에 비해 그늘 한 점 없는 타쿠토의 미소를 본 미라는 다정하게 미소 지으며 대답했다.

"얌전히 잘 있었느냐."

"네!"

타쿠토는 있는 힘껏 대답하고는 미소를 띤 채 고개를 끄덕였다. 미라는 "옳지, 착하다" 하고 그 머리를 쓰다듬어주었다.

"미라…… 여기 대체 뭐야……? 아무것도 없는 거 아니었어……?"

에메라는 초췌해질 대로 초췌해진 얼굴로 나이 차이가 난다는 사실은 잊은 듯 미라에게 매달렸다.

"무엇이냐, 무슨 일이 있었던 게야?"

"죽은 메이드가, 메이드가 잔뜩……."

미라는 자신을 덜컥덜컥 흔들며 내뱉은 에메라의 말을 통해 모든 것을 파악했다. 에메라 일행은 알현실에 있었던 것과 같은 여성의 시체를 어디선가 발견한 것이리라. 그것도 잔뜩. 객관적으로 보면 소울하울의 소행은 미친 자의 짓이었다. 일반적인 사고방식을 지닌 자가 접하면 정신적으로 막대한 피해를 입을 지도 모른다. 하지만 소울하울과의 교류를 통해 그럭저럭 내성이 생긴 미라는 상황이 악화되었다고 생각했을 뿐, 그다지 신경이 쓰이지는 않았다.

"걱정할 것 없다. 사령술에 의한 것이니."

잘 안다는 표정으로 미라가 대답하자 에메라는 "사령술?" 하고 잠꼬대를 하듯 중얼거리며 고개를 갸웃했다.

"요컨대 이곳에 사령술사가 있다, 이건가?"

지칠 대로 지친 듯한 아스발은 앉은 채 시선만 미라에게로 옮겼다. 그 옆에서 답을 구하는 듯한 눈치로 플리카도 고개를 들었다.

"있었던 흔적은 찾았다만, 지금은 나가고 없는 모양이다."

"그런 식으로 말하는 걸 보니, 미라가 볼일이 있었던 사람은 그 사령술사였나 봐?"

"뭐어, 그런 셈이지. 그러니 너무 신경 쓸 것 없다. 보다시피 취향은 고약하지만 나쁜 녀석은 아니니."

미라가 그렇게 말하기는 했지만 에메라 일행은 순순히 고개를 끄덕일 수가 없었다.

사령술이라는 것은 정확히 말하자면 시체를 조종하는 술법이 아니라 영혼을 조종하는 술법이었다. 그리고 그 영혼이라는 것은 순수한 정(正)의 힘을 지닌 에너지로, 그것을 돌로 된 인형이나 시체에 집어넣는 술법이었다.

또한 사령술은 9대 술법으로 정식으로 확립된 기술이다. 그 때문에 이 세계의 주민들 중 그것을 두고 비도(非道)하다거나 비정(非情), 도덕에 반하는 짓이라 생각하는 자는 거의 없었다. 하지만 그 특성 탓에 어둡고 으스스하다는 이미지를 가진 자는 있었다.

미라의 말로 사령술이 원인이라는 것이 판명되기는 했으나 제아무리 에메라와 플리카, 아스발이라 해도 더 이상 탐험을 할 용기는 없었다. 단 한 사람, 제프를 제외하고는.

"사령술이라…… 어떻게 하면 쓸 수 있으려나."

미녀, 미소녀로만 구성된 메이드들을 보고 마음이 흔들린 제프는 반쯤 진지한 말투로 그런 말을 중얼거렸다.

〈11〉

사령술의 심연을 엿본 에메라는 희미한 소리가 날 때마다 어깨를 움츠리며 뒤를 돌아보았다. 아스발도 그 정도로 심하지는 않았지만 찜찜한 표정으로 물통을 입에 댔다.

플리카로 말하자면 "동요하지 않는 미라도 멋져!" 라며 변함없이 떠들어댔다. 술사인 탓에 사령술에 대한 이해가 어느 정도는 있기 때문이리라.

"저기, 밥 좀 먹자. 나 배고파 죽겠어."

제프가 배 언저리를 문지르며 그 자리에 주저앉았다.

"음, 그게 좋겠군."

공복감을 느낀 미라도 그 말에 동의했다. 다른 멤버들도 어물어물 동의하며 아이템박스에서 식재료며 조리도구를 끄집어냈다.

"자자, 부단장도."

"하아…… 차라리 아무것도 없었으면 좋았을 텐데에."

제프가 말을 붙이자 에메라는 한숨 섞인 투로 중얼거렸다.

조리는 아스발과 제프, 남성진이 담당하고 나머지 여성진은 소비를 담당하기로 하여 대기하며 담소를 나누었다.

"그러고 보니 아까 살짝 들렸는데. 미라가 거울에서 만나려고

했던 하워드 씨? 그게 누구야? 이것도 비밀이야?"

성의 탐색 결과 탓에 전전긍긍하던 에메라는 기분을 달래기 위해 신경 쓰였던 것을 불쑥 물었다.

"뭐냐, 신경 쓰이는 게냐?"

미라는 타쿠토에게 애플오레를 건네며 되물었다.

"응, 살짝. 어쩌면 내가 아는 사람일지도 모르겠다~ 싶어서."

무심히 그렇게 말하기는 했지만 뭔가 짚이는 바가 있는 것인지 에메라의 얼굴에는 호기심이 가득했다.

하워드에 관한 정보는 이번에 전혀 얻지 못했다. 하지만 그 존재는 이래저래 유명했다. 이 중에 뭔가를 아는 사람이 있을지도 모를 일이고, 잘하면 암승의 거울을 쓸 수 있을 만큼 깊은 인연을 지닌 이가 있을 지도 모른다. 그렇게 생각한 미라는 하워드의 간단한 특징을 뇌리에 떠올려보았다.

"트렌치코트에 퓨리턴 해트가 트레이드 마크인, 자칭 악마학자다만."

에메라가 아는 하워드와는 다른 사람일지도 모른다. 하지만 하워드에 관한 정보를 얻을 수 있으리라고는 기대하지 않았던 미라는, 일단 밑져야 본전이라는 생각에 알기 쉬운 특징을 입에 담아보았다.

"아, 역시 그 하워드 할아버지였구나~!"

아무래도 인물상이 일치한 모양이었다. 에메라는 갑자기 표정이 밝아져서 그대로 회상이라도 하듯 눈을 가늘게 떴다.

"오호, 아는 게냐."

"응응. 알아알아. 예전에 사자왕의 지하 감옥에서 나한테 느닷없이 성수를 끼얹었거든. 미라가 갑자기 거울에 성수를 끼얹더니, 성수를 들고서 하워드 씨의 이름을 부르기에 곧장 생각이 나긴 했어."

"그대에게도 그랬었나……."

에메라가 말하며 다소 떨떠름한 미소를 짓자, 미라 역시 쓴웃음으로 답했다.

성수를 끼얹는다는 행위는 악마의 영향하에 있는지 어떤지를 확인하는 초보적인 악마 퇴치 수단으로, 하워드를 논할 때는 빼놓을 수 없는 요소였다.

"그런데 하워드 할아버지는 무슨 일로? 혹시…… 최근 레서 데몬이 나타났다는 소문과 상관 있어?"

에메라는 살짝 엉덩이를 들어 손으로 땅을 짚고서 호기심이 가득하다 못해 뚝뚝 떨어지는 얼굴을 미라에게 바싹 들이댔다.

"글쎄. 없다고는 못하겠군."

미라는 무심결에 거리를 벌리며 긍정했다. 20년 만에 모습을 나타냈다고 하는 레서 데몬. 하지만 솔로몬은 이 일에 함구령을 내리지 않았다. 레서 데몬은 이래저래 성가신 일을 불러일으키는 지라 주의를 환기시키라는 의미였다. 따라서 미라가 조우했던 사건도 정보의 파도를 타고 퍼져나간 상태였다.

"역시 그랬구나~. 그다지 좋은 소문도 아니었고, 얼마 전에 우리 길드에도 또 나타났다는 정보가 들어와서 계속 신경 쓰였거든."

"최근에는 알카이트 근방에도 출현했다던데요."

어느샌가 미라의 바로 옆까지 다가와 있었던 플리카가 때는 지금이라는 듯 이야기에 끼어들었다. 미라는 순간적으로 경계했지만 진정된 것인지, 학습을 한 것인지 플리카의 행동은 몸을 붙이는 데서 그쳤다.

안심한 동시에 두 사람의 이야기를 들은 미라는 문득 의아해졌다.

'또 나타났다'와 '알카이트 근방에도'라는 단어가 마음에 걸린 것이다. 자신이 얽힌 사건 이외에도 레서 데몬이 출현한 일이 있다는 식으로 들렸기 때문이다.

"이 몸이 알고 있는 것은 그 알카이트 왕국에서 일어난 일이다만, 그 외에도 출현한 적이 있는 겐가?"

"네에, 있어요."

미라가 묻자 플리카는 미소를 지은 채 더욱더 몸을 가까이 붙이며 의기양양하게 상세한 설명을 늘어놓기 시작했다.

그녀의 이야기에 따르면 아무래도 최근 일주일 동안 알카이트를 비롯한 3개 국가에서 레서 데몬의 선동으로 나타난 마물 무리와의 전투가 있었다는 모양이었다.

그 목적은 현재 조사 중이라고 하며 조만간 모험가들에게 주의 권고가 내려질 예정이라고 한다.

미라는 상위 길드쯤 되면 그러한 정보도 모이는 건가, 하고 감탄하며 맞장구를 쳤다.

플리카의 이야기를 다 들은 미라는 내용을 정리하기 위해 턱끝에 손가락을 가져다 댄 채 "흠……" 하고 신음하며 생각에 잠졌다.

이야기에 따르면 알카이트 왕국과 마찬가지로 때때로 마물 무리가 출현했던 국가 근방에서 여러 마리의 레서 데몬이 목격되었다고 한다.

마물 무리의 침공이라는 사건은 게임이었던 시절부터 알카이트 왕국만의 문제가 아니었다. 플레이어가 건국한 몇몇 국가에서는 종종 발생하던 일이었다.

그것은 최근 들어 격화되었고, 얼마 전부터는 레서 데몬까지 출현했다고 한다. 하지만 각국의 신속한 대응으로 인적 피해 없이 수습되었다는 모양이었다.

하지만 마물 무리가 출현하는 나라는 그밖에도 있었다. 마물의 침공과 레서 데몬. 그리고 그 목적지. 그것들에 어떠한 공통점이 있을까.

미라는 수많은 정보를 조합하며 사고의 바다 속으로 들어갔다. 진지하게 생각에 잠긴 그 옆얼굴을, 기어이 바로 옆까지 기어 온 플리카가 눈빛을 빛내며 바라보았다.

"진지한 표정도, 귀여워!"

플리카가 더 참지 못하고 달려든 직후, 에메라가 손날치기로 파리처럼 때려잡았다.

그런 찰나의 공방이 펼쳐졌다는 사실도 모른 채, 미라는 레서 데몬과 연관된 퀘스트를 떠올려 보았다.

게임 시절부터 레서 데몬의 목적과 행동 이유가 또렷하게 제시된 적은 없었다. 거기에는 그저 악의만이 존재해, 불쾌하기 그지

없는 결과로 막을 내렸다는 것이 관련 퀘스트들의 공통점이었다.

하지만 이번에 각지에서 발생한 소동에서는 모종의 목적을 띠고 행동하고 있는 듯한 불투명함이 느껴졌다.

'더더욱 신경이 쓰이는군.'

기대는 하지 않았지만 하워드와 이야기하지 못한 것이 안타까웠다. 자칭 악마학자라고는 하나, 지식은 풍부해서 뭐든 힌트를 얻을 수 있었을지도 모르건만. 미라는 아쉽다는 듯 뚱한 표정으로 한숨을 내쉬고는 에메라를 흘끔 쳐다보았다.

"헌데, 그대는 하워드와 인연이 깊거나 하지는 않은가? 그렇다면 거울로 불러내줬으면 한다만."

"으~음. 직접 만난 건 사자왕의 지하 감옥에서 만났을 때 한 번뿐이었으니 거울로 불러낼 만큼의 인연은 아니라고나 할까아."

미라는 지푸라기라도 잡는 심정으로 물어보았으나 에메라는 고개를 가로저으며 대답했다.

암승의 거울을 이용하기 위해서는 불러낼 인물과의 강한 유대 관계가 필요하다. 혈족이라거나 연인이나 부모와 같은 유대 관계가. 한 번 만난 것뿐인 에메라는 물론이고 퀘스트를 통해 얼굴을 익혔을 뿐인 미라 역시 그런 관계와는 거리가 멀었다.

"분명 인연이 없어도, 죽은 자와 밀접한 관계가 있는 물건이 있으면 암승의 거울을 이용할 수 있었을 거예요. 이블리스 마을로 가보지 그러세요? 하워드 씨가 마지막으로 연구를 했던 장소니 뭔가 남아 있을지도 몰라요."

귀여워병(病)이 가라앉은 것인지 눈을 뜨고 벌떡 일어난 플리카는 지적인 미소를 지은 채 조용히 말했다.

"호오, 이블리스 마을이라. 조금 멀긴 하지만 찾아볼 가치는 있을 것 같군."

플리카의 말대로 인연이 없어도 유품과 같은, 죽은 자와 연관이 있는 물건이 있으면 조건을 충족시킬 수 있었다. 그것을 찾아내면 암승의 거울을 사용해 하워드에게 정보를 얻어낼 수 있을 것이다.

이블리스 마을은 알카이트 왕국에서 먼 곳에 있었지만 밀접한 관계가 있는 물건을 회수하기만 하는 일이라면 솔로몬에게 부탁해 사자를 보내거나 하면 문제없으리라.

그렇게 미라가 다시금 사고의 바다 속으로 들어가자, 반대로 플리카의 병은 세차게 부상하기 시작했다.

"미라, 귀여──."

그리고 이번에도 미라가 채 알아채기 전에 플리카는 에메라의 손에 의해 격침되었다.

〈12〉

아스발과 제프가 점심 식사로 만든 요리는 장소에 어울리지 않게 레스토랑에서 파는 것이 아닐까 싶을 정도로 본격적이었다.

식사에 만족한 미라는 식후의 차를 홀짝이며 후우, 하고 한숨을 내쉬었다. 그 표정은 은거 중인 장로처럼 온화하기만 했다.

"뭔가 있지~ 여기 말이야~, 엄~청 마음이 편한 것 같다~? 던전 안인데 말이지~."

제프가 드러누운 채 중얼거렸다.

"그러고 보니 던전이었죠, 여긴."

"아아, 그랬지. 뭐랄까, 대체 뭘까, 여긴."

제프의 말에 플리카와 아스발도 새삼 던전이었다는 사실을 의식하고는 의문을 자아냈다. 하지만 그 말에 대답할 수 있는 자는 없었다. 미라도 이 장소에 어떠한 의미가 있는지는 모르기 때문이다.

"자아, 볼일도 다 봤겠다, 돌아가 볼까."

차를 다 마신 미라는 그렇게 말하며 바닥에서 뒹굴거리는 제프와는 반대로 자리에서 일어섰다.

고대신전에 온 목적, 소울하울이 있는지 어떤지를 확인한다는 것은 달성했다. 결국 본인은 자리에 없었지만 그 대신 행선지를 알아낼 단서로 보이는 자료는 손에 넣었다. 그래서 더 이상 이곳에는 볼일이 없다고 판단한 미라는 잽싸게 돌아갈 준비를 하기 시작했다.

"응. 그럴까. 아무리 안전하다 해도 여긴 던전 최하층이니까."

식기 정리를 마친 에메라는 검을 다시 허리에 차며 말했다.

"네~엡."

"옳으신 말씀이에요. 가시죠."

"여엉차."

에메라의 말에 다른 멤버들도 자리에서 일어나 무기를 확인하며 신음소리를 흘리거나 기지개를 켜 가볍게 몸을 풀었다. 타쿠토는 벌떡 일어나더니 총총히 달려와 미라의 옆자리를 확보했다.

미라 일행은 하얀 거성을 뒤로 하고 상층으로 이어진 계단으로 향했다. 올 때와 마찬가지로 결정이 내뿜는 빛 덕분에 6층은 밝아서, 어렵지 않게 전체를 내다볼 수 있었다.

"음, 뭔가 있지 않았어?"

제프는 그런 소리를 하며 멈추더니 호수가 있는 방향을 바라보았다. 암반을 스푼으로 퍼낸 듯 둥그렇게 생긴 호수는 쏟아지는 결정의 빛과 호수 안에서 올라오는 빛으로 인해 반짝반짝 빛나고 있었다.

"잘못 본 거 아냐? 여기는 마물도 안 나와서 별난 모험가도 찾지 않는 장소라고."

아스발은 호수를 바라보며 그렇게 말했다. 아닌 게 아니라 수면이 일렁이며 반짝이고 있어, 언뜻 보면 충분히 오인할 만했다.

하지만 성격은 둘째 치고 제프는 척후 임무를 맡고 있었다. 그런 자가 무언가를 봤다고 하니 최소한의 경계는 할 필요가 있으리라.

"흠. 제프의 말대로, 뭔가가 있군."

미라는 제프의 말을 듣고 호수 주변을 '생체감지'로 훑어보았다. 그러자 그곳에서는 확실히 반응이 느껴졌다. 하지만 감지한 그것이 무엇인지까지는 알 수 없었다. 알아낸 것은 위치와 크기뿐이었다.

미라는 경계심을 끌어올리며 타쿠토를 몸 뒤로 감추고서 호수를 노려보았다.

"이봐 이봐, 대체 이런 곳에 뭐가 있다는 거야."

"뭔가라니, 여긴 마물이 없는 곳 아니었어?"

아스발은 등에 짊어졌던 대형 망치를 움켜쥐었다. 에메라도 검을 뽑아 호수를 향해 겨누었다.

잠시 후, 호수의 수면이 부자연스럽게 일렁이기 시작했다. 에메라 일행은 거기서 감도는 이질적인 기척을 감지하고는 긴장감을 고조시켰다. 그것이 악의를 품은 것이라면 등을 보일 수는 없는 일이다. 아스발과 에메라가 확인을 위해 호수를 향해 한 걸음을 내디딘 순간——

"뭣!"

노이즈 같은 폭음과 함께 호수에서 커다란 물줄기가 솟구쳤다. 그 직후, 결정이 내뿜은 빛을 난반사하는 그 기둥 안에서 칠흑 같은 그림자가 튀어나왔다.

그것은 똑바로 날아들어 일행의 앞에 내려섰다.

"이게…… 어떻게 된 거야……."

"말도 안 돼…… 왜 이런 곳에?!"

느닷없이 나타난 그림자의 정체를 확인한 아스발과 에메라가 소리쳤다.

그것은 모든 것이 검었다. 인간과 비슷한 체구에 무기질적인 표면, 비뚤어진 모양새로 부풀어 오른 두 팔 끝에는 네 개의 손가락과 검게 윤이 나는 손톱. 얼굴은 가면처럼 평평해 코는 없었고, 기분 나쁘게 일그러진 눈과 입이 있을 뿐이었다. 그리고 가장 큰 특징은 뒤틀려 있는 두 개의 뿔, 그리고 등에 돋아난 박쥐의 그것 같은 날개였다.

그 존재는 10년 전에 세계를 혼란에 빠뜨렸던 자들의 모습과 흡사했다.

"말도 안 돼……. 어째서 악마가……."

"10년 전에 섬멸됐을 텐데……."

제프는 경악으로 가득한 눈으로 그렇게 중얼거렸다. 플리카도 눈이 휘둥그레져 정면에 자리한 검은 이생물(異生物)을 응시했다.

"어떻게 된 게야. 왜 악마가 여기 있는 게지?"

미라는 즉시 홀리나이트를 소환해 타쿠토를 호위하도록 명령하고는 악마를 바라보며 "성에 숨어 있거라" 하고 등을 떠밀었다.

주변에 가득한 불온한 분위기를 느낀 것인지 타쿠토는 살며시 고개를 끄덕이고는 홀리나이트와 함께 성으로 돌아갔다.

악마. 그것은 인류의 절대적 적대자로 알려진 존재였다. 10년 전에 일어났던 삼신국 방위전은 악마가 이끄는 마족군과 인류의 생존을 건 대전이었다. 그리고 그 결과, 인류가 승리하여 악마는 멸망했다고 알려져 있었다. 하지만 지금 눈앞에 있는 것은 의심할 여지가 없는 악마였다.

순간, 성 안에서 봤던 여성의 몸에 새겨진 각인이 미라의 뇌리에 떠올랐다. 이 악마는 그것과 관련이 있는 걸까. 하지만 각인의 상세한 내용에 관해서는 전혀 아는 바가 없는 탓에 그 관련성을 증명할 방도가 없었다.

악마는 마물과는 차원이 다른 존재로 알려졌다. 그렇기에 게임 시절에는 메인 스토리에 해당하는 삼신국 미션을 제외하면 만날 일이 없었다.

"이런 곳에서 인간과 마주치다니, 이거 운이 좋군. 좋은 공물이 될 것 같구나."

마치 물속에서 소리 친 것처럼 불분명한 목소리가 눈앞에서 들려옴과 동시에 악마의 손안에 거대한 낫이 나타났다.

명백한 적의를 느낀 에메라와 아스발이 표정을 구겼다.

"젠장! 역시 싸울 셈인가!"

제프는 초조해하면서도 단검을 뽑아들고 자세를 낮췄다. 경계심을 훤히 내보이며 전투 자세를 취한 에메라와 아스발의 후방에서는 이미 플리카가 마술을 발동시킬 준비를 시작한 상태였다.

일동이 허둥지둥 전투태세로 이행하는 가운데, 미라는 악마를 주시하고 있었다. 고대신전의 6층에 출현하는 악마. 그것은 처음 겪는 일로, 처음 보는 적을 분석하는 것은 자연스럽게 몸에 밴 플레이어의 기본행동 중 하나였다.

"흠…… 백작3위라. 어떤가, 그대들. 이 녀석과 싸울 수 있겠나?"

게임 시절, 가장 계급이 낮은 남작3위도 갓 상급이 된 플레이어와 호각이거나 그 이상의 힘을 지니고 있었다.

눈앞에 있는 악마는 낮은 계급부터 남작, 자작, 백작으로 헤아린 것 중 백작의 3위. 강함의 기준이 그 무렵과 같다면 최소한 상급자 여섯 명은 필요한 수준일 것이다.

"백작위라……."

아스발은 적대 중인 자, 악마의 모습을 직접 본 적이 있었다. 갓 모험가가 되었을 무렵, 하늘을 뒤덮은 검은 구름. 그 안에서 쏟아지던 악마 무리. 지금도 그 광경이 생생했다. 유린당하는 모험가들 중에는 자신이 동경하던 사람들의 모습도 있었다. 과연 자신은 그 모험가들보다 강해졌을까.

그런 생각이 드는 바람에 아스발은 자문을 불식시키려는 듯 고개를 가로저었다. 어차피 도망칠 길은 없기에.

"호각으로 싸울 수 있겠냐는 뜻이라면 무리겠지. 희생을 각오하고 싸우면 어떻게 될지도 모르지만."

악마에게서 눈을 떼지 않은 채 고통스러운 표정으로 그렇게 대답한 아스발은 문득 도시를 습격한 악마를 일소했던 영웅들의 모습을 떠올렸다. 인간의 영역을 벗어난 힘을 너무도 손쉽게 행사했던 자들의 뒷모습을.

"흠, 그러한가."

미라는 분한 듯 표정을 구긴 아스발과 에메라의 표정을 번갈아 쳐다보았다. 그 모습을 통해 에카르라트 카리용 소속의 네 사람으로는 맞서기 어려운 상대라는 것을 파악했다.

'이 세계에 와서, 아직 전력을 다해 싸워본 적은 없지만…….'

게임 시절, 공작3위까지라면 쓰러뜨린 적이 있었다. 하지만 그것은 게임이었고 장비와 약품이 모두 갖춰져 있었을 때의 이야기였다. 지금은 현실이 된 감각에 대한 적응 부족과 장비의 일부를 크레오스에게 건네주고 말았다는 불안 요소를 떠안고 있는 상태였다.

불안한 점투성이였다. 현실이 된 세계에서의 전투경험은 아직 적었고 목숨을 걸고 싸울 각오도 아직 덜 됐다. 미라는 천천히 이 세계에 적응해나갈 생각이었다. 어디까지 통할지, 어디까지 이 몸이 반응해줄지. 그것을 차분히 파악해 나갈 예정이었던 것이다.

현재, 미라에게 있는 것은 게임으로 쌓아온 경험과 기술, 지식뿐이었다. 그것만 가지고 판단하자면 눈앞에 있는 악마는, 아홉 현자의 일원인 그녀가 그렇게까지 경계를 할 필요가 있는 상대는 아니었다.

"그대들은 물러나라. 이 몸이 상대하지."

미라는 낮은 목소리로 당차게 말하더니 경계 자세를 취한 두 사람 옆을 지나 한 걸음 앞으로 나아갔다.

아직 알게 된 지는 얼마 되지 않았지만, 에메라 일행이 선량한 자들이라는 사실은 의심할 여지가 없었다. 평소처럼 움직이면 그런 동료들을 지킬 수 있다. 미라는 그렇게 되기를 강하게 바라며 결심을 굳혔다.

"하지만 상대는 악마야. 미라가 강하다는 건 알지만…… 하지만!"

"그래. 알피나라는 검사. 그자를 소환하는 데도 시간이 필요하잖아. 하다못해 우리가 그 시간 정도는 벌어야지."

에메라는 숨을 죽인 채, 아스발은 대형 망치를 힘껏 움켜쥐며 악마와 대치한 미라에게 말했다. 하지만 미라는 그런 두 사람을 돌아보지 않고 "그럴 시간은 없을 것 같다!" 하고 다크나이트를 정면에 소환했다. 직후에 금속이 부딪히는 날카로운 소리가 울리더니 충격이 파문처럼 공기 중에 번져, 충격파가 퍼져 나갔다.

미라의 코앞에는 악마가 휘두른 대형 낫의 궤적을 가로막듯 대검을 내질러 모든 파괴력을 받아낸 다크나이트의 모습이 있었다.

"이건……!"

그 광경을 목격한 아스발의 이마에 식은땀이 배어났다. 반응조차 하지 못한 에메라는 한 박자 늦게 칼끝을 돌리는 것이 고작이었다. 그리고 그 접촉이 두 사람에게 악마라는 존재의 실력을 뼈저리게 깨닫게 하는 계기가 되었다.

"그대들은 물러나 있어라!"

미라는 다시 한 번 에카르라트 카리용 멤버들에게 충고했다.

"하지만, 그러면……."

아직 소녀라 할 수 있는 미라에게 다 큰 어른이 전투를 맡기는 것은 에메라뿐 아니라 아스발도 순순히 수긍할 수 없는 일이었다. 하지만 적은 자신들이 맞설 수 있는 존재가 아니었고, 미끼가 되어 모두를 도망시키려 한들, 일 분도 버티지 못하리라는 사실을 두 사람은 조금 전 일격으로 깨달은 참이었다.

"두 분, 성까지 물러나요!"

"그래, 그러는 게 나아!"

발만 동동 구르고 있는 에메라와 아스발의 등 뒤에서 목소리가 들려왔다. 두 사람이 고개를 돌려 보니 플리카와 제프가 초조한 표정으로 몸짓발짓을 총동원해 물러나라고 신호를 보내고 있었다.

에메라와 아스발이 '하지만'이라고 말하려 한, 그 순간이었다.

"우리가 가까이 있으면 미라가 제 실력을 발휘하지 못해요!"

플리카가 호통을 치듯 그렇게 말했다. 그녀에게는 보였던 것이다. 유령처럼 나타난 악마에게서 흘러나온 마력을, 미라에게서 흘러나온 강대한 마력이 뒤덮어 나가는 모습이.

플리카의 말을 들은 두 사람은 다시 한 번 고개를 돌렸다. 미라는 아무 말 없이 두 사람을 흘끔 쳐다보더니 희미하게, 하지만 대담한 미소를 지은 채 고개를 끄덕였다.

그 작고도 큰 뒷모습을 본 두 사람은 플리카의 말이 옳다는 사실을 깨달았다.

"미안, 아가씨. 부탁할게!"

"미라. 못 이길 것 같으면 바로 물러나. 내가 어떻게든 막아볼 테니까!"

두 사람은 그렇게 의지를 맡기고는 플리카, 제프와 합류하여 성을 향해 달렸다. 다시 한 번 뒤를 돌아본 아스발은 아직 어린 소녀인 미라의 작은 뒷모습에서 옛 영웅의 환상을 보았다.

"설마."

아스발은 그렇게 중얼거리고는 분위기에 휩쓸린 것뿐이리라고 생각을 바꾸었다.

"마음껏 발버둥 치도록. 어차피 내게서는 못 달아난다, 인간들이여."

악마는 으스스한 웃음소리를 흘리더니 맞부딪친 상태로 힘의 균형을 이루고 있던 무기를 억지로 떼어 금속음을 내고는 다크나이트를 흘끔 쳐다보며 펄쩍 뛰어 물러났다. 온 힘을 다하지는 않았으나 그래도 그럭저럭 힘이 실린 일격을 무난하게 받아낸 다크나이트를 적수로 인정한 모양이었다.

"인사부터 해두지, 강자여. 나는 볼프트 베인. 바르나레스의 혼수(魂狩)기사다."

악마는 피아간의 거리를 확보하고서 미라를 응시한 채 격식을 차려 정중하게 예를 갖췄다. 악마지만 작위를 지닌 볼프트에게는 귀족으로서의 긍지가 있었다. 하지만 악마가 긍지를 가지고 행하는 일은 인간의 기준에서는 도리에 어긋나는 일인 탓에 이해할 수 없는 개념이었다.

"이 몸은 미라. 보다시피 소환술사다."

미라는 다크나이트를 눈짓으로 가리키며 볼프트와 정면으로 마주한 채 정중하게 답했다.

"크크크, 소환술사라. 그렇다면 그 기사를 쓰러뜨리면 끝이겠군."

볼프트는 말 끝나기가 무섭게 땅을 박차고 도약하더니 중력과 체중을 실은 혼신의 일격을 다크나이트에게 퍼부었다. 그러자 이번에는 둔탁한 금속음 말고도 뭔가가 박살나는 소리가 났다.

그것은 지면이 함몰되는 소리였다. 흑기사는 대검을 상단으로 치켜들어 대형 낫을 막았으나 지면이 그 강렬한 일격을 견뎌내지 못하여 흑기사가 딛고 있던 바닥이 무너진 것이다.

그리고 볼프트는 흑기사의 자세가 무너진 틈을 놓치지 않았다.

땅에 발이 닿자마자 몸을 반쯤 회전시킨 볼프트는 대형 낫에 원심력을 실어 횡으로 그었다. 낫의 날이 윙윙 소리를 내며 자세가 무너진 흑기사의 옆구리에 날카롭게 박히자, 충격력으로 변환된 악마의 완력이 흑기사를 가볍게 날려버렸다.

"이걸로 공주를 지키는 기사는 사라졌다!"

맹렬한 원심력으로 한 바퀴 돌아 그 자리에서 고개를 돌린 볼프트는 얼굴을 기쁨으로 일그러뜨리며 사형 집행자처럼 낫을 소녀에게 내리찍었다.

하지만 검은 날이 꽂힌 것은 무기질적인 암반이었다. 불과 방금 전까지 그 자리에 있던 소녀는 환영만을 남긴 채 볼프트의 시야에서 사라진 뒤였다.

"어디로……!"

'선술 천(天) : 연충(練衝)'

악마가 고개를 돌린 찰나, 미라는 그 품속으로 파고들어 선술을 박아 넣었다. 몇 중으로 포개진 충격파는 미쳐 날뛰는 물결이 되어 완전히 방심한 볼프트의 복부로 밀어닥쳤다.

'흠…… 괜찮군.'

볼프트가 잔뜩 일그러진 표정으로 격렬한 파열음과 함께 허공을 날았다.

미라는 악마를 시야에 둔 채 감촉을 확인하듯 방금 전 흐름을 반추해보고는 가볍게 주먹을 고쳐 쥐었다. 전투감각에는 거의 차이가 없다는 사실을 미라는 그 주먹을 통해 실감했다.

사거리의 차이는 있었으나 반걸음 크게 내디디면 그만이었다. 또한 몸이 작아진 만큼, 안으로 파고들기가 쉬웠다. 미라는 한 번의 접촉으로 거기까지 분석해냈다.

가장 큰 불안요소는 가상이 아닌 현실이 된 것으로 인한 물리적인 차이였다. 공기저항이며 로직으로는 계산할 수 없는 공간 자체의 변용. 하지만 그것들은 미라의 움직임을 저해하는 요인이 되지 못했다.

그리고 무엇보다도 오감이 또렷해짐으로 인해 기척이나 공기의 흐름을 온몸으로 느낄 수 있게 된 덕인지 직감이 민감하게 반응하게 되었다.

미라의 힘의 근간을 이루고 있는 것은 습득한 다종다양한 기술을 한데 모아 힘으로 바꾸는, 자신에게 축적된 경험과 능력이었다.

그리고 그런 요소를 만들어낸 것은 그 누구도 아닌 아크 어스 온라인 그 자체였다.

비상식적이리만치 현실적인 게임 세계는 온라인 게임이라는 것이 믿기지 않을 정도로 플레이어 개개인의 스킬에 의해 좌지우지되는 세계였던 것이다.

게임을 막 시작한 자라 해도 격투기 경험자나 검도 유단자 등

은 중급 마물이 되었건 적대 플레이어가 되었건 체술만 가지고 때려눕힐 수 있었다. 따라서 강해지기 위해서는 시스템적인 측면으로는 물론이고 현실적으로도 기술을 갈고닦을 필요가 있었다.

실제로 게임 내에서 마물과 주먹으로 대화를 나눴던 강자, 권왕(拳王) 코지로라는 플레이어는 완벽한 초짜였음에도 전국 규모의 가라테 대회에서 상위로 입상하는 등의 성과를 거뒀다. 결국은 육체적인 원인으로 패했지만.

그 때문에 선술사로서 근접전을 소화하는 미라 역시 기술만은 세계적으로 통하는 영역에 올라 있었다.

그렇다, 통하는 것이다. 지금까지 해온 것처럼, 평소처럼 하면 충분히 악마와도 싸울 수 있다.

미라는 심호흡을 반복하여 의식을 전환시켰다. 게임 시절의 자신을 떠올리며, 그 모습에 자신을 일치시켜 나갔다.

"네놈, 무슨 짓을 한 거냐!"

공중에서 몸을 틀어 땅에 내려선 볼프트가 초조한 말투로 고함을 치며 미라를 노려보았다.

"가볍게 어루만져준 것뿐이다. 그렇게 흥분하지 마라, 애송이."

미라는 덤블프였을 무렵으로 마음이 역행하고 있음을 느꼈다. 그러자 자연스럽게 미소가 지어졌다. 기분 좋은 긴장감은 미라에게 있어 매우 익숙한 감각이었다.

"우쭐대지 마라, 계집!"

볼프트는 대담한 미소를 지은 미라를 보고 노성을 내질렀다. 그러자 손에 든 대형 낫이 분노에 호응하기라도 하듯 홍련의 불꽃을 내뿜었다.

볼프트는 그 대형 낫을 치켜든 채 돌진했다. 체중과 속도를 실은 화염의 참격이 윙윙, 기분 나쁜 소리를 내며 날아들었다.

미라는 그것을 발놀림만으로 피했다. 직후, 일렁이는 불꽃은 궤도를 바꾸어 다시금 미라에게 닥쳐들었다.

하지만 그 추격은 다시금 환영에 집어삼켜졌고, 그와 동시에 울려 퍼진 충격음과 함께 볼프트의 몸이 밀려났다.

말없이 자신을 노려보는 악마를 미라는 똑바로 마주 보며 입꼬리를 슬쩍 치올렸다.

"고맙다. 덕분에 감을 되찾을 수 있을 것 같다."

미쳐 날뛰는 폭력으로써 덤벼드는 볼프트와 환영을 섞어 맞받아치는 미라. 교전 초반에는 긴장한 탓인지 미라의 움직임은 크고 회피거리 역시 과도하게 길었지만, 그것은 공방을 거듭할 때마다 서서히 최적화되고 있었다.

거기에는 몸에 밴 기술과 경험을 통해 쌓아올린 확실한 실력이 있었다. 자신의 전투방식을 되찾은 미라는 종이 한 장 차이로 대형 낫을 피하며 자연스럽게 볼프트의 빈틈에 주먹을 박아 넣어 나갔다.

"이놈, 약아빠졌구나!"

몇 번이나 쿡쿡 찌르자 참고 또 참던 볼프트가 결국 분노를 폭발시켰다. 자신보다도 몸집이 작고 어린 상대에게 농락당하고 있다는 사실에, 귀족이자 우수한 종족인 악마가, 열등한 종족인 인간과 일대일로 싸워 밀리고 있다는 사실에 볼프트의 자부심이 무너지기 시작했다.

혼신의 힘이 실린, 요란한 소리를 내며 닥쳐드는 대형 낫의 일격을 미라는 어렵지 않게 회피했다.

홍련의 화염을 흩날리며 땅바닥에 꽂힌 대형 낫을 피한 미라는 그 즉시 공세로 전환했다. 기세를 그대로 살려 뒤로 돌아들어 악마의 검은 표피로 둘러싸여 있는 무릎 뒤를 걷어찼다. 그 충격으로 볼프트의 자세가 무너지자 미라는 텅텅 빈 등을 타고 올라가 오른손으로 뿔이 돋아나 있는 머리를 붙잡았다.

'선술 지(地) : 홍련일악(紅蓮一握)'

미라가 의식을 집중시키자 손바닥이 붉게 빛나더니 지향성을 지닌 폭염이 발생해, 볼프트의 머리를 파괴할 기세로 작렬했다.

"크아아~~~!"

튕겨져 나가 땅바닥을 나뒹굴던 볼프트는 불에 탄 머리를 감싼 자세로 일어났다. 일어난 그의 눈동자에는 광기가 감도는 불꽃이 타오르고 있었다.

"흠…… 역시 술법을 써야 통하는 겐가."

몇 번이나 악마의 몸에 꽂힌 미라의 주먹은 그 강인한, 갑각이라 할 수 있을 듯한 표피에 가로막혀 거의 무효화 되었다. 공격이 통하기는커녕 붉어진 주먹이 서서히 아파오기까지 했다. 하지만 그럴 만도 했다. 근접전 강화용 장비를 크레오스에게 건네주는 바람에 미라의 육체능력이 일반 술사와 다를 바가 없어졌기 때문이다.

선술은 근력 스테이터스의 영향을 크게 받았다. 지금의 미라는 그것을 높은 마력으로 보충하고 있었지만 그래도 근력이 낮은 탓에 예상대로 공격력이 생각만큼 나오지 않았다.

본래 선술사의 전투 스타일은 타격과 선술의 콤비네이션을 활용하는 것이었다. 미라도 그러기 위해 무술을 배우고 수련을 쌓았다. 하지만 지금은 평범한 타격이 통하지 않았다.

'선술 오의 : 진안(眞眼)'

덤블프였을 무렵의 감각을 되찾은 미라는 가볍게 눈을 감았다. 그 후, 천천히 뜨인 그 눈은 하늘보다도 맑고 투명한 푸른색으로 물들어 있었다.

선술 오의, 진안. 발동 중에는 모든 능력치가 보정될 뿐 아니라 선술을 강화하는 효과가 있는 비장의 기술 중 하나였다.

미라의 마력이 대폭 상승한 것이 성에서 상황을 살피던 플리카의 눈에도 보였다. 자신도 모르게 기세에 눌려 엉덩방아를 찧은 플리카는 일찍이 느껴본 적 없는 방대한 마력의 격류에 의식이 휩쓸려 나갈 뻔했다.

"왜 그래, 플리카?"

갑자기 비틀거리다 쓰러진 플리카에게 손을 내밀며 에메라가 물었다.

"미라의 분위기가 바뀌었어요. 더 강하게, 더…… 깊게."

플리카는 미라가 있는 곳 근처를 바라본 채 비틀대며 일어났다. 평소와 분위기가 다른 그녀의 말에 일동은 조용히 숨을 죽일 뿐이었다.

미라와 악마의 전투는 격화일로로 치달았다. 가열한 분노 속에서도 이성을 되찾은 볼프트는 두 손에 검은 화염을 휘감은 채 불꽃을 내뿜는 대형 낫을 휘두르며 파상공세를 펼쳤다.

내려친 낫을 미라가 피하자 검은 화염이 폭발해 그녀를 쫓았다.

미라는 검은 화염에 대항하기 위해 '선술 지 : 풍전(風纏)'을 발동. 두 손에 바람을 둘러 따라붙는 흑염(黑炎)을 손으로 튕겨내고는 그대로 품안으로 파고들어 악마의 옆구리에 장저(掌底)를 박아넣었다. 직후, 두르고 있던 바람의 힘이 해방되자 진공과 선풍의 난류가 폭풍처럼 일어나 볼프트의 몸을 몇 걸음이나 날려버렸다.

"흐읍!"

하지만 그럼에도 불구하고 볼프트는 힘껏 발을 내디디며 내려쳤던 낫을 비틀어 올렸다. 바람의 일격으로도 그 움직임에 지장을 주지는 못해, 날카롭게 바람을 가른 불꽃의 꼬리가 그 즉시 몸을 뒤로 뺀 미라의 바로 앞을 가로질렀다. 볼프트는 이어서 낫이 채 끝까지 치켜 올라가기도 전에 한 손을 내밀어 흑염으로 추가 공격을 퍼부었다.

"호오! 제법이구나, 애송이!"

바람이 깃든 손을 교차시켜 그것을 막아낸 미라는 티 없이 맑고 푸른 진안으로 볼프트를 바라보았다.

"계집, 계속 나를 우롱할 셈이냐!"

볼프트는 노성을 내지르며 후방으로 날아갔다. 마력이 급격히 증대되자 흑염이 그에 비례하게 부풀어 올라 팔은 물론이고 온몸을 에워싸더니 천장에 닿을 정도로 세차게 솟구쳤다.

"네놈은 공물로 가져가지 않겠다. 이 자리에서 불태워주마!"

불타오르던 불꽃은 눈 깜짝할 새에 집속되어 악마의 온몸을 감쌌다. 그리고 칠흑빛 태양이 된 볼프트는 그 몸에 두른 화염보다도 격렬한 포효를 내지르며 포탄처럼 날았다.

"죽어라!"

대형 낫이 갈수록 거세지는 흑염으로 검게 물들어 둔탁한 빛을 내뿜었다. 그것을 치켜든 채 암반을 짓밟아 박살내며 포탄과도 같은 속도로 육박해 오는 악마의 모습을 미라의 진안이 또렷하게 포착하고 있었다.

"거절한다!"

미라는 '연충'을 내지름과 동시에 '선술 보법 : 축지'로 순식간에 볼프트와의 거리를 좁혔다.

다소 늦게 덮쳐든 다중의 충격파는 칠흑의 화염을 일부만 벗겨내며 볼프트의 기세를 얼마간 죽였다. 그 빈틈이 미라에게는 절호의 기회가 되었다.

"뭣……?!"

지근거리에서 다시금 발동된 '연충'으로 인해 볼프트는 검은 화염을 흩날리며 하늘 높이 떠올랐다. 하지만 괴로움으로 표정을 일그러뜨리면서도 간신히 날갯짓을 해서 급제동을 걸었다. 큰 대미지는 받지 않은 모양이었다. 공격에 특화된 볼프트의 전투 스타일은 방어력에 대한 자신감 덕에 성립되고 있는 것이리라. 실제로 그 표피는 그의 자신감에 걸맞은 강도를 뽐내고 있었다.

"계집…… 얼마나 더 나를!"

공격의 효과는 미미할지 몰라도 인간 아이에게 농락을 당하고 있으니 마음이 편치는 않으리라.

볼프트는 분한 듯 이를 갈며 땅바닥을 노려보았다. 하지만 그 시선 끝에 자리한 광경을 보고 순간적으로 몸이 경직되고 말았다.

'선술 보법 : 공활보(空闊步)'

미라는 마치 계단을 뛰어오르는 듯한 발걸음으로 악마의 눈앞까지 육박한 상태였다.

"네 이놈!"

낫의 날로 쳐올리기에는 이미 늦었다. 볼프트는 낫자루로 손을 가져가 그대로 쳐낼 요량으로 표적과의 최단거리를 후렸다. 그렇게 간신히 자아낸 일격을 미라는 더욱 높이 뛰어올라 통과시키고는 물구나무를 선 자세로 볼프트의 머리에 손을 갖다 대었다.

두둥실 스커트가 들춰져 허벅지에서 복부까지가 노출되었지만 미라는 개의치 않고 손에 의식을 집중시켰다.

"이건, 어떠냐."

'선술 지 : 열충일악(烈衝一握)'

술법을 발동시키자 미라의 손바닥 안에 발생한 충격파 덩어리가 걷잡을 수 없는 파도가 되어 볼프트의 머리를 날려버릴 기세로 미쳐 날뛰었다. 너무도 폭력적인 격류에 공중에서 버티고 있을 수 없게 된 볼프트는 땅바닥에 처박혔다.

암반이 박살 나는 소리가 주변에 울려 퍼지는 가운데, 미라가 한 박자 늦게 거리를 둔 채 땅바닥에 내려섰다. 그 눈동자는 여전히 부서진 암반에서 기어 나오는 검은 악마를 바라보고 있었다.

"설마 이 정도 실력을 지닌 인간이 있었을 줄이야."

악마는 근거리 고위력 계열의 선술을 두 발이나 맞고도 대미지다운 대미지를 입은 낌새가 없었다. 그 내구성은 누가 보아도 상식을 벗어난 것이었다.

'이토록 단단한 악마가 있을 줄이야.'

하지만 미라는 개의치 않고 계속해서 악마를 바라보았다.

"하지만 소용없다! 안 느껴진다! 나의 단련된 육체에 그 정도 공격은 안 통한다!"

볼프트는 자신의 긍지를 지키기 위해 그렇게 고함을 쳤다. 선술 자체의 대미지는 들어가고 있다. 하지만 그래도 볼프트가 신변의 위협을 느낄 정도에는 다다르지 못했다.

"좋은 대결이었다. 하지만 슬슬, 끝내도록 하지."

'비닉(祕匿) 선술 : 마안(魔眼) 해금'

감사의 마음을 담아 그렇게 말한 미라는 특별한 힘을 해방했다.

미라의 오른쪽 눈이 검게 물들더니 눈동자만 금빛으로 변화했다. 칠흑 같은 밤에 마를 품은 채 빛나는 흉월(凶月)을 연상케 하는 오드아이였다.

그 눈동자가, 시선이 자신을 꿰어 버릴 것만 같아 무시무시한 공포감에 사로잡힌 볼프트는 미라가 발하고 있는 상위종의 기척에 무의식적으로 몸을 떨었다.

"건방진 인간 놈이이이이!"

볼프트는 악다구니를 치며 칠흑의 화염을 몽땅 퍼부은 대형 낫을 하늘로 치켜들었다. 하지만 그 직후 대형 낫이 손에서 미끄러져 떨어졌고 볼프트는 그제야 자신의 몸에 이변이 일어났음을 알아챘다.

'이건…… 큭…… 마비인가?! 이런, 가소로운 짓을!!'

'선동술(仙瞳術) : 비명지마시(痺命之魔視)'

마안으로 바라본 상대를 마비시키고, 마비 상태의 상대를 내부에서 파괴시키는 최상위 선술이었다. 발동조건은 대상을 일정시간 동안 마안으로 바라볼 것. 미라가 다소 떨어진 위치에 내려선 것도 시야를 넓게 확보하기 위해서였다.

"으……오오오오오오오오오오!"

"역시 악마라 이건가. 그리 오래는 못 버티겠군."

손가락, 팔, 어깨. 볼프트는 느리게나마 마비에서 풀려나고 있었다. 악마는 일반적으로 상태이상에 높은 내성을 지녔지만 그래도 마비에 걸린 것은 전적으로 미라의 높은 마력 때문이었다.

물론 미라도 그 사실은 매우 잘 알고 있었다.

단순히 잠시 힘을 모을 시간이 필요했던 것뿐이었다.

미라는 몇 차례나 공격을 박아 넣고 날려버리며 볼프트를 압도하고 있었으나 그가 지닌, 너무도 높은 방어력에 애를 먹고 있었다. 그녀 본인의 힘으로 저 장갑을 박살내려면 상당한 시간이 필요할 듯했다.

"하지만, 이제 끝이다."

미라가 그렇게 말한 직후, 볼프트는 등 뒤에 나타난 소름 돋는 기척에 온몸을 경직시킨 채 반사적으로 돌아보려 했다. 하지만 마비는 아직 완전히 풀리지 않았다. 분한 마음에 이를 갈던 볼프트는 갑자기 자신의 가슴을 뚫고 나온 칠흑빛 칼날을 보고 눈이 휘둥그레졌다.

"크……오오……. 말도…… 안 돼……."

입에서 뿜어져 나온 흑혈을 애써 억누르며 마비에 저항해 등 뒤로 시선을 옮긴 볼프트의 표정이 경악으로 물들었다.

그곳에는 전투를 시작하자마자 쓸어버렸을 터인, 흑기사의 붉게 일렁이는 두 눈이 떠올라 있었다.

주먹으로는 유효한 일격을 가하지 못하지만 미라가 소환한 다크나이트의 일격은 그것을 까마득히 능가하는 예리함을 지녔다. 그럼에도 볼프트의 몸은 단단해서 방어를 꿰뚫을 만큼의 힘을 모을 필요가 있었다. 그러기 위해 마비시켰던 것이다.

"어째……서……. 언제부터……. 이 녀석……."

"이 몸의 다크나이트를 그렇게 쉽게 없앨 수 있을 거라 생각했나."

미라는 느긋하게 볼프트에게 다가갔다. 그 한 걸음 한 걸음이 땅바닥에 확고한 승리의 발자국을 새겨나갔다.

"설마…… 이렇게 패할…… 줄…… 이야."

"처음부터 말했을 텐데. 이 몸은 소환술사다."

"그랬……지."

볼프트의 정면에 선 미라는 진안과 마안으로 그를 바라보았다.

볼프트는 그 눈동자를 정면에서 마주 본 채 희미한 미소를 지었다. 그 표정에는 진정한 강자와 싸워 패한 현재 상황을 납득한 자 특유의 경의가 담겨 있었다.

다크나이트는 대검을 뽑아 비스듬히 쳐들었다.

"……훌륭하다……."

볼프트의 마지막 말과 동시에 흑기사는 악마의 목을 쳤다. 흑혈이 칼날을 타고 허공에 튀어, 사라지지 않을 검은 별을 땅바닥에 새겼다.

검은 몸이 엎어지는 자세로 무너져 내렸다. 그 옆에는 만족스럽게 하늘을 올려다보는 볼프트의 머리가 자리하고 있었다.

〈13〉

"터무니없구만……."

미라와 악마의 싸움을 처음부터 끝까지 목격한 아스발이 무의식적으로 중얼거렸고, 에메라와 제프는 너무도 차원이 다른 역량을 보고 말을 잃었다. 플리카는 그 옆에서 천천히 수그러들고 있는 악마의 마력이 소멸될 때까지 바라보고 있었다.

어쩐지 어안이 벙벙해 보이는 네 사람과는 달리 타쿠토는 곧장 미라의 곁으로 달려갔다.

명령을 충실히 지키는 홀리나이트가 타쿠토를 따라가는 모습을 보고서야 정신이 든 에카르라트 카리용의 면면들도 그 뒤를 따랐다.

"미라 누나, 굉장해! 멋져요!"

에메라 일행이 따라잡자마자 타쿠토는 존경의 빛이 가득한 눈을 한 채 잔뜩 들뜬 말투로 말했다.

"흠, 암, 그렇고말고."

무구한 어린애의 솔직한 칭찬을 들은 미라는 자랑스럽게 가슴을 젖히고서 히죽히죽 웃었다. 꺼림칙한 마안의 흔적은 오간데없이 사라져 눈은 평소의 색을 되찾은 상태였다.

지금의 미라에게서는 악마와 싸우고 있었을 때의 날선 분위기가 완전히 사라져 어린애에게 칭찬을 받은 것뿐임에도 불구하고 당장에라도 깡충깡충 뛸 듯 신이 난 듯 보였다.

에메라 일행은 그 분위기에 순간적으로 맥이 빠져 표정이 풀어졌다. 하지만 인간의 적이라 일컬어지는 악마를 압도한 미라의 상식을 벗어난 실력은 여전히 신경이 쓰였다.

"뭐라고 해야 좋을지 모르겠지만 고마워, 미라. 덕분에 살았어."

"그래, 우리만 있었으면 어떻게 됐을지."

"고마워할 것 없다. 이 몸이 끌어들인 것이나 다름없으니."

에메라는 자신의 생명을 구해주었다는 사실에 대한 솔직한 감사를 입에 담은 것이었지만 미라는 본래 이곳에 혼자 올 예정이었다. 그리고 그곳에 있던 악마와의 전투에 끌어들인 모양새가 된 셈이니 감사인사를 한들 난감하다는 생각이 들어 쓴웃음을 지을 뿐이었다.

"그나저나, 미라 엄청 세다. 모험가가 되자마자 C랭크가 된 거랑 상관있는 거야?"

제프는 뜬금없이 이곳에 있는 모든 이가 궁금했던 바를 입에 담았다. 어떠한 사정, 어떠한 비밀이 있는 것일까. 그들이 목격한 미라의 실력은 감히 언급해도 될까 싶을 정도로, 너무나도 압도적이었다.

하지만 제프는 둔감한 것인지, 아니면 철이 없는 것인지 잡담이라도 하듯 물음을 던졌다.

"흠, 그래. 신경 쓰인다 이거지. 뭐어, 말해줘도 상관없겠지."

제프의 말을 들은 미라는 거들먹거리며 그렇게 말하고는 타쿠토의 옆에 선 백기사를 손등으로 두드리며 그 존재를 강조시켰다.

"그래서…… 미라가 강한 이유는……."

역시나, 라고 해야 할지 당연하다고 해야 할지 가장 궁금해 하고 있었던 에메라는 미라를 뚫어지게 쳐다보며 다가가 다음 말을 기다렸다.

"덤블프라는 자를 아는가? 이 몸은 그분의 제자다. 사정상 움직이지 못하는 스승 대신 이런저런 일들을 하러 돌아다니고 있는 참이지."

미라는 실력의 근거를 댐과 동시에 나중에 또 물을 것이 분명한 고대신전에 온 이유를 넌지시 밝혔다. 아홉 현자와 관계가 있다고 해두면 그 이상 캐물어도 그 명성을 방패삼아 비밀이라고 잡아뗄 수 있으리라 생각했기 때문이다.

미라는 자아, 어떻게 반응하려나, 하고 긴장했으나 일동은 의외로 차분하게 반응했다.

"덤블프 님의 제자…… 그래서 그렇게 강했던 거구나."

"군세라는 이명을 지닌 현자의…… 제자. 그렇군."

에메라와 아스발은 오히려 납득했다는 듯한 투로 그 답을 받아들였다.

눈앞에서 펼쳐진 차원이 다른 전투. 그리고 주변에 새겨진 그 흔적들. 이 정도의 힘을 지닌, 상식으로는 헤아릴 수 없는 존재는 그야말로 손에 꼽을 정도밖에 없었다. 거기에는 아홉 현자와 최상위 모험가, 삼신국의 장군들과 같은 쟁쟁한 면면들이 포함되었다.

그런 자들의 모습을 방불케 한 미라의 실력은 오히려 그런 이유가 아니고서는 납득하지 못할 정도의 것이었다.

무엇보다도 눈앞에서 일어난 사실과 현상이 있으니 그 말을 의심할 여지는 없었고, 의심한들 다른 답을 찾을 수 있을 리도 없었다. 때문에 덤블프가 처한 상황은 둘째 치고 미라의 말을 순순히 받아들일 수 있었던 것이다.

"덤블프 님…… 아홉 현자의 제자……."

미라가 생각했던 것보다 빨리 차분해진 에메라, 아스발과는 달리 플리카는 그 대답을 몇 번이나 되뇌고 있었다.

플리카도 미라의 압도적인 실력을 직접 목격한지라 의심을 하지는 않았다. 악마와의 전투가 벌어지기 전부터, 그런 징후는 몇 번이나 느꼈었기 때문이다. 하지만 에메라, 아스발과는 달리 술사인 플리카는 그것이 전례가 없는 일임을 알았다.

아홉 현자는 대체로 제자를 받지 않았다. 은의 연탑에 속한 술사들은 어디까지나 연구원으로, 현자에게 가르침을 구하는 일도 있었지만 결국은 그 정도 입장에 불과했다. 제자도, 교사와 학생이라는 관계도 아니었다. 일대일로 모든 기술을 지도받을 수 있는 입장에 있는 자는 이 세상에 없으리라 여겨져 왔다.

아홉 현자가 실종되기 전부터 제자로 인정받은 자는 없었고, 유일하게 돌아온 루미나리아도 현재까지 제자를 받지 않았다.

플리카는 현자의 제자라는 이유가 아니고서는 그 실력이 설명되지 않는다는 생각과 역사적 사실에 반하는 전대미문의 존재의 등장 사실 사이에서 방황하고 있었다.

"우와! 나 알아! 나도 안다고, 그 이름은! 완전 유명인의 제자라니. 끝내준다, 미라!"

제프가 몸짓발짓을 해가며 미라를 칭찬했다. 그리고 그 옆에 선 홀리나이트를 바라보며 "다시 보니 관록이 다른 걸!" 하고 호들갑을 떨었다.

누구의 제자가 되었건, 어떤 내력이 있건, 미라는 악마를 쓰러뜨렸고 자신들은 그 덕에 목숨을 건졌다. 제프에게는 그 이상의 일도, 그 이하의 일도 아니었고 미라는 아무튼 강했다. 그저 그뿐이었다. 좋은 의미로 분위기 파악 못하는, 아니, 안 하는 제프였다.

타쿠토에게 있어 덤블프는 그림책이나 이야기 속에 등장하는 영웅이었다. 하지만 악마를 쓰러뜨린 미라는 현실에 존재하는 영웅 그 자체로 보여 타쿠토는 눈이 부실 정도로 빛나는 눈으로 미라를 쳐다보았다.

조금 정도는 의심을 할 것이라 예상했던 미라는 그런 일 없이 한마디로 정리가 돼서 다행이라며 가슴을 쓸어내렸다.

애초에 그렇게 예상을 했던 이유는 아홉 현자가 실종 중이라는 주지의 사실 때문이었다. 거처는커녕 생사조차 알 수 없는 인물의 제자라니, 아닌 게 아니라 누구나 할 수 있는 말이 아닌가. 하지만 이곳에 있는 자들은 그런 생각은 물론이고 확인조차 하지 않고 받아들여주었다.

"뭐냐, 그대들. 어째 순순히 믿는 것 같구나."

미라는 맥이 빠져 무심코 그렇게 말했다.

"엑, 거짓말이야?!"

제자라는 이유를 듣고 납득하고 마음을 가라앉혔던 에메라는 당황한 눈치로 다시금 미라에게 얼굴을 들이밀었다.

“아니, 거짓말은 아니다. 그리고 좀 떨어져라.”

미라는 다소 얼굴을 붉히더니 가볍게 시선을 피하며 후퇴했다.

“그게 아니라. 이 몸의 스승은 실종 중으로 알려졌지 않으냐. 그에 관해 한소리 듣지 않을까 싶었는데 말이다.”

“아, 그런 뜻이구나.”

에메라는 이해했다는 듯 고개를 끄덕이더니 백기사에게 살며시 손을 가져다 대며 꿈 이야기를 하는 듯한 말투로 입을 열었다.

“확실히 실종 중인 현자님들에 관해서는 여러 가지 설이 나돌고 있긴 해. 마계로 쳐들어갔다든지, 처절한 내분이 일어나 살육전이 벌어졌다든지, 신으로 승격되어 하늘로 올라가셨다든지. 하지만 그건 일부 사람들이 재미삼아 지어낸 우스갯소리고, 현자님은 속세를 떠나 어딘가에서 은거하고 계실 거라는 게 통설이야. 벌써 그로부터 30년이나 지났으니 제자가 나타나도 이상할 게 없잖아.”

아주 일리가 없는 말은 아니었다. 에메라가 그렇게 말을 마치자 아스발은 미라의 온몸을 바라보며,

“그리고 말이야. 아가씨의 전투 방식이, 아버지한테 들었던 이야기와 똑같았거든.”

그렇게 말을 받더니 씩 웃었다. 그리고 그것이 바로 미라의 이야기를 곧장 믿어준 결정적인 요인이었다.

“나도 아빠한테 자주 들었어!”

“저도요. 마술사의 재능이 있다는 것을 알게 되고서부터는, 아

홉 현자님의 이야기를 몇 번이나 읽어주셨어요."

"그렇지~? 아마 이 나라에서 태어난 녀석 중 아홉 현자를 모르는 녀석은 없을 걸?"

아스발에 이어 나머지 세 사람도 입을 모아 이야기 속 정경에 대해 이야기했다. 그 정경은 조금 전 미라가 전투를 벌이던 모습과 매우 흡사했다.

"무슨 이야기를 말하는 게야?"

미라는 그렇게 중얼거리며 눈살을 찌푸렸다. 아홉 현자의 이야기. 요컨대 자신과 동료들의 이야기라니. 대체 그게 뭘까 싶어 미라는 의아해졌다.

"'솔로몬 왕과 아홉 현자 이야기'를 모른다고?!"

에메라는 여태 들어본 것 중 가장 큰 목소리로 외치더니 미라가 고개를 끄덕이자 "그럼 별수 없지이" 하고 어쩐지 신이 난 듯한 표정으로 답했다. 그리고 의기양양하게 감정을 실어서 이야기에 대한 설명을 시작했다.

일동이 말하는 이야기라는 것은 알카이트 왕국에서 남녀노소를 가리지 않고 매우 인기가 많은, 아홉 현자를 주제로 한 이야기였다. 그중 한 명인 덤블프의 이야기에는 '군세'의 진면목이라 할 수 있는 무구정령 천 대를 동시에 소환했다는 무용담 등이 포함되어 있었다. 하지만 그 이상으로 인기 있는 이야기가 하나 있었다. 소환술과 선술을 구사한 소환술사답지 않은 폐쇄공간에서의 근접전을 주체로 한 이야기였다.

아이들은 누구 할 것 없이 소환체가 어지러이 하늘을 날고 덤블프가 땅을 내달리는 그 이야기에 푹 빠져들었다.

에메라는 이야기의 내용을 간결하게, 그러면서도 열정적으로 설명했다.

그런 사전 지식 덕에 미라의 이야기를 그 즉시 받아들일 수 있었던 것이다.

"그런 것이 나돌고 있었을 줄이야……."

수치심인지 놀라움인지 모를 감정 탓에 미묘하게 당황한 표정으로 미라가 중얼거렸다. 그 옆에서는 타쿠토가 순진무구한 눈빛으로 "우와, 멋지다!" 하고 흥분하고 있었다.

"미라, 이건 아직 서장에 불과해! 네 스승님인 덤블프 님의 무용담은 셀 수 없이 많다고!"

에메라는 더더욱 흥이 올라 힘껏 주먹을 치켜들었다. 그 직후, 플리카가 지팡이의 딱딱한 부분으로 에메라의 옆구리를 후려쳤다.

"그만 됐어요. 그보다 빨리 돌아가죠. 보고하고 싶은 것들이 많아요."

"그……그래. 그러자……."

에메라는 옆구리를 움켜쥔 채 몸을 웅크리고서 불분명한 발음으로 대답하고는 다소 눈물이 맺힌 눈으로 비틀대며 일어났다.

"이 몸이 물은 것이니 이 몸이 중간에 말렸어야 했으려나."

자신이 중간에 말렸으면 그런 고통을 당하지 않아도 됐을 텐데, 싶어서 미라는 에메라를 걱정하는 말투로 말했다.

"아니야, 미라야~! 전부 에메라가 잘못한 거니 신경 안 써도 돼애~!"

"오오우?!"

플리카는 느닷없이 뒤집히기 일보 직전인 목소리로 말하며 미라의 몸을 낚아채기라도 하듯 안아 올렸다. 동시에 그 얼굴을 미라의 가슴에 파묻고는 거친 숨을 몰아쉬며 뺨을 부볐다. 술사임에도 불구하고 그 동작은 사냥감을 덮치는 사자보다도 날쌨다.

오한이 등줄기를 타고 퍼지고, 위기감이 고개를 쳐들었다. 하지만 에메라의 손날치기가 그것을 훌륭히 격퇴했다. 땅바닥에 엎어진 플리카와 옆구리를 손으로 움켜쥔 에메라. 모종의 폭주의 씨앗을 지닌 두 사람은 이렇게 서로를 만류하는 관계인 듯했다.

"뭔가, 미안해."

"좀 전까지는 멀쩡했는데 말이지."

"아마 긴장이 풀려서 인내심이 한계를 넘은 걸 거야."

"알다가도 모르겠군."

두 사람은 그렇게 말하며 행복한 미소로 땅바닥에 널브러져 "엄청 부드러웠어~!" 같은 소리나 늘어놓으며 몸부림을 치는 플리카를 바라보며 땅이 꺼져라 한숨을 내쉬었다.

"생긴 게 아깝네."

"뭐어, 그것도 플리카의 매력이라고."

아스발이 한탄 섞인 투로 중얼거리자 제프는 상큼한 미소를 지은 채 미인이라면 그 정도 흠쯤은 감수할 수 있다는 등의 소리를 지껄였다.

"그나저나 미라는 덤블프 님과 마찬가지로 소환술과 선술을 둘 다 쓸 수 있구나. 정말 굉장하더라."

플리카가 서서히 냉정함을 되찾아가는 가운데, 에메라가 뜨거운 눈빛으로 미라를 바라보며 말했다. 그것이 덤블프의 전투 스타일이기는 했지만 소환술사로서는 매우 특수한 부류에 속하기 때문이리라.

"선술이라…… 갑자기 사라지기도 했었지? 엄청나구만, 선술이라는 거."

"그 정도는 아무것도 아니다."

"나도 중간중간 눈으로 좇을 수가 없더라. 선술사는 다들 그렇게 비상식적인 움직임을 취할 수 있는 거?"

"그 정도는 아무것도 아니다."

"공중을 달리기도 했었죠? 선술사는 우리 길드에도 있지만, 그런 일은 못했던 것 같은데."

"'공활보'라는 선술사의 고유 기능이다. 그 정도는 아무것도 아니다."

선술사로서도 상위에 속하는 미라의 움직임은 스킬을 아낌없이 사용한 덕에 객관적으로 봤을 때 꼭 마술이라도 부린 듯 보인 모양이었다. 직접 목격한 그 박력 넘치는 전투는 에메라 일행의 뇌리에 선명히 새겨졌다.

"선술이란 거 끝내준다!"

일동의 총의를 모아 에메라가 흥분한 투로 말했다. 그와 동시에 에카르라트 카리용의 면면들은 선술에 대한 의식을 대폭 수정했다. 소환술사지만 선술도 다루는 현자의 제자가 저 정도의 선술전을 펼친 것이다. 그것도 악마를 압도할 정도의 선술전을. 매료되지 않을 수가 없었다.

"……뭣……이라고?"

소환술의 위력을 증명하고자 벼르고 있었으나, 결과적으로 가장 좋은 평가를 받은 것은 선술이라니. 미라는 먼 눈을 한 채 어디서 실수를 한 걸까 하고 머리를 감싸 쥐었다.

그런 미라에게 존경과 선망의 눈빛을 보내는 소년이 있었다.

"나도 미라 누나처럼 강한 술사가 되고 싶어요!"

동심을 자극하는 아홉 현자 이야기의 영웅담. 직접 본 미라의 용맹한 모습에 잔뜩 신이 에메라의 말투도 한 몫 거든 것인지, 타쿠토는 완전히 마음을 빼앗기고 말았다.

"호오, 그래그래. 이 몸 같은 **소환술사**가 되고 싶다 이거구나. 기특한 마음가짐이로고."

미라는 그렇게 말하는 동시에 타쿠토의 머리를 마구 쓰다듬어 주며 기쁜 듯이 씩 웃어 보였다.

"술사가 되고 싶다면 우선 적성이 있는지 어떤지부터 알아봐야겠네요. 타쿠토 군에게 술사 적성이 있으려나."

그제야 냉정함을 되찾은 플리카는 미라의 애정을 한 몸에 받는 타쿠토에 대한 질투심을 억누르며 그렇게 말했다.

"술사 적성이라?"

금시초문인 미라는 손을 멈추고서 플리카에게 고개를 돌렸다.

"어머, 모르셨나요?"

"아~ 음. 수행을 위해 스승님과 함께 속세에서 떨어진 곳에 있어서 말이지. 그런 쪽으로는 어둡다."

이 역시 현실이 되면서 생긴 변화라는 것을 알아챈 미라는 미리 정해두었던 변명을 입에 올렸다.

"……아하. 그러면 모르실 만도 하죠."

아홉 현자라는 최고의 지도자에게 배워도 지금과 같은 실력을 갖추는 데는 상당한 세월이 필요했을 것이다. 플리카는 그렇다면 최근 10년에 걸쳐 확립된 술사 적성의 이론을 모르는 것이 당연하다고 납득하고는 고개를 끄덕였다.

"설명을 드리자면, 크고 작고의 차이는 있지만 사람은 저마다 마력의 질이 달라요. 그 차이가 다룰 수 있는 술법의 차이, 요컨대 적성이 있는지 없는지의 척도가 되는 거죠."

요컨대 술사가 되기 위해서는 적성이 필요하다는 것이다. 아크 어스 온라인은 전사 클래스든, 술사 클래스든 하고 싶은 것을 자유롭게 선택해 시작할 수 있었다. 모든 이가 무엇이든 될 수 있었다. 하지만 플리카의 말에 따르면 타고 난 마력에는 차이가 있어, 모두가 평등하게 선택할 수 있는 것은 아닌 듯했다.

"마력의 차이라……. 해서, 타쿠토는 어떠하냐. 소환술사가 될 수 있을 것 같으냐?"

"그건 조사를 해봐야 알 수 있어요. 술사조합에서 검사할 수 있으니 도시로 돌아가면 들러보는 게 좋을 것 같네요."

"오호, 조합은 그런 것도 할 수 있는 곳이었군. 타쿠토여, 어쩔 테냐. 알고 싶으냐?"

"네, 알고 싶어요!"

묻자 타쿠토는 그 즉시 있는 힘껏 고개를 끄덕였다.

"그럼, 가는 길에 들르도록 하자꾸나."

미라는 그렇게 말하며 다정하게 미소 지었다. 플리카는 그 천사와 성모를 합쳐놓은 듯한 미소와 끓어오르는 질투 사이에서 끝없이 몸부림쳤다.

〈14〉

"이봐~ 이거 혹시 꽤 좋은 거 아냐~?"

미라가 새로운 소환술사의 탄생을 기도하던 참에 제프의 목소리가 들려왔다. 그쪽으로 시선을 옮겨보니 땅바닥에 널브러진 악마의 주검과 대형 낫을 발끝으로 쿡쿡 찌르고 있는 제프의 모습이 있었다.

"새삼스럽지만, 정말 엄청난 위력이었나 보군."

가장 먼저 관심을 보인 아스발은 그 즉시 달려가 악마의 표피 군데군데 새겨진 다종다양한 상흔에 주목했다. 그런 뒤에 손등으로 가볍게 두드려보아, 악마의 표피가 비상식적으로 튼튼하다는 사실을 확인하고는 탄성을 흘렸다. 자신이 온힘을 다해 공격한들 상처를 낼 수나 있을까 하는 생각이 들었던 것이다.

흘끔 들여다보던 에메라 역시 같은 심정으로 칼자루를 힘껏 움켜쥔 채 오늘부터 훈련량을 두 배로 늘리기로 마음속으로 결심했다. 악마의 주검 너머를 바라보는 눈동자에는 이 자리에서 펼쳐졌던 전투 광경이 똑똑히 각인되어 있었다.

감탄스럽다는 눈빛으로 주검을 둘러싼 에메라 일행과는 달리 타쿠토는 악마를 보자마자 미라의 등 뒤로 숨었다. 그런 타쿠토에게 미라는 "괜찮다" 하고 말하며 손을 잡아주었다. 그 모습을 뒤에서 바라보던 플리카는 반대쪽 손을 호시탐탐 노리고 있었다.

"그래서, 이거 말인데. 난 도저히 못 들 것 같거든?"

상당히 무거운지 제프는 두 손으로 질질 끌다시피 해서 대형 낫을 아스발의 발치까지 옮겼다. 그것을 넘겨받자마자 아스발의 표정이 일그러졌다.

"윽…… 뭐 이렇게 무거워. 흡!"

그렇게 말하며 두 손으로 대형 낫을 들어 올려 억지로 내리쳐 보았다. 날카로운 금속음과 함께 날이 땅바닥에 박혔다.

"그래서, 어때?"

"이거 클래스 전용 무기 같은데. 전사인 나는 못 다뤄. 뭐어, 아가씨한테는 무기가 필요 없겠지만 팔면 꽤 비싸게 쳐줄걸."

"그게 좋겠네~. 마동석이랑 마동결정도 있고, 미라 만만세네. 1할 정도는 아이템 회수 작업비로 받아도 될까?"

제프는 농담처럼 말하며 미소 지었다. 고대신전에서 손에 넣은 아이템은 처음 잡았던 구울을 제외하면 모두 미라 덕에 얻은 것들이었다. 제프도 그 사실을 알고 회수하고 돌아다녔고, 다른 멤버들도 배당을 요구하거나 할 생각은 없었다.

하지만 미라는 달랐다.

"뭐냐. 이런 건 머릿수대로 나누는 게 기본 아니냐. 계산에는 영 소질이 없어서 그쪽은 맡기마."

그 말을 들은 에카르라트 카리용의 사람들은 할 말을 잃었다. 회수한 마동석에 악마의 무기인 대형 낫. 계산하고 말 것도 없이 제법 큰돈이 될 텐데.

그리고 누가 어떻게 보아도 그 소유권은 미라에게 있었다. 하지만 본인은 모두 함께 나누는 것이 당연하다는 말투였다.

협력해서 적을 쓰러뜨리고 얻은 전리품 등을 나누는 것은 모험가의 상식이었지만 미라의 실력을 알게 된 지금, 에메라 일행은 평범한 동행자 입장에 불과하다고 인식하고 있었다.

"하지만 왜, 쓰러뜨린 건 미라의 소환술이었잖아."

"우리는 파티가 아니냐?"

어물어물 현재 상황을 정리하려던 에메라에게 미라는 물음표를 띄운 채 대답했다.

그런 방식이 플레이어들의 상식으로서 몸에 배어 있었기에 미라는 본래부터 그럴 생각이었다. 마물의 드롭 아이템을 두고 다투는 것이 싫었던 미라는 예전부터 파티전에서는 전부 머릿수대로 나누는 것이 평등하고 이상적이라고 생각해왔다.

에메라와 미라는 서로 마주 본 채 고개를 갸웃했다. 그 옆에서는 이야기의 내용을 알아들을 수가 없어서인지 타쿠토도 고개를 갸웃하고 있었다.

"그렇게 통이 큰 미라도 멋져!"

그렇게 말하며 플리카가 또다시 끌어안는 통에 미라는 눈빛으로 어떻게 좀 해보라고 에메라에게 호소했다.

오늘만 몇 번째인지 모를 손날치기를 플리카의 정수리에 꽂아넣으며 에메라는 쿡 하고 웃었다.

"미라는 정말 한도 끝도 없이 비상식적이야."

"동감이다."

에메라가 반쯤 어이가 없어하면서도 다정한 미소를 지으며 말하자 아스발은 그 말에 크게 동의했다.

"이 몸은 그다지 금품이 궁하지 않아서 말이지."

필요해지면 솔로몬에게 뜯어내면 그만이라 생각하며 미라는 입꼬리를 치올려 웃었다.

"하등롱에서 숙박하고 있을 정도니, 그럴 만도 하네."

"아~ 그런 소릴 했었지."

"맞아 맞아. 돈 걱정 없이 산다니, 부럽다~."

에메라는 다소 먼 눈을 한 채 진혼도시 카라낙 제일의 여관을 떠올렸다. 전승 축하 파티를 위해 딱 한 번 찾은 적이 있었던 날의 일을.

아스발과 제프도 마찬가지로 휘황찬란한 내부 장식과 호화롭게 차려진 진수성찬들을 떠올렸다.

"그런고로, 문제없다."

"정말 괜찮겠어?"

"상관없다. 그리고 그대들의 길드에 그 낫을 쓸 수 있는 자가 있다면 그건 그 녀석에게라도 건네주거라."

미라는 모처럼 레어한 무기를 얻었으니 쓸 수 있는 자의 손에 맡기는 것이 제일이라고 말했다. 이 역시 플레이어 시절부터 정해뒀던 규칙이었다. 장비품이 나왔을 경우에는 가장 유용하게 활용할 수 있는 자가 갖는다. 미라는 지금까지 계속 그렇게 해왔고, 앞으로도 바꿀 생각은 없었다.

그런 생각으로 내뱉은 미라의 한마디는 다시금 일동의 표정을 바꾸어놓았다. 에메라는 어이가 없다는 표정이었고 아스발은 쓴웃음, 제프는 큰소리로 웃어댔다. 직전에 부활한 플리카는 각각 다른 세 사람의 표정을 보고 고개를 갸웃했다.

"감정을 해봐야 알겠지만 이거 하나만 해도 꽤 값이 나갈 텐데?"

"장비품은 그걸 충분히 다룰 수 있는 자가 동료 중에 있을 경우, 그자에게 주는 것이 제일이야. 이 몸은 필요 없기도 하고 말이지. 그대들의 동료 중에 쓸 수 있는 자는 없나?"

"음~ 길드 동료 중 암(闇)기사가 있었지. 그 녀석이라면 쓸 수 있을지도 모르지만……."

아스발은 그렇게 말하면서도 이곳에 없는 자에게 악마의 무기 같은 일급품을 넘겨주는 건 좀 그렇지 않은가 싶어 말끝을 흐렸다.

"호오, 암기사라. 그거 잘되었구나. 그 녀석한테라도 건네 주거라."

"아니, 하지만. 우리한테는 길드의 전력이 올라가니 고마운 일이기는 하지만, 아무리 그래도 이것만큼은 못 받겠는데."

"응. 미라 네 마음은 고맙지만, 아무리 그래도 좀 부담이 된다고나 할까."

에메라와 아스발이 머뭇거리는 것도 무리는 아니었다. 상급 모험가로서 금전적인 이야기를 할 때는 최대한 주의를 기울이고 있기 때문이기도 했지만, 뭐니 뭐니 해도 이번에는 규모 자체가 달랐다.

미라는 대형 낫 같은 것은 필요 없고 돈도 그렇게까지 궁하지 않았다. 더불어 섣불리 돈으로 바꿨다가 부적절한 인격을 지닌 인물의 손에 넘어가는 것도 좋지 않으리라 생각했다.

"이 몸으로서는 신뢰할 수 있는 자에게 맡기고 싶다만."

이제 막 만난 사이이기는 했지만, 에메라 일행은 틀림없이 호인(好人)이리라. 무보수임에도 불구하고 어린애가 걱정된다는 이유로 여기까지 따라와 준 행동이 그를 증명해주고 있었다.

미라는 그렇게 말하며 대형 낫에서 에메라에게로 시선을 옮겼다. 그 시선을 받자 멍해져 있던 에메라의 표정이 서서히 밝아졌다. 말 속에 들어 있던 신뢰라는 단어에 반응한 것이다.

그리고 그 말은 성실한 그녀의 마음에 직격했다.

"알겠어! 내가 책임지고 맡아둘게!"

에메라는 미라의 손을 잡더니 강한 의지가 깃든 올곧은 눈으로 감개무량하다는 표정을 지으며 그렇게 선언했다.

"정말로? 내 입으로 말하기는 뭣 하지만 우린 오늘 막 만난 사람들이라고."

"뭐어, 그러게 말이야. 하지만 뭐, 기분이 썩 나쁘지는 않네. 그냥 받아들이자고."

"저는, 절대로 미라를 배신하지 않을 거지만요."

속으로는 좋으면서도 상식적인 의견을 입에 담는 아스발과 마음 편히 웃는 제프. 그리고 망설임 없이 단언하는 플리카.

미라는 유일하게 반대 의견을 입에 담았던 아스발을 바라보며 씩, 하고 입꼬리를 치올렸다.

"만약 무슨 일이 생기면 이 몸이 직접 회수하러 가도록 하지."

미라는 그렇게 말하며 대담한 미소를 지었다. 말의 내용을 이해한 아스발은 그렇다면 반론의 여지가 없다며 마지못해 납득해 주었다.

"그러면, 이건 일단 내가 맡고 있다가 책임지고 건네줄게."

에메라는 그렇게 말하며 대형 낫을 아이템 박스에 쑤셔 넣었다.

"우와. 아슬아슬하네."

아이템 창을 본 에메라는 용량을 나타내는 숫자를 보며 말했다.

조합에서 대여하는 조자의 팔찌는 종류별로 허용량이 달랐다. 당연히 허용량이 클수록 임대료가 비싸고, 랭크는 물론이고 조합의 신뢰도도 높아야 했다.

"그러고 보니 준비하느라 이것저것 사들였다고 했지."

오늘 던전을 공략하기 위해 에메라는 평소보다 용의주도하게 준비를 했고, 그런 탓에 용량에 여유가 없었다. 실제로 대형 낫을 들어 올려보았던 아스발은 그 정도 무게라면 그렇게 되는 것이 당연하다며 납득했다.

하지만 미라는 고개를 갸웃했다. 게임 시절에는 허용량이라는 제한이 없었기 때문이다.

"뭐냐, 그대들은 용량 같은 게 정해져 있는 게냐?"

미라는 그렇게 말하며 에메라의 팔찌를 들여다보았다. 그 팔찌는 디자인상으로는 자신이 하고 있는 것과 거의 다르지 않았다. 굳이 차이를 찾자면 크기 정도였다.

"미라 건 없어?!"

"없는 거냐?!"

"마구 쓸어 담을 수 있는 거?!"

에메라와 아스발에 이어 제프까지 관심을 보였다. 아이템 회수 담당인 그에게 있어 복잡하게 취사선택을 할 필요가 없는 아이템 박스는 그야말로 이상적인 수납 도구라 할 수 있었다.

연이은 질문에 미라는 다소 기세에 눌려 당황한 채, 확인을 위해 아이템 창을 열어보았다. 언뜻 봤을 때 딱히 무거운 것은 들어있지 않았다. 자잘한 도구들이 대부분이었다. 하지만 수량은 상당해서 총 중량으로 환산을 하자면 대충 계산해 보아도 300킬로그램은 넘으리라.

만약 현실이 됨으로 인해 아이템 박스에 상한선이 생겼다면, 최소한 그만큼은 넣을 수 있다는 뜻이리라.

"흠…… 양이 그럭저럭 되기는 하다만, 어떨는지."

미라는 이런저런 가능성을 고려해보며 그렇게 대답했다. 그러자 그때까지 미라의 몸짓을 응시하던 플리카가 의문을 제시했다.

"조합에서 대여하셨다면 용량에 대해서도 설명을 했을 텐데요?"

그 말에 일동은 아, 하고 탄성을 흘렸다.

"그러고 보니 그러네. 설명 들었어?"

에메라는 그렇게 말했지만 미라의 팔찌는 조자의 팔찌가 아니라 처음부터 차고 있었던 조작단말이었다. 설명 같은 것을 들었을 리 없었다.

"아~…… 그게 말이다, 스승님한테 물려받은 것이라. 사용 방법밖에 못 들었다."

"아하, 그렇구나. 그럼 별수 없으려나."

미라가 제자 설정을 이용해서 그렇게 얼버무리자 일동은 납득한 듯 고개를 끄덕였다.

모르는 것은 속세를 떠나 있었던 탓. 그런가 하면 잘 아는 부분이나 뛰어난 부분에 관해서는 스승님께 듣거나 받았다고 하는 것이 미라의 변명의 주축을 이루고 있었다.

"하지만 여차할 때 용량이 가득 차면 난감해질 테니 일단 확인해 두는 게 좋을 것 같네요."

"그렇군. 그렇게 해두마."

플리카의 제안에 동의한 미라는 알카이트 성으로 돌아가면 알고 있을 법한 솔로몬에게라도 물어보자고 마음속에 새겨두었다.

그러고 나서 미라는 한번 실험해볼 요량으로 대형 낫을 건네받아 아이템 박스에 넣어보았다. 결과를 말하자면, 아스발의 대형 망치니 뭐니 무거운 것들이 아무 문제없이 들어간 데다 한계에 달하지도 않았다. 덤블프에게 물려받은 팔찌는 파격적인 용량을 자랑하고 있다. 그렇게 결론이 내려져 덤블프 끝내준다는 소리가 나오는 등, 소환술을 제외한 나머지 것들만 절찬을 받았다.

그런 실험을 마친 순간이었다. 처음으로 그 사실을 알아챈 제프가 소리를 쳤다.

"오오?! 불타기 시작했어!"

그 말을 듣고 일제히 고개를 돌린 미라 일행의 눈에, 흑염에 휩싸인 채 산화하고 있는 악마의 주검이 비쳤다.

"뭐야, 무슨 짓 했냐?!"

아스발은 불꽃이 닿을까 말까 한 거리까지 다가가 바로 옆에서 망연자실하게 서 있는 제프에게 물었다.

"아니, 아무것도. 갑자기 이러던데."

제프는 고개를 가로저으며 계속해서 그 불꽃을 쳐다보았다. 처음 본 악마를, 제프는 흥미진진하게 관찰하고 있었다. 그랬더니 어떻게 된 일인지 눈앞에서 갑자기 불꽃이 치솟았다.

"걱정할 것 없다. 그게 악마의 최후다."

미라는 차분하기 그지없는 표정으로 담담히 그렇게 말했다. 악마는 쓰러지고 나서 일정 시간 후에 흑염과 함께 소멸하는 것이다.

"음…… 뭐가 안 타고 남았는데?"

불꽃이 수그러들든 자리에는 검은 물체가 남아 있었다. 제프는 조심조심 그것을 쿡쿡 찔러보았다.

악마는 목숨을 잃으면 내부에 깃든 마계의 화염으로 인해 먼지로 돌아간다. 그리고 그 악마의 몸에서 강인한 부위만이 업화를 견뎌내고 남는 것이다.

"의외로 많이 남았군."

미라의 말을 들은 제프는 이 현상이 정상이라 판단하고는 악마의 소재를 회수했다.

돌아오는 길에도 마물은 부활하지 않아, 볼일을 모두 마친 일행은 아무 일도 없이 1층까지 돌아왔다.

미라 일행은 입구에 자리한 결계를 지나, 상쾌한 공기를 가슴 가득히 들이쉬었다.

"하아아. 역시 이 순간은 기분이 좋단 말이야."

에메라는 한껏 기지개를 켜며 숨을 내쉬었다. 정확히 말하자면 아직 제의장인지라 밖이 아니었지만 그래도 눅눅하고 으스스한 지하에 비하면 충분히 상쾌했다.

에메라만큼은 아니었지만 아스발과 플리카도 해방감에 안도의 한숨을 내쉬었다. 그 등 뒤에서 제프는 새빨간 손자국이 새겨진 뺨을 부여잡은 채 "으~ 아파라" 하고 중얼거렸다. 6층 계단을 올라오며 또 에메라를 놀린 대가였다.

타쿠토는 옆에서 가만히 미라를 바라보고 있었다. 그 눈에는 경의와 강한 의지가 담겨 있었다.

"어디, 의외로 빨리 나왔으니 해가 저물기 전에 돌아갈까."

살짝 무너진 신전 틈새에서는 붉게 물든 햇살이 흘러들고 있었다. 에메라는 붉게 물든 땅바닥에 시선을 던지며 다소 아쉽다는 투로 말했다.

고대신전 네뷸러폴리스에서 진혼도시 카라낙까지는 도보로 한 시간 남짓. 이번 모험을 1박2일로 예정했던 에메라는 동료와 타쿠토에게도 그렇게 전달해두었었다. 중간 계층에서 야영하게 될 것이라고. 그런 에메라의 아이템 박스에는 활약할 기회를 잃은 무수한 식재료가 대형 낫에 떠밀려난 모양새로 잠들어 있었다.

"당일치기로 고대신전의 최심부까지 다녀오다니. 이거 한참 동안은 이야깃거리로 써먹을 수 있겠는걸."

제의장에서 나온 아스발은 뒤로 돌아 고대신전을 올려다보았다. 절벽을 따라 죽 늘어선 신상들은 석양을 받아 짙은 그림자를 늘어뜨리고서 아침과는 다른 박력을 띤 채 일행을 내려다보고 있었다.

"악마와 만났다는 이야기를 더 재미있어들 할 것 같지만 말이야."

"재미삼아 할 만한 이야기가 아니잖아요."

"그건 그렇지만~."

플리카가 노려보자 제프는 그렇게 말하며 살며시 어깨를 으쓱하더니 "고문이 따로 없겠네" 하고 투덜댔다. 10년 전에 모두 절멸한 것으로 알려진 악마가 다시금 나타났다. 악마라는 존재의 영향력을 생각하자면 매우 취급이 어려운 일인지라 함부로 입 밖에 내지 않기로 다 함께 정한 참이었다.

입이 가볍다는 사실을 스스로도 잘 아는 제프는 벌써부터 정신적 피로감이 쌓이기 시작한 모양이었다.

"어쨌든 돌아가자. 이 일은 단장한테 상담해서 결정하도록 하고."

에메라는 정령검의 손잡이에 살며시 손을 얹더니 다소 아쉽다는 듯이, 하지만 제법 진지한 표정으로 말했다.

"그래, 빨리 돌아가자고."

평소처럼 털털하게 그렇게 말한 제프는 고개를 돌려 고대신전을 쳐다보더니 살며시 눈을 감았다.

'여러모로 복잡한 성격이로군.'

미라는 마음속으로 그렇게 중얼거리고는 타쿠토의 손을 끌고 냉큼 걸음을 뗐다. 한 줄기 물방울이 그들의 뒤에서 눈을 감은 채 멀거니 선 남자의 뺨을 타고 흘렀다.

〈15〉

고대신전 네뷸러폴리스를 뒤로한 지 한 시간 남짓. 미라 일행은 숲을 지나 진혼도시 카라낙에 도착했다.

석양은 평지에 다 녹아든 것인지 하늘 끄트머리만을 물들였다. 그리고 샛별만이 한발 먼저 고개를 내민 하늘 아래. 그 자리에 있던 모든 이들이 눈앞에 펼쳐진 광경을 보고 할 말을 잃었다.

원래라면 천천히 밤의 활기를 띠기 시작한 거리의 모습이 펼쳐져야 할 시간대였다.

"이거, 어떻게 된 거야……?"

어안이 벙벙하기는 했으나 에메라는 간신히 목소리를 쥐어짜냈다. 하지만 그 입은 의문을 자아내는 것이 고작이었다.

그럴 만도 하리라. 짐승들이 도시를 가득 메울 기세로 모험가와 경라 기사를 상대로 날뛰고 돌아다니는 광경을, 이제 막 돌아온 미라 일행이 이해할 수 있을 리 없었기 때문이다.

"일단 가세하자!"

아스발이 그렇게 말하며 가장 먼저 뛰쳐나갔고, 이어서 에메라와 제프도 난전이 벌어진 거리로 뛰어들었다.

"타쿠토여, 할아버지가 걱정될 테지. 우선은 무사한지 확인하러 갈 테냐?"

"괜찮아요. 할아버지는 이 도시에서 제일 강하니까요."

미라가 묻자 타쿠토는 고개를 가로젓더니 살짝 자랑을 하는 듯한 말투로 대답했다. 할아버지의 실력을 믿는 탓인지 타쿠토의 표정에서 불안감은 눈곱만큼도 찾아볼 수 없었다.

"그렇다면, 이 몸에게서 떨어지지 말거라."

"네!"

걱정할 것 없겠다고 판단한 미라는 홀리나이트를 소환해 타쿠토를 호위하도록 명령했다.

"절대로 안 떨어질게!"

플리카가 꼭 배후령처럼 미라에게 딱 달라붙었다. 제지 역할을 맡은 에메라는 전방에서 정령검을 손에 든 채 날뛰고 있었다. 미라는 그곳을 향해 종종걸음으로 걸어갔다.

"이 녀석들, 그 좀비들이었나."

적을 쓰러뜨려 나가는 에메라 일행을 따라잡은 미라는 참격을 맞고 쓰러진 짐승을 쳐다보며 그렇게 중얼거렸다. 멀리서 봤을 때는 잡다한 짐승 무리로 보였으나 그 몸은 흙과 식물로 되어 있었다. 항간을 떠들썩하게 하고 있는 좀비와 같은 것이었다.

"응! 지금까지 인간형 말고는 본 적이 없었는데 이렇게 많은 것들이 어디 있었던 걸까?"

플리카 담당인 에메라는 신속하게 자신의 임무를 수행하며 대답했다.

에메라가 말한 대로 좀비 사건에서 목격된 것은 인간형뿐으로, 짐승형이 나타난 것은 처음이었다. 하지만 지금까지와는 달리 기분 나쁘기는 해도 인간을 습격하는 일은 없었던 좀비가, 지금은 근처에 있는 인간들을 무차별적으로 습격하고 있었다.

짐승형 좀비가 온 도시를 헤집고 다니는 가운데, 여기저기서 노성과 전투음이 터져 나왔다. 그에 반해 가로등만은 여전히 조용하게 밤의 도시를 드문드문 밝히고 있었다.

자세히 둘러보니 도시 자체의 손괴에 비해 인적피해는 경미했다. 아무래도 밖에 나와 있는 사람들은 싸우는 방법을 아는 자들뿐인 듯했다.

"음…… 이건……."

상황을 확인하던 미라의 눈에 문득 한 점포가 비쳤다. 그곳은 상당히 어질러져 있어, 상품 등도 심하게 훼손된 상태였다. 하지만 미라는 그런 가게의 상황은 거들떠보지도 않고 요상한 존재감을 내뿜고 있는, 우산을 본뜬 가게의 간판을 주시했다.

'좀비…… 아니, 그럴 리가 없지.'

미라는 마음속으로 가볍게 웃어넘기고는 우비(雨備)가게에서 에메라 일행에게로 다시 시선을 옮겼다.

"우선은 중앙 광장으로 가자. 중간에 조합이랑 경라국이 있으니 뭔가 알 수 있을지도 몰라."

에메라가 그렇게 말하며 도시 중앙으로 이어진 대로를 가리키자 미라는 짐승형 좀비와 모험가가 뒤섞인 그 길로 고개를 돌렸다.

"흠, 그러…… 응?"

고개를 끄덕이며 대답하던 미라는 시선 끝에서 낯익은 물체를 발견하고는 눈살을 찌푸렸다.

"저 마차는……."

눈을 가늘게 뜨고 그것을 응시해봤으나 주변이 어둑해진 상태라 확실히 보이지 않아, 미라는 확인하기 위해 달려갔다.

짐승형 좀비들이 혼자서 튀어나온 미라를 노리고 몰려들었다. 하지만 그 이빨이 채 닿기도 전에 짐승형 좀비들은 느닷없이 출현한 검은 기사의 손에 의해 눈 깜짝할 새에 양단되었다. 한 박자 늦게 뒤를 쫓아온 에메라 일행은 검은 검이 허공을 가를 때마다 사방으로 튀는 짐승 좀비의 잔해를, 어색한 웃음을 지은 채 지나쳤다.

대로에 늘어선 건조물에 마차 한 대가 처박혀 있었다. 그것은 미라가 타고 온 마차였고, 그 옆에는 낯익은 군복 차림의 남자, 갈렛이 쓰러져 있었다.

"역시 그랬군! 갈렛, 정신…… 차려라……."

땅바닥에 엎어진 갈렛에게로 달려간 미라는 몸을 웅크려 그의 몸을 흔들었다. 하지만 그 순간, 미라의 눈에 들어온 것은 싱글벙글 만면에 미소를 띤 갈렛의 얼굴이었다.

미라는 다시금 주변을 둘러보았다. 그곳에 있는 것은 무수한 짐승형 좀비와 그 잔해, 그리고 엄청난 숫자의 얼룩이 묻은 마차의 차체뿐이었다. 그 얼룩은 일전에 좀비를 쳤을 때 봤던 것과 같았지만 그때보다 크게 번져 있었다.

"이봐라, 갈렛, 일어나지 못할까."

미라는 실소를 터뜨리며 행복에 젖은 갈렛의 뺨을 가차 없이 때렸다. 일어날 때까지 "어서, 어서" 하고 연신 채찍질이라도 하는 듯한 그 뒷모습을 본 에메라는 전율했고 플리카는 몸부림을 쳤다.

"우으……. 아, 천사! 그렇다면 여긴 천국입니까?"

"이 몸이다, 멍청한 것. 주변을 잘 봐라."

벌떡 일어난 갈렛이 잠꼬대 같은 소리를 하자 미라는 어이가 없다는 듯 그의 이마를 쿡쿡 찌르며 곁에 있는 마차를 가리켰다.

"아, 아아, 그랬죠, 참."

가옥에 처박힌 마차를 본 갈렛이 완전히 정신을 차렸다. 흐트러진 복장을 바로잡기 시작한 그에게 미라는 상황 설명을 요구했다.

갈렛이 말하기를, 오후 중반이 지났을 즈음부터 인간형 좀비가 배회하기 시작했다고 한다.

그로부터 얼마 지나지 않아 개, 곰과 같은 짐승형 좀비가 나타나 갑자기 주민들을 습격하기 시작했다.

임시적으로 전사조합이 피난소, 술사조합이 치료소가 되었다는 것. 좀비에 대한 대응은 경라 기사와 모험가, 그리고 실력에 자신이 있는 시민들이 하고 있다는 것. 짐승형 좀비는 문단속만 제대로 하면 가옥 안까지는 들이닥치지 않는다는 것 등.

갈렛은 마침 조합에 있었는지 모여든 정보를 들은 덕에 상황을 대충 파악하고 있었다.

그리고 갈렛은 끝으로 조합의 요청에 응해 군무를 수행하고 있었음을 강조했다.

"참으로 이해가 안 가는군."

설명을 다 들은 미라는 그렇게 말하며 아직도 전투가 이어지고 있는 도시를 둘러보았다. 쓰러진 좀비는 도시 곳곳에 널려 있었고, 계속해서 증식하고 있었다.

"일이 끝나고 나면 처리하기 힘들겠구나."

"확실히 이 많은 걸 다 치우려면 죽어라 고생해야겠네요."

"음, 좀비를 치우는 것이니 말이다."

미라는 명안이라도 떠오른 듯한 표정으로 대뜸 그런 소리를 내뱉었다. 순간, 뭐라 말할 수 없는 침묵이 일대를 지배했다.

"아머드 지프가 있으면 편할 텐데 말입니다."

잠시 후, 아무 일도 없었다는 듯 말을 이은 갈렛은 무언가를 얼버무리려는 듯이 황급히 가옥에 꽂힌 마차를 끌어냈다.

"음? 상당히 이런저런 게 잔뜩 붙었구나."

미라는 약간의 불만을 표정에 드러낸 채 마차의 전면에 장착된 장갑과 기사가 장착하는 것 같은 마구를 입은 말을 보고 쓴웃음을 지었다.

"이 마차는 요인 호송용이니까요. 이건 만일의 상황을 위한 강행용 병장입니다."

마부대에 올라탄 갈렛은 차체에 뺨을 부비며 한껏 도취된 표정으로 대답했다. 중독자를 보는 듯한 그 표정에 미라는 "그러하냐"라고만 대답하고는 몇 걸음 뒤로 물러섰다.

"아, 미라 님도 타시겠습니까?"

"되었다."

갈렛이 행복을 나누고 싶다는 듯 동승을 권했으나 그 마차의 상태로 미루어 무슨 짓을 하려는 것인지는 일목요연하여, 또 마차 바닥을 나뒹굴기는 싫다고 생각한 미라는 그 즉시 대답했다.

“그런가요, 유감입니다. 아, 그런데 뺨이 어째 얼얼한데요.”

“필시 떨어질 때 부딪힌 것일 테지.”

“그랬을지도 모르겠네요.”

손자국조차 판별할 수 없을 정도로 붉어진 뺨을 문지르며 갈렛은 고개를 끄덕였다.

“그럼 미라 님, 나중에 뵙겠습니다.”

갈렛은 그렇게 말하더니 마차를 몰아 기이한 소리를 지르며 전장으로 뛰어들었다. 마차를 끄는 말은 그야말로 자다가 벼락을 맞은 꼴이었지만 마도공학제 마구 덕에 당당하고 용맹하게 높은 소리로 울며 좀비들을 흩어놓았다.

미라는 그 뒷모습을 먼눈으로 배웅했다.

“방금 그 사람, 군인, 이었지? 아는 사람이야?”

“처음 보는 사람이다.”

미라는 가식적인 미소를 지으며 식겁한 에메라에게 시원시원한 말투로 그렇게 단언했다.

갈렛에게서 얻은 정보로 덕에 조합에 가지 않고도 현재 상황을 파악하게 된 미라 일행은 그대로 주변에 보이는 적을 소탕하며 도시 중심부를 향해 전진했다.

에메라와 아스발은 몰려드는 짐승형 좀비를 베고 짓뭉갰고, 제프와 플리카가 그 틈으로 빠져나온 것들을 처리했다. 그 반대쪽에서는 다크나이트가 날뛰며 가차 없이 시체로 산을 쌓아올리고 있었다.

하지만 그럼에도 짐승형 좀비는 어디선가에서 솟구쳐 나왔다.

"끝이 없구먼."

짐승형 좀비를 물리치며 경쾌하게 뛰어다니던 미라는 건물 위에 착지하여 도시를 둘러보며 그렇게 투덜거렸다. 의식이 부족한 탓인지 스커트에 신경을 쓰지 못해 아래에 있는 플리카가 눈빛을 빛내고 있는 줄은 꿈에도 모르는 듯 보였다.

개개의 전력은 대단치 않은 짐승형 좀비였지만 성가실 정도로 숫자가 많은 탓에, 강력한 일격이 날아오지도 않는데도 서서히 체력이 깎여나갔다. 그 때문에 실력을 뽐내기 위해 나섰던 강자들이 슬금슬금 후퇴하는 모습이 시야가 미치는 범위 안에서도 드문드문 보였다.

'이거…… 기회로군!'

짐승형 좀비에게 압도당하고 있다고 할 정도의 상황은 아니었다. 하지만 장기전이 되리라는 것은 틀림없어 보였다.

그런 상황을 한눈에 알아본 미라는 소환술의 힘을 내보일 좋은 기회라는 생각이 들어 대담한 미소를 지었다.

미라가 두 손을 좌우로 뻗자 끄트머리에서 '아르카나 제약진'이 떠오르더니, 그 직후에 '로사리오 소환진'으로 변화했다.

『기도하는 이 없는 월하의 장례. 시체 없는 검의 묘표(墓標).

인도자는 하늘에서 내려온 극채색의 천사.

영겁윤회를 벗어난 영혼을 수라로 인도하는 전쟁의 처녀.

검극의 소리는 울려 퍼져 진혼곡을 자아내고, 창공과 이어진

무지개다리를 놓으리.

밤하늘을 넘어 강림하라, 일곱 빛깔을 두른 선정자들이여.』

'소환술 : 발키리 시스터즈'

그 목소리는 조용히 노래했다. 하지만 한마디 한마디는 밤하늘에 새겨지듯 녹아들며 마법진을 무지개색으로 물들여 나갔다. 그리고 모든 말이 이어져 한 가지 의미를 자아낸 순간, 미라의 마력에 호응하여 한층 더 눈부신 빛을 발하기 시작한 마법진에서 알피나가 강림했다.

하지만 이번 소환은 거기서 끝나지 않았다. 전쟁의 처녀의 자매들이 빛의 고리를 지나 차례로 모습을 드러낸 것이다.

그리고 마지막 한 명이 대지에 내려서자 마법진은 빛의 알갱이가 되어 안개처럼 사라졌다.

"저희 일곱 자매, 소환에 응해 대령하였습니다."

알피나가 한 걸음 앞으로 나서자 나머지 여섯 명은 그 뒤에 일렬횡대로 늘어섰다. 그리고 일반적인 가옥 옥상에 모인 일곱 명의 전쟁의 처녀는 미라를 중심으로 공손히 무릎을 꿇었다. 세세한 부분은 달랐지만 모두 같은 갑옷을 두르고 있었으며, 아름다운 외모에 고귀한 분위기를 풍기고 있었다.

"흠, 수고가 많다. 알피나는 좀 전에 만났다만, 다른 자들은 오랜만이구나. 잘 지냈더냐?"

미라는 거들먹거리면서도 꼭 반응을 확인해보고 싶은 사람 같은 말투로 말을 붙였다. 그러자 끄트머리 쪽에서 무릎을 꿇고 있던 자매 중 한 명이 잽싸게 고개를 들더니 말했다.

"네, 알피나 언니의 수련만 빼면요!"

그녀는 마치 부모에게 고자질이라도 하는 듯한 말투로 그렇게 말하더니 다시 잽싸게 고개를 숙여 알피나의 날카로운 시선에서 달아났다.

"하잘 것 없는 이야기를 들려드려 죄송합니다. 크리스티나는 나중에 호되게 혼을 내둘 테니 용서하십시오."

알피나는 그렇게 말하며 깊숙이 고개를 숙였다.

'여전한 모양이로군.'

크리스티나는 발키리 일곱 자매의 막내였다. 머리는 트윈테일로 땋았고, 갑옷에는 그녀가 좋아하는 것으로 보이는 하트마크가 새겨져 있었다. 그리고 장녀인 알피나와는 거의 정반대의 성격이었다.

"흠, 그대의 훈련이라는 것이 그토록 엄하더냐?"

"아뇨, 그렇지 않습니다. 기초와 반복을 중시한 간단한 훈련입니다."

알피나는 송구스럽다는 투로 말했다. 하지만 다음 순간, 크리스티나가 세차게 고개를 들더니,

"스윙 연습 10만 번은 간단한 게 아니잖아요?!"

하고 매달리는 듯한 표정으로 미라에게 동의를 구했다. 알피나의 기준은 상식을 벗어나 있었다. 하지만 막내인 그녀가 무슨 소리를 해도 들은 체는커녕 상대도 해주지 않는 것이리라. 그래서 언니를 제지할 수 있는 유일한 존재인 미라에게 울며 애원하기로 한 것이다.

"그렇군. 확실히 10만 번은 좀 많은 것 같구나."

수련이 끝난 참인지 도중이었던 것인지, 자세히 보니 자매들은 지친 듯 보였다. 상상 이상으로 혹독한 내용이었던지라 미라의 마음은 크리스티나 쪽으로 살짝 기울었다.

“저희는 아직 미숙합니다. 주인님께 힘이 되어드리기 위해서는 더욱 연구와 단련을 거듭해야만 합니다.”

알피나는 이의는 받아들이지 않겠다는 듯 진지한 눈빛으로 그렇게 단언했다. 주인인 미라를 위해 노력을 아끼지 않겠다는 알피나의 성실한 마음에 미라는 감명을 받았다.

“흠, 그러했느냐.”

그렇다면 별수 없지, 라고 말을 이으려던 미라의 눈에 필사적으로 애원하는 자매들의 모습이 비쳤다. 알피나에게는 보이지 않을 위치에서 미라를 향해 기도라도 하듯 두 손을 모은 채 간절한 눈빛을 보내고 있었다. 아무래도 수련 강도를 낮췄으면 하는 것은 크리스티나뿐 아니라 장녀를 제외한 나머지 자매 모두의 바람인 듯했다.

“보아하니 지친 듯하다만, 조금 전까지 수련을 했던 게냐?”

미라는 피로감이 역력한 여섯 명을 둘러보고서 알피나에게 그렇게 물었다.

“네, 수면시간과 식사시간 말고는 모두 수련 시간인지라.”

“흠, 역시 그러했나.”

당연하다는 표정으로 대답하는 알피나의 등 뒤에서 자매들이 핼쑥한 얼굴로 쓴웃음을 짓고 있었다. 미라는 그런 여섯 명의 모습을 보고는 알피나에게 시선을 옮기며 살며시 가슴을 젖혔다.

"알피나여, 다소 휴식 시간을 갖는 것이 좋지 않겠느냐? 앞으로 언제 불러낼지 모를 일이다. 수련으로 지치고 만신창이가 되어 있어서는 마음 편히 힘을 빌릴 수가 없지 않으냐."

미라는 그렇게 타협안을 제시했다. 그러자 알피나는 휘둥그레진 눈으로 뒤에 있는 자매들을 돌아보았다.

여섯 명은 박진감 넘치는 연기……인지 진짜인지, 기진맥진한 표정으로 알피나의 시선을 피하듯 눈을 내리깔았다.

"이건……. 주인님, 죄송합니다! 주인님과 실력이 벌어지지 않게끔 하는 데 전념한 탓에 이러한 실수를 범했습니다."

자매들의 모습을 보고 깜짝 놀란 알피나는 미라에게 깊숙이 고개를 숙였다.

"이 몸을 위해 그런 것일 터이니 사과할 필요는 없다. 그보다 지금까지 수고 많았다. 앞으로는 너무 무리하지 말도록 하거라."

미라는 바싹 몸을 웅크린 알피나와 눈높이를 맞추고는 그녀를 위로하듯 어깨에 손을 얹었다.

"아아, 주인님. 황송한 말씀이십니다. 주인님의 분부대로 수련 내용을 재검토하겠습니다."

고개를 든 알피나는 진심으로 감복한 표정으로 미라의 말을 진지하게 받아들였다.

이로써 불만도 개선되리라고 안도한 자매들의 풀어질 대로 풀어진 표정을 둘러보며 미라는 일어섰다.

"해서 현재 상황을 말하자면, 보다시피 문제가 발생 중이다. 이 도시에 넘쳐나는 좀비들을 맡기고자 한다만, 어떠하냐. 여력은 있느냐?"

"네, 맡겨주세요!"

어찌되었건 자매들에게 피로가 축적되어 있는 것은 사실이었다. 그래서 확인차 묻자 크리스티나가 즉시 대답을 했다. 그녀는 지금까지와는 달리 매우 쾌활한 미소를 지은 채 넘쳐나는 기력을 뽐내고 있었다. 다른 자매들도 동의한다는 표정으로 미라를 바라보았다.

"흠, 믿음직하군. 그렇다면 알피나여, 수단과 방법은 네게 맡기마. 신속하게 실행해다오."

미라는 만족스럽게 고개를 끄덕이고서는 곧바로 임무를 내렸다.

"명 받들겠습니다."

다시 한 번 깊숙이 고개를 숙여 예를 갖추고서 일어난 알피나는 자랑스럽게 검을 하늘 높이 치켜들었다. 자매들은 그에 호응하듯 자세를 바로하고서 각자의 무기를 높이 들었다.

『저희 일곱 자매, 주인님의 뜻에 따르겠습니다.』

자매들의 목소리는 조용했으나, 똑바로 미라를 바라보고는 그 눈동자는 충성심으로 불타오르고 있었다.

"작전을 개시한다!"

그 목소리와 동시에 자매들은 산개했고, 알피나 역시 묵례를 하고서 전장에 뛰어들었다. 그녀들을 배웅한 미라는 옥상에서 뛰어내려 대기하고 있던 타쿠토와 합류하여 상당히 멀리까지 전진한 에메라 일행의 뒤를 좇았다.

〈16〉

도시 곳곳으로 흩어져 각 지의 전선에 강림한 전쟁의 처녀들은 압도적인 무(武)와 눈부신 미(美)를 흩뿌리며 전장을 내달렸다.

수적으로 열세였던 방어진은 일격으로 열 마리 이상의 적을 쓸어버리는 그 모습에 감탄함과 동시에 매료되어 절로 사기가 올랐다.

물리적으로 적을 깎아내고 정신적으로 도시를 지탱하는 등, 발키리 자매들의 전과는 절대적이었다. 열세였던 전황은 서서히 우세로 돌아섰고 짐승형 좀비의 수도 눈에 띄게 줄어갔다.

"아무리 수가 많아도 통솔이 이루어지지 않으니 오합지졸에 불과하군."

온 도시를 그득 메우고 있어, 가만히 있으면 어디선가 나타나 덤벼들었던 짐승형 좀비도 지금은 탐색을 해야 겨우 찾을 수 있을 정도였다. 이미 별동대가 처리를 마친 것과 맞닥뜨리는 일도 허다하게 일어났다.

"군세의 제자가 말하니 무게감이 다르군."

대형 망치를 어깨에 짊어진 아스발은 여유로운 미소를 지으며 일대를 둘러보았다. 그 시선 끝에서는 아무렇게나 돌진하던 짐승형 좀비들이 차례로 모험가들에게 격퇴당하고 있었다. 좁은 골목으로 유인하거나 벽을 등지는 등, 짐승형 좀비에게 대처하는 방법이 빠른 속도로 확산되고 있는 것도 한몫 거든 듯했다.

해결되는 것은 시간문제일 것이다. 모든 이가 그렇게 생각한 순간이었다.

“주인님. 급보입니다. 하늘을 봐주십시오.”

소리도 내지 않고 바람처럼 미라의 정면에 내려선 알피나는 그렇게 말하며 하늘을 노려보았다.

그것은 아무도 모르게 어느새 밤하늘에 떠 있었다. 그 주변에는 검은 안개가 자욱하게 깔려 있어 별하늘은 마치 독이라도 퍼진 듯 조금씩, 조금씩 광채를 잃어가고 있었다.

“뭐냐, 저건.”

미라는 얼굴을 찌푸린 채 도시 상공을 떠도는 부자연스러운 그림자를 바라보며 중얼거렸다.

“마력 성질로 미루어 반마족으로 보입니다.”

“반마족이라?”

미라는 그 말을 듣고 놀란 투로 말했다.

반마족. 그것은 악마족과 인간 사이에서 태어난, 이른바 저주받은 아이였다. 인간의 마음을 지녔기에 악마가 되지 못하고, 악마의 힘을 지녔기에 인간과도 섞이지 못하는 고독한 존재였다.

“네. 하지만 아무래도 죽은 자 같습니다.”

“호오, 요컨대 저기 널린 좀비와 비슷하다는 게냐?”

“그렇습니다. 모든 일의 원흉은 일대를 뒤덮은 부자연스러운 마력이었습니다. 발생원은 알 수 없습니다만, 주변 지역에 묻혀 있던 시체를 마구잡이로 되살리고 폭주시키는 힘입니다.”

알피나는 그렇게 말하며 손바닥 크기보다 큰 구슬을 내밀었다.

그것은 너무도 검게 물들어 있어, 마치 그곳에만 구멍이 뻥 뚫려 있는 듯했다.

"흠, 그것이 그 마력인가."

한눈에 알아보고 그렇게 확신한 미라는 눈살을 찌푸리며 그것을 들여다보았다.

발키리 자매는 각각 모종의 특별한 기능을 가지고 있었다. 그중 알피나가 지닌 기능이 이 구슬이었다. 어디에 근원을 둔 마력이 되었건 응축하여 구체에 담을 수가 있는 것이다. 마력의 질에 따라 구슬의 효과가 변화하는데, 현재 알피나의 손 안에 있는 것에서는 명백히 위험한 효과라고 판단하기에 충분한 불길함이 느껴졌다.

"쓰기에 따라서는 여러모로 응용도 할 수 있을 것 같습니다만, 어떻게 할까요."

알피나가 다시금 지시를 구했다.

시체를 되살려 폭주시키는 힘. 그대로 보관해두면 언젠가 일어날 전쟁에서 분명 도움이 될 것이다.

"필요 없다. 없애버려라."

"알겠습니다."

하지만 미라는 그 즉시 파기를 명령했고 알카나는 그에 따라 구체를 소멸시켰다. 카라낙의 현재 상태를 보자면 고민하고 말 것도 없는 선택이었다.

"이로써 남은 불확정요소는 저 반마족 좀비뿐입니다."

알피나는 하늘에 떠오른 그림자를 주시하며 말했다. 미라도 마찬가지로 고개를 들어 하늘에서 꾸물대는 어둠을 바라보았다.

"좀비의 정체가 주변에 있던 시체라면, 저 반마족도 이 근처에 묻혀 있었던 것이라는 뜻인가."

"그런 듯 보입니다."

원흉이 된 마력으로 인해 대지에 잠들어 있던 수많은 시체들이 되살아났다. 그 중에 반마족의 시체도 섞여 있었다는 이야기였으나, 미라는 문득 의아해졌다.

애초에 반마족은 매우 희귀한 존재다. 그리고 여러모로 눈에 띄는 존재이기도 했다.

그런 자가 왜 이 부근에 남모르게 잠들어 있었던 것일까. 그런 생각이 들어 미라는 과거의 기억을 들춰보았다.

어느 날 플레이어들 사이에서 화제가 되었던, 이상한 적성 NPC에 관한 기억이었다.

갑자기 나타난 그 NPC는 당시 압도적이라 할 정도로 강한 데다 선공 속성을 지니고 있어, 조우하면 다짜고짜 플레이어를 습격해 왔다.

피해를 당하는 플레이어들이 속출하기 시작해 그 녀석은 대체 무엇일까 하는 소문이 퍼질 대로 퍼졌을 즈음, 운영팀이 돌발 이벤트 개최를 공표했다. 그 내용은 '대륙에서 날뛰고 돌아다니는 반마족을 토멸하라'는 것이었다.

최종적으로는 수많은 플레이어들이 이벤트에 참가했다. 그리고 몇 차례나 죽어서 자국으로 송환되기를 반복해, 겨우 토멸에 성공했던 것이 마침 진혼도시 카라낙 부근이었다.

당연히 미라도 돌발 이벤트에는 참가한지라 반마족의 힘을 잘 알고 있었다.

"녀석이라면, 일이 상당히 성가셔질 터인데."

그림자를 올려다보던 미라는 하늘에 퍼진 검은 안개가 어째 낯이 익은 것 같다는 생각을 하며 중얼거렸다.

"역시 주인님이십니다. 저자가 누구인지 짚이시는 바가 있으신 거군요."

"음, 처음 만났던 것은 지금보다 상당히 미숙했을 때여서 말이다. 고전했었지."

알피나가 보내오는, 자신에 대한 숭경(崇敬)으로 가득한 눈빛에 미라는 쓴웃음을 지은 채 당시의 격전을 돌이켜보았다.

"주인님이 고전하셨다니, 저것은 그 정도로 강한 자였습니까. 그렇다면 지금은 절호의 기회. 완전히 부활하기 전에 토멸해버리도록 하지요."

알피나는 조용히 눈을 가늘게 뜨더니 냉철한 미소를 지은 채 그렇게 말하며 하늘을 바라보았다.

"뭐냐, 아직 완전하지 않은 게냐."

"네. 그러니 주인님께 수고를 끼칠 일은 없을 겁니다. 반마족도 저희 자매에게 맡겨주십시오."

미라는 안심한 듯한, 하지만 다소 아쉽다는 표정으로 반마족을 올려다보았다. 알피나는 그런 미라에게로 고개를 돌리며 조심스럽게 진언했다.

"흠, 좋다. 멋지게 해치워 보이도록."

미라는 자신을 향한 알피나의 올곧은, 자신감으로 가득한 눈을 마주보며 다소 가슴을 젖힌 상태로 과장스럽게 고개를 끄덕였다. 그러자 알피나는 "긍지를 걸고 그러겠나이다" 하고 깊숙이 고개를 숙이고는 말을 이었다.

"실행에 옮기기 전에 주인님께 한 가지 부탁이 있습니다. 이미테이션 코드 G의 사용을 승인해주시겠습니까."

그렇게 말하는 알피나는 살며시 미소를 짓고 있었다. 그것은 즐거움이나 기쁨과는 다른 감정이 담긴 미소로, 미라는 몇 번인가 본 적이 있는 것이었다.

"들어본 적 없는 이름이로군. 요컨대 저것을 표적 삼아 신기술을 시험해보고 싶다는 뜻인 게냐."

전사가 되었건 술사가 되었건 새로 습득한 기술이나 술법, 기능은 감각을 익히기 위해서라도 우선은 위력 시험을 해보는 것이 보통이었다. 개중에서도 상위에 해당하는 강력한 술법들을 처음 내쏠 때의 고양감은 뭐라 표현할 수가 없을 정도였다.

그리고 미라도 당연히 그 감각은 이해할 수 있었다. 아니, 매우 공감이 가는 감각이라 할 수 있었다.

"말씀하신 바와 같습니다."

즉시 대답한 알피나는 미라의 입가를 바라보며 승낙이 떨어지기를 기다렸다. 그녀는 알고 있었다. 미라가 신기술이나 신술법이라면 사족을 못 쓴다는 것을.

"좋다. 마음껏 시험해보도록."

미라가 고개를 끄덕여 전면적으로 허가했다.

아홉 현자의 위력 시험 현장에는 수많은 견학자들이 모여들고는 했다. 그리고 그자들은 새삼 아홉 현자의 힘을 그 눈에 아로새기고서 돌아가고는 했다. 현재, 실력자가 전투를 펼치고 있는 도시에서, 미라가 소환한 발키리 자매가 화려하기 이를 데 없는 활약을 보이면, 소환술의 힘을 다시금 세상에 증명하는 데 큰 도움이 될 것이다. 그렇게 생각한 미라는 속으로 득의양양한 미소를 지었다.

"감사합니다."

그렇게 말하며 깊숙이 머리를 숙인 직후, 알피나는 도약하여 공중에서 춤을 추듯 대로 위를 질주했다. 그 속도는 그야말로 바람과도 같아, 모든 이들이 기척을 느낀 순간에는 이미 지나가고 없을 정도였다.

미라는 전망이 좋을 듯한 근처 건물 옥상으로 뛰어올라가서 가장자리에 걸터앉아, 알피나가 무엇을 할지 흥미진진한 눈으로 지켜보았다.

알피나는 눈 깜짝할 새에 미라의 시선 끝, 반마족의 바로 앞에 도달했다. 그곳에서 대기 중이던 자매들과 두어 마디를 주고받더니 곳곳으로 산개했다.

알피나 일행은 각각 일정한 간격을 두고 가옥 위에 내려서더니 손에든 무기를 하늘로 치켜들었다. 그러자 한 줄기 빛이 밤하늘로 뻗어 올라가더니, 이내 검은 안개를 뚫고 상공에 빛의 원을 그려 나갔다.

"이것 참, 규모가 크기도 하군."

빛의 원은 거대한 마법진이었다. 미라는 그 크기와 박력에 눈을 휘둥그레 뜬 채 즐거운 투로 중얼거렸다.

그 후, 빛은 자매들을 감쌀 정도로 굵고 커지더니 모든 이가 볼 수 있을 정도로 눈부신 빛을 내뿜었고, 마법진에는 보다 더 상세한 문장이 새겨져 나갔다.

무슨 일인가 싶어 고개를 돌린 온 도시의 실력자들이 하늘로 솟구친 일곱 줄기의 빛기둥을 발견한 그 순간이었다. 하늘에 떠오른 마법진 중앙에 알피나가 내려섰다.

'저 문장, 소환계열과 비슷하군.'

진의 특징을 확인한 미라는 여기에서 어떻게 이어질까 하고 호기심 어린 얼굴로 알피나를 주시했다.

그리고 온 도시가 지켜보는 가운데, 알피나가 몸을 웅크려 마법진에 손을 박아 넣었다. 직후, 빛은 알피나의 손안에서 집속되어 섬광을 일으키고는 사라졌다.

대체 무슨 빛이었을까, 하고 모든 이들이 마른침을 삼킨 가운데, 알피나가 땅에 내려섰다. 그 오른손에는 황금빛 창이 쥐어져 있었고, 한 박자 후에는 표적인 반마족을 바라본 채 크게 휘두르려 하고 있었다.

"꿰어 죽여라!"

알피나의 손에서 황금빛 창이 내쏘아졌다. 그것은 눈 깜짝할 새 한 줄기 빛이 되어 반마족에게 꽂혔다.

처음 나타난 것은 멀리서 울린 우레 같은 소리였다. 다음 순간에는 운석이 떨어진 듯한 충격으로 주변 일대의 유리며 노점과 같은 강도가 약한 것들이 날아갔다. 그리고 끝으로, 태양처럼 눈부신 빛이 피어나 눈이 아찔해질 정도로 강렬한 섬광이 주변 일대를 뒤덮었다.

밤임에도 불구하고 마치 낮처럼 환해진 카라낙의 거리가 모든 이들의 눈에 새겨졌다.

"반마족 토멸 및 모든 마력의 소멸을 확인했습니다."

알피나가 그렇게 보고했다.

전망 좋은 옥상. 발키리 자매들은 미라의 곁으로 귀환해 정렬한 채 무릎을 꿇고 있었다.

"음, 다들 수고 많았다. 멋진 기술이었다."

미라는 압도적인 존재감을 내보인 자매들을 칭찬하며 만족스럽게 웃었다.

"칭찬해주시어 영광입니다."

그런 미라의 표정을 보고 충족감을 얻은 알피나는 깊숙이 머리를 숙이며 온몸에 퍼진 행복감 속에서 환한 미소를 지었다. 다른 여섯 명도 비슷한 마음이었는지 황송하다는 듯 지은 그 표정은 자랑스러움으로 가득했다.

"그럼, 푹 쉬거라."

자매들을 치하하듯 바라보던 미라는 그렇게 말하며 송환을 시작했다.

"뜻대로 하겠습니다."

그렇게 대답한 알피나의 등 뒤로는 환희로 몸을 떠는 크리스티나의 모습이 보였다. 그리고 그녀는 빛에 휩싸여 송환되는 동안, 기도를 올리는 듯한 자세로 조용히 감사의 뜻을 표했다.

자매들을 배웅한 미라는 전투가 일단락된 덕에 상당히 조용해진 도시를 내다보았다.

"미라, 아까 알피나 씨가 창을 던진 것처럼 보이던데! 그 창은 뭐야?!"

옥상에서 내려가 보니 그곳에서는 일행이 기다리고 있었다. 그 중 에메라는 유달리 흥분한 상태였다.

"신기술이라고 들었다."

"신기술이라, 위력이 엄청나던데."

"어라, 아까 그 누님들은 벌써 돌아간 거야?"

아스발은 이제 놀라는 데도 익숙해졌다는 듯, 어쩐지 허탈하게 웃었다. 제프는 알카나와 자매들 쪽이 더 신경 쓰였는지, 돌아갔다는 사실을 알자마자 노골적으로 낙담했다.

미라에게서 답변을 들은 에메라로 말하자면 "창던지기 신기술?" 하고 중얼거리더니, 그래서 결국 그 창은 대체 뭐였을까, 하고 고개를 갸웃했다.

"그나저나 그렇게 강한 게 일곱 명이나 나오다니. 소환술이라는 것은 참 대단하군."

아스발은 새삼 조금 전에 봤던 광경을 떠올리고는, 이번에는 진심으로 감탄했다는 듯 웃었다. 그 말을 들은 미라는 표정이 풀어져서는 "그렇지? 그렇지?!" 하고 신이 나서 으스댔다.

이래저래 떠들어대는 그들 옆에서 플리카는 절경이라도 본 듯 황홀한 표정으로 하늘을 올려다보며 행복감에 젖어 있었다.

발키리 자매뿐 아니라 협력자들의 활약 덕에 얼마 지나지 않아 경라국과 조합이 합동으로 긴급사태가 일단락되었음을 선언했다.

안전하다는 것이 확인되자 조합으로 대비했던 시민들이 우르르 밤의 거리로 몰려나왔고, 경라 기사와 조합원들은 그 모습을 부러운 눈빛으로 쳐다보며 좀비의 잔해를 처리하기 위해 온 도시를 돌아다녔다.

시각은 저녁 일곱 시 즈음. 서서히 도시에는 평소처럼 활기가 돌아오기 시작해, 그만한 소란이 있었음에도 불구하고 영업을 시작하는 가게도 나오기 시작했다.

미라와 타쿠토에 에메라, 그리고 플리카는 대로 한복판에서 구경꾼들 사이에 끼어 산더미처럼 쌓인 좀비의 잔해를 올려다보았다. 남성진은 거기서 또 힘쓰는 일을 거들고 나섰다.

“이런 잔해더미가 온 도시에 있다니이. 정리하려면 며칠이 걸릴까.”

에메라가 다소 맥이 빠진 투로 멍하니 중얼거렸다.

“시간이 걸린다면 신종 언데드라도 나올 것 같구나.”

“으와, 그런 소린 하지도 마~.”

에메라는 순간적으로 플리카의 등 뒤에 숨더니 입술을 비죽거리며 좀비의 잔해더미를 노려보았다. 잔해더미는 뼈의 양으로만 말하자면 커다란 묘지에 묻혀 있는 것보다 훨씬 많을 듯 보여서, 미라의 불길한 말을 완전히 부정하지 못하게 할 만큼의 박력을 띠고 있었다.

그런 잡담을 나누던 그때, 문득 주변 사람들이 술렁대기 시작했다. 그 직후, 미라의 눈앞에서 산사태라도 일어난 듯 좀비의 잔해더미가 무너져 내렸다.

"이봐, 다시 움직인다!"

구경꾼 중 한 명이 그렇게 소리쳤다. 자세히 보니 좀비의 잔해더미에서 인간형 좀비 한 마리가 기어 나오고 있었다. 하지만 그 움직임은 완만하여, 사람들은 경계하면서도 그 자리를 벗어나지 않았다.

이윽고 인간형 좀비는 천천히 일어나더니 무언가를 찾듯 흙과 식물로 된 초췌한 얼굴을 구경꾼들에게로 돌렸다.

좀비와 눈이 마주친 누군가가 오싹한 그 모습에 비명 같은 소리를 지르자, 그것을 계기로 구경꾼들이 서서히 좀비에게서 떨어지기 시작했다.

그러던 중, 인간형 좀비가 드문드문 떨어진 구경꾼들 중에 있던 인물 중 한 사람에게 시선을 고정한 채 멈췄다. 그 시선은 미라의 근처에 있던, 통통하고 다정해 보이는 50대 정도의 여성에게 향하고 있었다.

구경꾼들은 동향을 지켜보면서도 어떻게 된 일이냐며 웅성대기 시작했다.

그것이 불안감을 부추긴 것인지 여성이 으스스한 시선으로부터 달아나듯 뒷걸음질을 친 순간이었다. 인간형 좀비는 마치 그녀에게 매달리기라도 하려는 듯 달려 나갔다. 하지만 달려 나갔을 때는 이미 몸이 거의 한계에 달한 상태였고, 엎어지기 직전에 다리를 끄는 모습은 어쩐지 애처롭게 보이기까지 했다.

하지만 그 정면에 서 있던 자에게는 공포스러운 장면으로만 비쳤던지라, 여성은 엉덩방아를 찧으며 주저앉아 겁에 질려 비명을 질렀다.

인간형 좀비가 사람을 덮쳤다. 누가 봐도 그렇게 보이는 광경이었다.

미라와 에메라는 여성의 곁으로 다가가 인간형 좀비를 바라보며 경계 자세를 취했다. 그 직후였다. 흰색과 푸른색으로 된 갑옷을 걸친 경라 기사가 뛰어들어 득달같이 검을 휘둘렀다.

가로등 불빛을 받은 검이 빛나는 궤적을 그리며 인간형 좀비의 몸통을 양단했다.

가련한 시체는 그저 조용히 땅바닥에 무너져 내리더니, 그 후로는 손가락 하나 꿈쩍하지 않았다.

은은한 정적이 찾아온 뒤, 갈채가 터져 나왔다. 긴급사태에 신속하게 대처한 경라 기사를 칭찬하는 갈채소리였다.

"뭐라고……. 뭐라고 하지 않았나?"

미라의 눈에는 인간형 좀비가 무너져 내리던 순간, 그 입이 뭔가 말을 하려고 하는 것처럼 보였다. 하지만 너무 작았던 탓에 못 들은 것인지, 아니면 애초에 잘못 본 것인지 알 수가 없었다.

"엄마."

"음?"

"엄마라고 했어."

미라가 고개를 돌려보니 에메라는 멍한 표정을 짓고 있었다. 아무래도 좀비가 내뱉은 마지막 말이 들린 모양이었다. 하지만, 그러한 몰골로 말을 자아냈다는 사실이 에메라는 믿기지가 않는 눈치였다.

"무슨 의미였을지……."

그렇게 생각한 순간, 미라의 눈에 좀비의 모습이 비쳤다. 그 얼굴은 부서진 흙인형처럼 무표정했지만, 어쩐지 쓸쓸함이 감돌고 있어 당장에라도 울음을 터뜨릴 것처럼 보였다.

"저건 뭐냐?"

좀비가 몸에 걸치고 있던 너덜너덜한 외투와 흠집투성이 가죽 갑옷 틈새에 무언가가 있었다. 미라는 땅바닥에 널브러진 좀비에게 다가가 옆구리 근처에 있던 그것을 집어 들었다.

본래는 고급스러웠을 것으로 보이는 천에 감싸여 있는 얇고 긴 물체. 천을 걷어내 보니, 그것은 꾀죄죄한 단검이었다.

"아, 이거 호신도(護身刀) 아닐까?"

미라의 어깻죽지 위로 고개를 내민 에메라는 미라가 손에 든 단검을 보고 말했다.

"호오, 그러한가?"

"아마도. 칼집에 삼신의 심벌이 새겨져 있기에 그렇지 않을까 싶어서."

그 말에 미라는 다시 단검으로 시선을 떨어뜨렸다. 나무로 된 칼집은 손수 만든 것인지 투박하기는 했지만, 확실히 삼신의 심벌이 새겨져 있었다.

"상당히 일그러져 있는 듯하다만, 그대 말이 맞군. 또 뭔가 알겠나?"

삼신을 모신 신전 등에서 본 적이 있는 문양이라는 것을 확인한 미라는 이래저래 박식한 듯한 에메라에게 그 호신도를 건넸다.

"좀 보여주세요!"

그러던 중에 조금 전 습격을 받았던 여성이 달려들었다. 그리고 반쯤 낚아채듯 호신도를 가져가더니 바르르 몸을 떨며 그것을 가만히 바라보았다.

여성은 겁에 질린 표정으로 칼자루를 쥔 채, 도신을 뽑았다.

"어째서…… 어째서 더스틴의 호신도가."

그렇게 중얼거리자마자 여성은 털썩 주저앉아 눈물을 쏟았다.

"더스틴 씨라고요? 자세한 사정을 여쭈어도 될까요?"

옆에서 이야기를 듣고 있던 플리카는 손수건을 내밀며 여성에게 다정하게 말을 붙였다. 여성은 손수건을 받아 눈물을 닦으며 고개를 끄덕였다. 그러고는 마음을 진정시키려는 듯 눈을 감고서 호신도를 품에 끌어안았다.

"이건, 제가 아들에게 들려 보낸 거랍니다."

여성은 천천히 눈을 뜨더니 도신을 살짝 빼서 날의 밑동을 바라보며 살며시 눈을 내리깔았다. 거기에는 어머니인 여성의 이름이 새겨져 있었다.

"지금, 아드님은?"

플리카가 그렇게 묻자 여성은 슬픔으로 가득한 표정을 짓더니, 1년 전부터 연락이 끊겼노라고 대답했다.

그러한 정보를 종합해보니 자연스럽게 답이 도출되었다. 하지만 그것을 입에 담는 자는 없는 상태로 얼마간 정적이 흘렀다.

그런 가운데, 플리카는 가슴 아파 하면서도 여성과 똑바로 마주한 채 슬픈 결말을 전달했다.

〈17〉

작은 별 부스러기들이 광채를 되찾은 하늘 아래. 소동의 반동인지 수많은 노점들이 대로에 지붕을 맞대고 늘어서, 거리는 시간이 갈수록 활기를 더해갔다.

모험에서 돌아온 뒤에는 연회를 갖는 것이 상식인 모양인지 에메라 일행은 '춘담설(春淡雪)'이라는 여관에서 모이기로 한 듯했다.

나중에 합류하겠다는 약속을 반강제로 하게 된 미라는 현재 타쿠토를 데리고 술사조합에 와 있었다.

등불이 밝게 비추고 있는 조합 안은 매우 붐비었다. 좀비 소동의 여운과 모험가들의 각종 수속으로 인해 조합원들이 허둥지둥 이리저리 뛰어다니고 있었다.

"바쁜 모양이군……."

"그러게요……."

미라와 타쿠토는 떠들썩하기 그지없는 광경을 바라보다 마주보며 말했다.

우선 미라는 타쿠토의 손을 잡아끌고 비교적 사람이 적은 조합 구석으로 향했다. 그곳에 재활용 상자가 놓여 있기에 미라는 마침 잘됐다 생각하며 사용하고 난 허가증을 그곳에 던져 넣었다.

"고마워. 정말 착하구나."

재활용 상자에서 귀여운 여자 아이의 목소리가 들려왔다. 그리고 어떤 원리로 되어 있는 것인지 재활용 상자 위에 손바닥 크기 정도의 여자아이가 나타나서 방긋 웃어주고는 아무 일도 없었다는 듯 사라졌다.

"뭐냐, 이게……."

각도를 바꿔가며 신기하다는 눈으로 재활용 상자를 바라보는 타쿠토와는 달리 미라는 쓴웃음을 지으며 중얼거렸다.

"아, 미라 씨!"

느닷없이 잔뜩 들뜬 여성의 목소리가 들려와 눈길을 돌려보니 그곳에는 서류를 끌어안은 유리카의 모습이 있었다.

"오오, 그대인가."

잠시 후, 미라는 낯익은 얼굴과 마주했다.

"설마 벌써 고대신전에 들어갔다 오신 건가요?"

"음. 볼일이 끝나서 재활용한 게다."

"그랬나요, 감사합니다. 그런데 거기 있는 아이는?"

유리카는 그렇게 말하며 재활용 상자에 들러붙어 있는 타쿠토를 시선으로 가리켰다.

"얼마 전에 알게 된 아이다만, 소환술사가 되고 싶다고 해서 말이다! 술사적성, 이라고 했던가. 그것을 알아볼 수 있다고 하기에 데려와 보았다."

미라가 그렇게 설명하자 그 말을 들은 타쿠토가 유리카 앞에 서서 고개를 꾸벅 숙여 인사했다.

"잘 부탁드릴게요. 저는, 타쿠토라고 해요. 미라 누나처럼 강해지고 싶어요."

그렇게 말하며 고개를 든 소년의 얼굴은 기대로 가득했다.

“타쿠토 군이라고? 누나 이름은 유리카야. 잘 부탁해.”
유리카는 그렇게 말하며 타쿠토에게 다정한 미소를 던졌다.
“미라 씨의 지인이라면 지금 당장 알아보도록 하죠. 그리고 요전에 말씀드렸던 물건이 준비되었다고 하는데, 오늘 수령하시겠어요?”
미라는 순간 무슨 소리인가 싶어 고개를 갸웃했다. 하지만 잠시 후, 모험가 등록을 할 때 솔로몬과 관련된 일로 건네주고 싶은 물건이 있다고 했던 것을 간신히 기억해냈다.
“음, 글쎄. 일단 받아두도록 하지.”
미라는 야무지게 표정을 고치며 고개를 끄덕여 답했다.
“그럼 이쪽으로.”
유리카는 서류를 손에 든 채 앞장을 서듯 걸음을 뗐다. 미라는 타쿠토의 손을 잡고서 완전히 잊고 있었다는 사실을 들키지 않도록 당당한 걸음걸이로 유리카의 뒤를 따랐다.

“미라 씨를 모셔왔습니다.”
“오오, 들어오게나.”
유리카가 조합장실의 문을 노크하며 말하자 안에서 어째서인지 들뜬 듯한 목소리가 돌아왔다.
“그러면, 타쿠토 군은 이쪽으로 오렴. 미라 누나가 중요한 이야기를 하는 동안 적성을 알아보자.”
유리카는 몸을 앞으로 굽혀 타쿠토와 시선을 맞추고는 손을 내밀었다.

그러자 타쿠토는 눈치를 살피듯 미라를 흘끔 쳐다보았다.

"다소 길어질지 모르니 다녀오거라."

미라는 잡고 있던 손을 놓고는 그대로 타쿠토의 등을 살며시 밀어주었다.

"네!"

타쿠토는 기운차게 고개를 끄덕이더니 유리카의 손을 잡고 술사적성을 알아보러 갔다.

"실례하마."

양해를 구하고서 문을 연 미라는 신이 나서 유리잔을 기울이는 술사조합장 레오닐의 모습을 의아한 눈초리로 쳐다보았다.

"뭐냐, 기분이 썩 좋아 보이는데."

미라는 그렇게 말하며 레오닐의 정면에 자리한 의자에 앉았다. 그러자 레오닐의 비서가 지체 없이 테이블에 차와 케이크를 늘어놓았다.

지난번에 방문했을 때 잡담을 나누다 의기투합한 두 사람은 양쪽 모두 점잖은 척 이야기를 하는 것이 거북하다는 사실을 알아채고는 서로 그런 것을 걷어치우기로 결정했었다. 더불어 미라는 야무지게도 자신이 오면, 차에 케이크를 같이 대접해달라고 비서에게 부탁해두기까지 했던 것이다.

"뭐어, 우선은 이걸 받아주게나."

미라는 케이크를 입으로 옮기며 시선만 옮겨 레오닐이 테이블 위에 내려놓은 두 가지 물건을 흘끔 쳐다보았다. 하나는 검은 카드, 그리고 또 하나는 봉서(封書)였다.

"솔로몬이 보낸 것이라 듣긴 했다만, 이건 뭐지?"

포크를 접시 옆에 내려놓은 미라는 카드 쪽을 집어 들며 물었다. 그 카드의 표면은 검고 유리처럼 매끄러웠으며, 뒷면에는 복잡한 기호와 마법진이 새겨져 있었다.

"그건 금역(禁域)통행 허가증이라는 물건이네."

"금역이라?"

미라는 고개를 들어 그렇게 물었다. 그러자 레오닐은 접혀 있던 지도를 테이블 위에 펼쳐놓았다. 그것은 아크 어스 온라인의 무대 중 하나인 슈메고페 지방과 그 주변 제도(諸島)의 지도였다.

"천마(天魔)미궁이라 불리는 던전을 아나?"

"음. 알지."

천마미궁. 그것은 대륙 각지에 무수하게 점재하고 있는 던전 중에서도 일정한 법칙성을 지닌 특수한 던전의 총칭이었다. 미라도 셀 수 없을 만큼 많이 찾은 터라 당연하다는 듯 고개를 끄덕였다.

"그렇다면 설명하기 쉽겠군. 옛날부터 의문스러운 장소였네만, 언제부턴가 의문점이 더더욱 불어나서 말일세. 특수지정 금지구역으로 설정되었지."

"의문? 무슨 뜻이지?"

천마미궁과 일반 던전의 차이. 그것은 출현 마물이 모두 아종(亞種)인 데다 다른 곳에 비해 훨씬 강하다는 점. 그리고 최심부에 자리한 보물상자나 보스에게서 매우 낮은 확률로 천마의 이름이 붙은 아이템을 손에 넣을 수 있다는 점이었다. 그런 탓에 천마미궁이라는 총칭이 붙은 것이다.

어째서 강력한 아종이 있는 것인지, 어째서 천마장비가 나오는 것인지, 그러한 것들도 의문이라 할 수 있었지만 늘었다고 하는 것을 보면 그 이외의 의문점이 생긴 것이리라. 미라는 레오닐이 입에 담은, 불어난 의문점 쪽에 관심을 보였다.

"아무래도 이 던전의 재보는 획득해도 시간이 지나면 부활하는 모양이라 말이네……."

"호오…… 그게……."

뭐 어쨌다는 게지, 라고 말하려던 미라는 그 직전에 말을 멈췄다.

게임이었을 적에는 던전의 보물상자나 아이템이 시간이 지나면 재배치되는 것은 당연한 일이었다. 그러지 않으면 그 던전에서만 입수할 수 있는 레어아이템 등이 몽땅 다 유일한 것이 되어, 추잡스러운 공방전이 벌어지고 말 것이다. 하지만 레오닐은 그것이 의문점이라 했다. 요컨대 현실이 된 세계의 상식에 의하면 보물상자는 각소에 하나뿐이고, 현실적으로 생각해보아도 그것이 당연하다 할 수 있을 듯했다.

그렇게 생각하자 천마미궁이 얼마나 이상해 보일지 짐작이 되었다.

"요컨대…… 계속해서 솟아나는 보물을 둘러싸고 무슨 일이 일어났다는 겐가?"

이상하기는 하지만 부를 얻기에는 더없이 좋은 곳이다. 그렇다면 사람들이 쇄도할 수밖에 없을 테고 사람이 모여들면 응당 문제가 발생하기 마련이다.

"과연 덤블프 님의 제자님이로군. 그렇네. 보물 쟁탈전이 묵과할 수 없는 수준까지 확대되어서, 그것을 방지할 목적으로 금역으로 지정해 봉인하게 되었네. 뭐어, 당시의 반발은 정말이지 엄청났었지."

레오닐은 쓴웃음을 지으며 마지막 한마디를 덧붙이더니 지도의 한 장소를 가리켰다. 그곳은 알카이트 왕국을 중심으로 봤을 때 남서쪽에 펼쳐진 숲 중앙이었다.

"그 허가증은, 이곳에 있는 천마미궁 '프라이멀 포레스트'의 것이네. 솔로몬 님이 어떠한 이유에서 그것을 건네주라 한 것인지는 모르겠네만, 발행하느라 꽤나 고생했다네."

레오닐은 그렇게 말했지만 눈썹 끝은 신이 난 듯 위로 치올라가 있었다.

"표정을 보아하니 꽤나 바가지를 씌운 모양이로군."

"무얼, 모쪼록 사정을 헤아려달라 부탁을 한 것뿐이네."

가볍게 눈빛을 주고받은 후, 미라는 "그 녀석도 고생이 많으니 너무 괴롭히지 말도록" 하고 친구에 대한 걱정으로 그 이야기를 매듭지었다. 미라는 들고 있던 카드를 내려놓고, 이번에는 봉서 쪽을 집어 들었다.

"그래, 이쪽은 뭐지?"

보일 리는 없었지만 미라는 봉서를 빛에 비추어보려는 듯 들여다보며 물었다.

"그쪽은 오늘 아침에 자네 앞으로 도착한 비룡편이네. 발신자는 릴리라는 자였네만, 아는 자인가?"

그 말에 미라는 기억을 더듬어 한 여성의 모습을 떠올렸다. 알카이트성에서 아침을 맞이했을 때 자신을 깨우러 왔던 시녀였다. 떠올림과 동시에 등줄기에 오한이 퍼져 나갔다.

"으……음. 알지."

"어째 반가워하는 눈치가 아니군. 명색이 덤블프 님의 제자라는 자가 질색을 하는 여성이라, 흥미롭군그래."

레오닐은 그렇게 말하며 입꼬리를 씩 끌어올렸다. 굳이 릴리가 봉서를 보내온 이유는 모르겠으나 미라는 그다지 좋은 예감이 들지 않아, 지금 이 자리에서 읽을 필요는 없겠다 싶어 잽싸게 아이템 박스에 던져 넣었다.

"화제를 바꾸지. 그대는 악마가 전멸했다고 생각하는가?"

현재는 존재하지 않는다고 알려진 악마가 본래는 아무것도 없었을 터인 6층에 나타났다. 정보에 정통한 듯 보이는 레오닐이 이 일을 어디까지 알고 있을지를 떠보기 위한 말이었다.

"……아무래도 뭔가를 본 모양이군."

몇 초간의 침묵 후, 레오닐이 입을 열었다. 무언가를 아는 눈치였다. 그 표정과 말투로 미루어 상당히 중대한 사안인 듯했다.

"고대신전의 최심부에 그 악마가 있었다."

미라는 차로 크림이 들어 있던 입안을 헹구며 다시금 그렇게 말했다. 모험가 등록을 하러 왔을 때 약속했던 조사 보고였다.

"악마……라고? 레서 데몬이 아니라 악마 그 자체가 나왔단 말인가?!"

"음, 백작3위였다."

악마는 10년 전 삼신국 방위전에서 섬멸되었다고 알려졌고 실제로 현재까지 악마가 나타났다는 보고는 공식적으로 들어온 바가 없었다. 하지만 레오닐의 정보망에는 의심스러운 그림자가 언뜻언뜻 보였던 모양이었다.

어쩌면 아직 존재할지 모른다. 그런 애매한 존재가 되어 있었던 악마가 실제로 모습을 나타냈다고 한다. 만약 이것이 미라가 아닌 다른 모험가의 보고였다면 레오닐은 마음속 한구석에 담아두기만 했을 것이다. 악마의 생존을 의심케 하는 이야기는 종종 들려왔으나 막상 조사를 해보면 하나같이 잘못 본 것이거나 모습이 비슷한 마물의 변이종이거나 했기 때문이다.

하지만 이번에는 상대가 달랐다. 현자 덤블프의 제자이자 알카이트 왕국의 국왕 솔로몬마저도 신뢰를 두고 있는 인물. 하물며 악마의 계급까지 파악하고 있었다. 신뢰도는 지극히 높았다.

"이 무슨……. 아니, 그렇군. 그렇다면 고장의 원인은……."

레오닐은 그 사실을 접하고 잠시 놀란 눈치였으나, 강한 힘을 지닌 악마의 존재라는 조각 덕에 그가 머릿속에 그리고 있던 퍼즐이 완성되었다는 듯한 뉘앙스를 풍겼다.

"짚이는 바라도 있는 모양이군."

레오닐은 눈을 부릅뜨고서 입가를 기쁨으로 일그러뜨렸다. 미라는 확연히 변한 그 표정을 들여다보며 말했다.

"아, 그렇네. 고대신전의 결계 장치 말이네만."

레오닐은 그렇게 운을 떼더니 머릿속에 든 정보를 다시 정리하는 듯한 말투로 설명을 시작했다.

“우선은 복습을 하도록 하지. 보고 왔다면 알고 있을 테지만, 고대신전은 지하로 이어져 있는 던전으로 출입구는 한 곳뿐이네. 그리고 그곳에는 이쪽이 설치한 결계장치가 있고 던전에 들어가기 위해서는 대응하는 허가증이 필요하지.”

“음, 그러했지.”

복습이라는 말에 걸맞게 기초적인 내용이었던지라 미라는 케이크를 입으로 옮기며 맞장구를 쳤다.

“그것은 악마라 해도 예외가 아닐세. 하지만 자네는 악마가 나타났다고 했네. 그렇다면 어떻게 들어간 것이냐가 문제지.”

“흠, 결계는 정상적으로 작동되고 있었으니 말이지.”

미라는 고대신전에 들어갈 때, 직접 결계를 해제했던 사실을 떠올리며 고개를 끄덕였다. 레오닐은 그 반응을 확인하더니 책상 서랍에서 서류를 꺼내서는 휙 던졌다.

“한 달 전 일이네만, 결계장치가 고장 난 적이 있었네. 원인을 알 수가 없었는데 이번 보고로 그 의문이 풀린 것 같네.”

미라는 소파 한구석에 떨어진 종이다발을 주워들어 그곳에 기재된 내용을 확인하여 상황을 파악했다.

그 서류는 한 달 전에 고장 났던 결계 장치의 정비 점검 보고서였다. 어렵고 전문적인 단어투성이라 대충 훑어보던 미라는 끝부분에 나열된 고장 원인 중 하나에 주목했다.

그곳에는 결계 밖에서 매우 강력한 힘을 가했을 경우, 라고 적혀 있었다.

“오호라. 결계의 강도가 어느 정도나 되는지는 모르겠다만, 그 악마라면 가능할지도 모르겠군.”

“그렇지, 백작급이라면 C랭크에 사용된 장치로는 막을 수 없을 걸세. 그리고 그를 증명해주듯 한 달 전에 결계 장치가 고장 났었지.”

그렇게 결론을 낸 레오닐은 깊은 한숨을 내쉬고는 “처음에 알아챘더라면” 하고 미라에게도 잘 들리지 않을 정도로 작은 목소리로 중얼거렸다.

“요컨대 저 악마는 한 달 전에 왔다는 것이로군.”

“그래, 그럴 걸세. 그렇게 생각하는 것이 타당할 거야. 아니, 잠깐. 분명 좀비가 나타나기 시작했던 것도 한 달 정도 전이었지…….”

대략적으로 판명된 악마가 온 시기와 항간을 떠들썩하게 하고 있는 좀비 사건의 발생시기가 겹쳤다. 그것이 과연 우연일까 싶어 레오닐은 다시금 숙고에 들어갔다.

미라는 중간중간 “과연”, “그렇군”, “요컨대” 같은 소리를 하며 정보를 쌓아올려 나가는 레오닐을 곁눈질하는 동시에 케이크를 먹으며 서류 속 한 문장에 시선을 떨어뜨렸다. 그곳에는 ‘1명의 조사원이 행방불명’이라고 적혀 있었다.

“역시 좀비와 악마는 관련이 있을 것 같군. 그렇다면 조금 전 좀비들이 도시로 밀어닥쳤던 일은 악마의 소행이라는 뜻인가.”

생각을 다 정리한 레오닐은 창밖으로 시선을 던지며 조금 전까지만 해도 전장이었던 도시를 바라보았다.

"그러고 보니, 그 악마는 어떻게 됐나?"

레오닐은 그제야 생각이 난 사람처럼 말했다. 악마의 존재에 관한 보고는 너무 뜬금없기도 했거니와 좀비 사건과도 연관이 있는 듯 보였다. 그런 탓에 정작 중요한 일을 깜박했던 모양이었다.

"전투 감각을 익히는 데 딱 좋은 상대였지."

미라는 전투 시 느꼈던 몸의 감각을 떠올리며 주관적인 결과만을 전달했다. 현실이 된 세계에서의 진짜 실전. 미라는 그 경험이 안겨준 또렷한 실감을 곱씹어보았다. 게임이었던 시절이나 현재나, 경험은 값을 매길 수 없을 정도로 중요한 것이라고 미라는 생각했다.

"과연 현자의 제자로군. 나 같은 일반인은 엄두도 못 낼 답변이야. 참으로 멋지군."

자고로 악마란 혼자서도 강력한 개체였다. 심지어 백작급쯤 되면 두 말할 것도 없으리라. 하지만 미라는 영웅의 계승자라는 칭호에 걸맞은 결과를 거뒀다.

근처에 숨어 있던 성가신 일이 해결되었다는 사실에 레오닐은 아낌없는 칭찬을 보내며 진심으로 안도했다.

"그나저나 원인은 알았지만, 이유를 모르겠군."

레오닐은 그렇게 말하며 끙끙댔다. 악마가 좀비 사건을 일으켰다는 것은 자명한 사실이라 생각한 레오닐이었으나, 그를 통해 무슨 일을 하려 한 것인 지까지는 짐작도 되지 않았다.

"좀비가 무언가를 찾고 있는 것이 아닐까 싶었네만, 악마가 얽혀 있다면 그럴 가능성은 사라졌다고 봐야 할까."

"음. 찾기만 할 것이라면 데빌 배트나 실링아이 같은 장기짝을 쓰면 그만이니."

미라는 두 가지 마물의 이름을 입에 담으며 긍정했다.

악마는 용도에 따라 많은 권속을 거느리고 있었고, 개중에서도 탐색 임무를 무척 우수하게 수행하는 개체가 있었다. 그것이 데빌 배트와 실링아이로, 굳이 좀비 같은 것을 이용할 필요는 없다는 뜻이었다.

"뭐어, 어쨌든 오늘 일어난 소동은 설명이 안 되는군."

"지금까지와는 상당히 달랐던 모양이니 말이지."

요전까지만 해도 좀비는 사람에게 위해를 가하지 않고, 밤이 되고 나서야 배회하기 시작했다. 하지만 오늘의 좀비는 낮부터 활동을 시작하여 구별없이 사람을 공격하기 시작했다.

그 이유는 무엇일까, 하고 둘이서 머리를 쥐어짜 봤지만 정보가 부족한 탓에 결국 답은 나오지 않았다.

레오닐은 그대로 좀비 사건의 진상에 대해 고민하기 시작하더니 완전히 사고의 바다에 빠져 들어버렸다. 이러한 일이 자주 있는 것인지 여성 비서가 연신 사과를 해왔다.

지인들 중에도 비슷한 자가 많은 탓에 미라는 신경 쓰지 말라며 웃어주고는 비서에게 인사를 하고서 조합장실을 뒤로했다.

〈18〉

"어디, 타쿠토는 어디로 갔을는지."

미라는 나뭇결이 또렷한 복도에 서서 무수하게 늘어서 있는 문들을 훑어보며 혼잣말을 했다. 끝까지 배웅하지 않고 조합장실로 들어간 탓에 타쿠토가 어디에 있는지 모르는 것이다.

별수 없다는 생각에 '생체탐지'로 주변을 살펴보았지만 온갖 곳에서 생체반응이 감지되어 타쿠토만을 특정할 수가 없었다.

가볍게 주변을 둘러보던 미라는 그 즉시 포기하고는 기다리다 보면 조만간 나오겠지, 하고 생각하며 아래층으로 향했다.

술사조합 1층. 왔을 때에 비하면 다소 차분함을 되찾은 홀은 미라가 내려옴과 동시에 정적에 휩싸였다. 원인은 미라가 짓고 있던 미소인 듯했다. 타쿠토가 소환술사가 되면 어떤 것을 가르칠까, 계약에 필요한 아이템을 준비해야겠다 등등. 미라는 게임을 막 시작했을 무렵을 떠올리며 확정되지 않은 미래를 혼자서 망상하고 있었다.

어린애 같은 순수함에 모성이 뒤섞인 포근한 미소. 그 자리에 있던 모든 이들이 순식간에, 자연스럽게 눈길을 빼앗겼다.

주변의 분위기 같은 것은 개의치 않고 홀 구석에 자리한 자리에 앉은 미라는 타쿠토를 기다리는 동안 시간이나 죽일 겸 릴리가 보내온 봉서를 끄집어냈다.

"흠…… 뭐지, 이게?"

봉서에는 종이 한 장만이 들어 있었다. 그리고 그곳에는,

'깜박하고 말 안 한 것.

F 2117, 9, 20

R 2126, 8, 11

K 2132, 6, 18

A 2138, 1, 14

D 2146, 5, 12'

라고 적혀 있을 뿐이었다.

'이 숫자는, 일자인가? 하지만, 무슨 일자?

의아해하며 지면을 노려보던 미라는 우측하단에 멋스럽게 끄적인 솔로몬의 사인을 발견했다. 그것은 과거에 함께 생각했던 것으로, 얼핏 봐서는 솔로몬이라 적혀 있다는 것을 알아볼 수가 없는 사인이었다. 바꿔 말하자면 미라만 알아볼 수 있는 사인이라 할 수 있으리라.

'흠. 어찌 되었건 릴리가 적은 것은 아닌 듯하군.'

미라는 그 종이를 무릎 위에 얹어놓고는 "당분, 당분"이라는 소리를 흥얼거리며 애플오레를 한입 홀짝였다. 뇌를 사용할 때는 당분을 보급해주는 것이 효율적이라는 지론에 따른 것이었지만, 그 전에 케이크를 먹었다는 사실은 까맣게 잊은 모양이었다.

한숨을 돌린 미라는 타쿠토는 아직 안 오려나 싶어 계단으로 시선을 던져보았다. 그러다 그 안쪽에 서 있던 커다란 괘종시계가 눈에 들어왔다. 미라의 키보다 커 보이는 시계에는 달력이 걸려 있었다.

위쪽 절반에는 그림이 그려져 있고 아래쪽 절반에 날짜가 새겨져 있는 매우 기본적인 형태의 달력이었다.

'판타지 세계에서 보니 위화감이 심하군.'

세계관에 정취를 더해주고 있는 괘종시계에 비해 어쩐지 본래 있던 세계를 연상케 하는 달력을 본 미라는 눈살을 찌푸렸다.

하지만 날짜를 눈으로 훑은 순간, 미라는 봉서에 든 종이에 적혀 있던 문자의 의미를 알아챘다. 솔로몬이 이 편지를 통해 전해온 것은 단순히 자신에게 부탁했던 일에 관한 추가 정보였다.

'이건…… 그런 뜻이었나.'

알파벳은 이름의 머리글자. 그리고 숫자는 이 세계에 나타난 날짜일 것이리라고 미라는 생각했다. 현재는 2146년 5월 19일. 미라가 이 세계에 온 것은 5월 12일. 요컨대 D는 덤블프, 그 뒤에 자리한 숫자가 날짜인 것이다.

날짜를 안다고 해서 달라질 것은 없을 듯했지만 자신이 찾고 있는 상대는 몹시도 개성적인 아홉 현자들이었다. 이 세계에 나타난 날을 기점으로 뭔가 특필할 만한 사건이 발생했다면 그것과 연관이 있을 가능성이 매우 클 것이다.

그렇게 생각한 미라는 지면의 머리글자를 눈으로 훑었다.

'플로네, 루미나리아, 카구라, 아르테시아, 그리고 이 몸인가. 매일 확인했다고 했었으니, 여기 적혀 있지 않은 자는 솔로몬보다 먼저 이 세계에 와 있었다는 뜻인가.'

미라는 얼마간 지면과 눈싸움을 벌이다 그다지 의미가 없다는 사실을 깨닫고는 레오닐에게 자료가 될 만한 것이 없는지 묻기 위해 자리에서 일어났다. 그러던 참에 마침 타쿠토가 유리카를 따라 계단을 내려왔다.

"여기 계셨군요."

미라의 모습을 발견한 유리카는 안심했다는 눈치로 미소를 지었다. 아무래도 미라를 찾아 위층을 한 바퀴 돌고 온 모양이었다.

"이게 타쿠토 군의 술사적성입니다."

"기다리고 있었다!"

유리카가 내민 검사표를 받아든 미라는 기대로 가득한 표정으로 그것에 시선을 떨어뜨렸다.

거기에는 상세한 검사 내용이 줄줄이 적혀 있었지만 미라는 대충 건너뛰고 끝부분에 기재된 적성란을 훑어보았다.

"소환은, 없는 겐가……."

타쿠토가 지닌 술사적성은 마술, 성술, 음양술까지 세 가지였다. 적성란에 소환술이 없는 것을 확인한 미라는 수험에 실패한 학생 같은 비통한 분위기를 내뿜으며 고개를 푹 숙였다. 타쿠토를 훌륭한 소환술사로 육성하겠다는 미라의 야망은 덧없이 무너져 내렸다.

"으음, 전부 다루기 쉬운 술법이에요. 마력량도 재봤는데, 평균치보다 상당히 높았어요. 타쿠토 군은 소질이 있어요!"

순식간에 풀이 죽은 미라를 위로하고자 유리카가 그렇게 덧붙여 말했다.

"이제 나도 미라 누나처럼 될 수 있을까요?"

미라 옆으로 달려온 타쿠토는 무구한 미소로 그렇게 말했다.

이토록 기뻐하는 아이 앞에서 술사적성에 소환술사가 없다는 이유로 낙담하고 있을 수는 없는 일이었다.

"음, 노력하면 분명 훌륭한 술사가 될 게다."

미라는 고개를 들고는 살며시 미소를 지으며 크게 고개를 끄덕였다. 그 말을 들은 타쿠토는 더더욱 밝게 웃었다.

"신세를 많이 졌군. 고맙다."

"고마워요, 누나."

"아뇨아뇨, 미라 씨의 부탁이라면 다소 무리한 거라도 들어드려야죠!"

덤블프의 열성팬인 유리카는 현재 그의 제자라는 미라에게 푹 빠져 있었다. 그녀는 결사의 의지가 담긴 눈을 빛내며 그렇게 말하더니 대가라도 요구하듯 악수를 청했고 미라는 살짝 쓴웃음을 지은 채 그 요구에 응했다.

볼일을 마치고 조합을 뒤로 한 미라는 가로등이 빛나는 거리를 바라보며 에메라 일행이 연회를 벌이겠다고 했던 여관의 이름을 떠올려 보고자 했다.

'흠, 뭐였더라. 춘…… 뭐라는 여관이었는데?'

미라는 타쿠토의 손을 잡은 채 확실하지 않은 기억을 더듬으며 활기가 넘치는 밤의 대로로 걸음을 옮겼다.

두리번두리번 가게 간판들을 확인하며 좀비 소동이 남긴 흔적들이 이곳저곳에 남은 카라낙의 거리를 나아갔다. 소동의 영향 탓인지 이리저리 오가는 사람들 중에는 경라 기사의 모습이 꽤 많이 보였다. 곳곳에 있는 시체더미들을 감시하고 있는 모양이었다.

그러다 에메라 일행이 있는 여관을 찾던 미라의 눈이 거리를 순찰하던 경라 기사의 눈과 마주쳤다.

"안녕. 이런 시간에 여긴 어쩐 일이니?"

흰색과 푸른색으로 된 타바드(tabard)를 걸친 남자 경라 기사는 웃는 얼굴로 다가와 두 사람에게 그렇게 말했다.

"음? 무어냐?"

"안녕하세요. 수고 많으세요."

의아하다는 듯 고개를 갸웃하는 미라와는 대조적으로 타쿠토는 눈앞에 있는 청년에게 꾸벅 고개를 숙여 인사했다.

"놀라게 했나 보구나. 미안해. 나는 국군 경라청 소속의 경비병 에윈. 너희 이름도 말해주겠니?"

미라의 묘한 표정은 아랑곳 않고 에윈은 자기소개를 했다. 그의 직업은 말하자면 경찰 같은 것이었다. 해도 저물어버린 밤에 주변을 두리번거리며 걷던 두 사람의 모습이 신경 쓰였던 것이리라.

현재 미라와 타쿠토의 모습은 언뜻 보면 길을 잃은 남매 그 자체였다. 경라 기사인 그가 말을 붙이는 것도 지극히 당연한 일이라 할 수 있었다.

하지만 미라에게는 그렇다는 인식이 전혀 없는지라 경라 기사가 말을 걸어온 이유가 짐작도 되지 않았다.

"타쿠토라고 해요."

"미라다."

시원스럽게 대답하는 타쿠토와는 달리 미라는 더더욱 고개를 갸웃하며 대답했다.

"타쿠토 군과 미라구나. 근데 너희 둘은 이런 시간에 뭘 하고 있는 거니? 길을 잃었니? 그렇다면 집까지 바래다줄게."

에윈은 그렇게 말하며 두 사람을 안심시키려는 듯 미소를 지었다. 그 말을 들은 순간, 미라는 그제야 납득이 되어 표정을 풀었으나 다음 순간, 미아로 오해받았다는 사실에 낙담해 고개를 푹 숙였다.

미아로 오해받았다는 것은 유감이기는 했으나 미라는 열심히 임무를 수행하는 에윈의 행동에 호감을 느꼈다.

"미아는 아니다. 하지만 지인이 기다리는 여관이 어디쯤에 있는지 알 수가 없어서 말이지. 춘, 뭐라고 했던 것 같은데, 어딘지 알겠나?"

"아하, 그런 이유가 있었구나. 음…… 여관 중 '춘'이라는 이름이 붙는 곳이면 '춘담설'이려나?"

"오오, 그래 맞다. 그러한 이름이었다."

에윈이 입에 담은 이름 덕에 기억의 안개가 걷힌 미라는 밝은 표정으로 긍정했다.

"그러면 좀 더 가야겠는걸. 거기까지 바래다줄게."

에윈은 방긋 웃으며 익숙하게 미라의 비어 있는 손을 잡고서 걸음을 옮겼다. 너무도 갑작스럽고도 자연스러운 손놀림에 미라는 거절할 타이밍을 놓치고 말았다. 게다가 완벽한 선인(善人) 오라를 풍기는 에윈의 손을 뿌리칠 수도 없는 노릇인지라 미라는 그대로 손을 잡고서 춘담설까지 안내를 받게 되었다.

"아, 미라가 왔어. 어~……이?"

춘담설의 문 앞에는 두 사람이 오기를 이제나저제나 하고 기다리던 에메라의 모습이 있었다. 귀에 익은 목소리를 듣고 고개를 든 미라는 크게 손을 흔드는 에메라의 모습을 발견하자마자 그녀를 노려보았다.

"푸흡! 미라가 경라 기사 손에 끌려왔어~!"

"아니다~!"

박장대소를 터뜨리기 직전의 얼굴이었던 에메라는 눈 깜짝할 새에 한계가 찾아왔는지 웃음을 터뜨림과 동시에 가게 안에 대고 보고했다. 경라 기사인 에윈의 손을 붙잡고 있는 미라의 모습은 아무리 봐도 길을 잃은 어린애 그 자체였다. 미라는 온 힘을 다해 부정했지만 주변에 있던 대다수의 외부인들은 미라에게 정감 어린 시선을 던지고 있었다.

"시간도 시간이니 너무 늦게까지 놀면 안 된다?"

목적지까지의 안내를 마친 에윈은 두 사람에게 그렇게 말하고는 에메라 일행에게 묵례를 하고서 다시 순찰을 돌러 갔다.

"……오해받은 것뿐이다."

미라는 춘담설 입구에서 고개를 쑥 내민 채 수상쩍은 눈빛으로

자신을 쳐다보는 에메라와 제프를, 눈을 치켜뜨고서 노려보며 설득력이라고는 전혀 없는 변명을 입에 담았다.

"응응, 알고말고. 농담이야, 농담."

"알고 지낸 지 반나절 밖에 안 됐지만, 모험까지 같이 한 사이잖아. 다 알고말고."

"그러냐, 그러면 됐다."

에메라와 제프는 끄덕끄덕 고개를 끄덕였다. 만난 지 얼마 되지는 않았지만 이해를 한 모양이니 됐다고 생각한 미라는 표정을 풀었다. 두 사람이 무언가를 참고 있다는 사실은 알아채지 못한 채.

"자아, 미라야. 빨리빨리."

에메라는 그렇게 말하며 미라의 손을 잡고 실내로 들어갔다.

가게는 천장이 높은 목조 건물로 1층은 식당과 여관 접수대로 쓰이는 모양이었다. 투박하지만 튼튼해 보이는 테이블과 의자가 몇 개나 놓여 있는 공간 곳곳에 손님들이 앉아, 밤이라는 한정된 시간을 즐기고 있었다.

"오오, 아가씨와 꼬맹이, 기다렸다."

가게의 한구석. 유달리 커다란 테이블 자리에서 아스발이 그렇게 말하며 손을 흔들었다.

"미라, 이쪽이에요."

어느새 미라의 등 뒤에 서 있던 플리카는 에메라에게서 미라를 가로채 자리로 안내했다. 그러고는 당연하다는 듯이 그 옆에 앉……으려 했지만 그 자리는 이미 채워져 있었다.

미라의 옆자리를 점거하고 있는 에메라는 플리카를 보고 입가를 씩 치올려 보였다. 그 눈동자에는 미라를 지키겠다는 책임감과 의지가 깃들어 있었다.

플리카는 왼쪽이 안 되면 오른쪽에 앉으면 된다는 생각에 반대쪽 자리를 확보하고자 움직였다. 하지만 그곳에는 미라와 손을 잡고 있던 타쿠토가 몹시도 당연하다는 듯 앉아서 활기 넘치는 가게 안을 신이 나서 둘러보고 있었다.

플리카는 절망으로 물든 눈을 하고서 반대쪽에 착석해서는 그저 가만히, 그리고 탐욕스럽게 미라의 모습을 자신의 눈에 새겨 넣는 작업을 개시했다.

이러저러한 경위를 거쳐 모든 인원이 자리에 앉자 아스발이 점원을 불렀다.

"우선 마실 걸 주문하자."

에메라가 테이블 위에 메뉴판을 펼쳐놓고 다 같이 그것을 들여다보았다.

"타쿠토, 마시고 싶은 게 있느냐?"

"오렌지 주스가 마시고 싶어요."

미라가 묻자 타쿠토가 대답했다. 그 모습은 사이좋은 남매를 보는 것만 같았다. 아스발은 두 사람을 흐뭇하게 바라보며 입가를 치올리더니 점원이 오자마자 "맥주 큰 놈" 하고 제일 먼저 주문을 했다. 그러고 나서 에메라와 플리카, 제프도 주문을 마치자 미라는 오렌지 주스를 두 잔 주문했다.

점원이 주문을 복창하여 확인하고서 자리를 뜨자마자 제프가 입을 열었다.

"그럼 뭐, 아이템을 배분해볼까. 우선은 이거."

제프가 테이블 위에 마동석 64개와 마동결정 한 개를 늘어놓았다.

"다시 한 번 묻겠는데, 정말 괜찮겠어?"

역시 상황상 받기가 망설여지는지 에메라는 마동석에서 시선을 떼어 미라를 바라보며 말했다.

"그 건에 관해서는 이미 이야기가 끝났을 텐데."

"그건 그렇지만."

"부단장은 융통성이 없으니까~. 뭐어, 나도 이해는 가지만 말이야."

에메라는 복잡한 표정을 한 채 전리품으로 시선을 떨어뜨렸다. 결과적으로는 따라가기만 했을 뿐인데 십여 만의 수입을 얻게 된 것이다. 확인에 확인을 거듭하고 싶을 만도 했다. 다른 멤버들도 그 심정은 이해가 되는지라 아무 말도 하지 않고 에메라의 판단에게 맡길 생각이었다.

"오래 기다리셨습니다~."

망설이는 에메라 일행의 침묵을 밝은 목소리로 날려버린 점원은 테이블에 잽싸게 음료수를 내려놓고는 허겁지겁 돌아갔다.

"우선은 건배부터 하자."

아스발은 테이블에 놓인 음료수를 각자에게 나눠주고는 술잔을 집어 들었다.

그러자 음료수를 손에 든 모두의 시선이 자연스럽게 미라에게 집중되었다. 눈치가 빠른 타쿠토도 음료수에 입을 대지 않고서 두 손으로 잔을 든 채 미라를 바라보았다.

"건배사를 부탁하마."

"음…… 뭐냐. 이 몸한테 말이냐?"

이런 일은 게임에서도 현실에서도 남에게 떠넘기기 일쑤였던 미라는 선창을 하는 데 익숙지 않은 탓에 다소 당황한 낌새를 보였다.

"아무리 생각해도 오늘의 주인공은 미라니까."

제프는 그렇게 말하며 소년 같은 미소를 미라에게 던졌다. 그러자 에메라 일행도 마찬가지로 잔을 들었다.

"그렇다면, 별수 없지."

자신을 향한 시선에 답하기 위해 잔을 든 미라는 거들먹거리는 투로 그렇게 말하고는 현 시점에서 가장 축하해야 할 일을 입에 담았다.

"타쿠토의 마술, 성술, 음양술 적성에 건배!"

"건배~! 가만, 어째서~?!"

"핫핫핫하! 그거 멋지군. 건배다!"

"미라에게, 건배."

"건배~! 미라의 표정을 보고 평범한 건배사는 안 할 거라 예상은 하고 있었지!"

"아…… 저기. 고맙습니다."

저마다 그런 소리를 하며 잔을 마주쳤다. 아스발은 그 즉시 큰 맥주잔을 비우더니 쾌활하게 웃었다. 에메라도 못 말리겠다며 미소를 지은 채 잔을 기울였다. 미라는 만면에 미소를 지은 타쿠토의 머리를 살며시 쓰다듬었고, 플리카는 그 모습을 흐뭇하게 바라보았다.

분위기가 달아오른 참에 테이블로 다가오는 인물을 본 제프가 문득 가볍게 손을 흔들었다.

"분위기가 좋군요."

그렇게 말을 걸어온 자는 간소한 와인레드색 조끼를 걸친 붉은 장발의 청년이었다. 키는 크고 나이는 스무 살 정도로 매우 단정하고도 중성적인 얼굴을 하고 있었다. 목소리를 듣지 않았다면 여성으로 착각했어도 이상할 것이 없을 정도였다.

"거기 있는 소녀가 말씀하신 제자분인가요."

"네. 미라예요. 그 옆에 있는 남자애가 타쿠토 군."

플리카가 의기양양하게 대답했다. 그 말을 들은 청년은 똑바로 미라를 쳐다보더니 부드럽게 미소 지으며 묵례했다.

"저는 에카르라트 카리용의 단장, 셀로입니다. 이번에 저희 멤버들이 신세를 졌다고 들었습니다. 고맙습니다."

"인사를 받을 일은 아니다. 혼자 다니는 것보다 훨씬 즐거웠으니 말이지."

"그런가요, 그거 다행이군요."

미라의 말에 셀로가 미소를 지었다. 하지만 그 바로 옆에 셀로보다도 기뻐하고 있는 인물이 있었다.

"미라야, 우리를 그렇게까지!"

별 도움이 되지 못 했다고 생각하던 에메라는 그런 자신들과 함께 하여 즐거웠다는 미라의 말에 감개무량한 표정으로 눈물을 글썽였다.

"나도 즐거웠어어~!"

"뭣?!"

그리고 에메라보다 훨씬 기뻐한 인물이 미라의 다리를 기어오르는 듯한 모양새로 테이블 아래에서 나타났다.

빈틈을 찔린 탓인지 놀라서 반사적으로 다리를 든 미라의 발끝이 플리카의 명치에 제대로 박혔다.

"혹시 모험 중에도 플리카 씨가 민폐를 끼쳤나요?"

플리카는 열락에 빠진 표정으로 몸부림을 치는, 기가 막혀 말도 안 나오는 재주를 선보였다. 그녀의 다리를 아스발이 잡아끌어 미라에게서 떼어냈다. 셀로는 그 모습을 쓴웃음을 지은 채 지켜보았다.

"아주 제대로."

"……죄송합니다."

"……뭐어, 상관없다."

미라와 셀로는 그렇게 짧은 말을 주고받고는 숨을 헐떡이는 플리카에게 시선을 던졌다. '입만 다물고 있으면 미인인데' 라는 같은 생각을 하고 동시에 한숨을 내뱉었다. 그런 가운데 에메라만이 아직도 감동에 젖은 채 표정이 풀어져서는 빙긋빙긋 웃고 있었다.

"그런데 그게 오늘의 전리품인가요? 엄청난 양이군요."

셀로는 테이블에 널려 있는 마동석을 보더니 감탄 섞인 목소리로 말했다. 아무리 보아도 하루만에 모을 수 있는 양이 아니었기 때문이다.

"대부분 미라가 쓰러뜨린 거지만. 하지만 미라는 다 같이 나눠야 한다고 하지 뭐야. 통도 크지~."

"그랬나요? 거기에 마동결정까지 있군요. 값이 꽤 될 것 같은데요."

실질적으로 거기에 있는 대부분의 전리품에 대한 권리는 미라에게 있다고 할 수 있으리라. 그리고 그 총액은 대충 헤아려보아도 150만 리프는 족히 될 것이다. 그것은 일반인이라면 2, 3개월은 놀고먹을 수 있는 금액이었다.

"오, 그러고 보니 무기도 있었지."

"맞아맞아, 대형 낫. 그 적이 가지고 있던 건데 미라는 이것도 아는 암기사에게 주라더라고."

"대형 낫 말인가요. 어떤 물건인가요?"

"그게……."

에메라는 흥미를 보이는 셀로 앞에 악마가 가지고 있던 대형 낫을 아이템 박스에서 꺼내놓았다. 에메라의 힘으로는 도저히 들어올릴 수 없을 정도로 무거운 탓에 꺼냄과 동시에 바닥에 덜컥 떨어졌다.

"……이것 참 꺼림칙하게 생겼군요."

셀로가 그렇게 말하며 칠흑빛 대형 낫의 자루를 쥐었다. 그리고 겉보기에는 제프와 거의 굵기가 비슷한 팔뚝으로, 제프보다 훨씬 더 힘이 센 아스발이 간신히 들었던 대형 낫을 한 손으로 들어올렸다. 그것을 본 미라는 셀로의 근력이 어느 정도인지 신경이 쓰여서 그 모습을 주시했다.

"음……?"

놀라서 엉겁결에 그런 소리를 흘리고 말았다. 셀로의 스테이터스가 보이지 않았기 때문이다. 그것은 셀로라는 인물이 플레이어 출신자일 가능성이 있음을 의미하는 바이기도 했다.

"왜 그래, 미라?"

일언일구, 일거수일투족을 놓치지 않고자 뜨거운 시선을 퍼붓던 플리카가 미라의 거동이 이상하다는 것을 알아채고는 말을 붙였다.

"음. 아아, 아니. 아무것도 아니다. 저 커다란 낫을 쉽게 들어올리기에 굉장하다고 생각한 것뿐이야."

이 세계에서 플레이어는 어떤 취급을 받고 있을까. 그것을 솔로몬에게 깜박하고 묻지 않았음을 떠올린 미라는 순간적으로 눈앞에서 벌어진 일만을 입에 담았다. 셀로가 플레이어건 아니건 상황 파악도 제대로 않은 채 건드리는 것은 좋지 않을지도 모른다고 판단했기 때문이었다.

"그야 뭐, 우리 단장이니까. 어때, 굉장하지?"

이야기를 듣고 있던 아스발이 우쭐한 말투로 말했다. 그리고 그뿐 아니라 에메라 일행 역시 자신들의 단장을 덤블프의 제자에게 자랑할 수 있어 기쁜 눈치였다.

"아뇨아뇨, 저는 아직 멀었습니다."

셀로는 겸손하게 그렇게 말하며 쓴웃음을 지었다.

"그건 그렇고, 이거 상당한 물건이군요."

셀로는 새삼 대형 낫을 가만히 쳐다보더니 감탄한 말투로 그렇게 말했다.

"뭐어, 그만큼 다루기 힘들 테지만 말이지. 에메라와 같은 자들이 인정한 그대의 길드라면 안 좋은 일에는 쓰지 않을 테니. 쓸 수 있는 자가 있다면 그 녀석에게 건네주지 않겠나."

"과연, 그런 이유 때문이었나요……. 하지만 제 입으로 말씀드리기는 좀 그렇지만, 만난 지 얼마 되지도 않은 저희를 믿어도 되겠습니까? 어쩌면 좋지 않은 생각을 지닌 자의 손에 넘어갈 지도 모르는데요."

셀로는 그렇게 말하며 짓궂은 미소를 지어 보였다. 미라는 그런 셀로를 보고 입가를 치올려 미소로 답했다.

"뭐어, 그런 부분은 그저 믿겠다고 할 수밖에. 확실히 알고 지낸 기간은 짧지만, 이 몸은 에메라 일행이 좋아져서 말이다. 말하자면 믿고 맡기는 신용대여 같은 게지."

미라는 그렇게 말하며 셀로의 눈을 똑바로 쳐다보았다.

신용대여. 미라는 자신이 말한 바와 같은 의미로 입에 담은 것이 아니었다. 그것은 파티의 전력강화를 전제로 고가의 아이템을 양도할 테니 멋대로 환금하지 마라, 라는 의미로 플레이어들 사이에서 쓰이던 은어였다.

"동료를 믿어주셔서 감사합니다. 이에 관해서는 제가 책임지고 보증을 하도록 하지요."

미라의 진의를 알아챈 것인지 셀로는 힘껏 고개를 끄덕이며 대답했다.

"잘 부탁하마."

미라와 셀로의 대화를, 마른침을 삼키며 지켜보던 에카르라트 카리용의 면면들은 그제야 안심했는지 미소를 지었다. 그리고 모처럼 왔으니 함께하자는 미라의 말에 따라 셀로도 그들 사이에 껴서 다시금 잔을 부딪쳤다.

〈19〉

에메라와 미라의 만남에 관한 이야기부터 시작된 담소는 책장을 넘기듯 술술 진행되어, 모두가 멋대로 주문한 요리가 전부 나왔을 무렵에는 고대신전에서 겪었던 이야기가 한창이었다.

알피나가 완전 취향이었노라고 말하는 제프. 모처럼 정령검을 빌렸는데 전혀 활약을 못했다며 주눅이 든 에메라. 미라에게는 모험가로서의 상식이 결여되어 있는 반면, 실력은 엄청났다며 웃는 아스발. 미라의 귀여움에는 한계가 없는 것 같다며 몸부림을 치는 플리카.

에메라 일행이 즐겁게 이야기하는 그 모습을 보고 있자니 미라는 모두가 믿고 따르는 셀로가 부러워졌다.

미라는 때때로 "그렇지?"라든지 "그렇게 생각하지?" 하고 동의를 구해오기에 "그렇구나" 하고 맞장구를 쳐주었지만 "미라는 제 거예요"라는 말만은 온 힘을 다해 부정했다.

신이 난 에메라 일행의 대화를 들으며 미라는 가끔씩 타쿠토의 입을 닦아주고 음료수를 추가로 주문해주며 온화한 한때를 만끽했다.

연회가 종반에 접어들자 식사보다는 술판에 가까워졌다. 대화도 계속해서 진행되어 주제는 도시로 밀려든 좀비에 대한 것으로 넘어간 상태였다.

"돌아와 보니 상황이 그 모양이라 얼마나 쫄았는지, 원."

제프는 불과 두세 시간 전에 있었던 일을 떠올리고는 감자튀김을 문 채 웃음을 터뜨렸다.

"어쩌다 그렇게 된 것인지는 모르겠지만, 저도 놀랐습니다. 하지만 가장 놀란 일을 꼽자면 역시 갑자기 나타난 일곱 명의 전쟁의 처녀들이었죠."

오늘 소동이 벌어졌을 때, 도시 방어에 진력했던 셀로는 하늘에서 꾸물대는 불온한 기척에 신경을 곤두세우고 있었다. 하지만 그것은 얼마 지나지 않아 눈부신 섬광과 함께 사라졌다. 그 원인은 미라가 소환한 발키리 자매들이었다.

처음부터 끝까지 모든 것을 목격한 셀로는 흥미가 다분히 섞인 눈빛을 미라에게 던졌다.

"그거 멋지던데. 나, 만약 술법을 쓸 수 있다면 사령술보다는 소환술이 더 나을 것 같아."

전력운운은 둘째 치고 이상 속 할렘을 망상한 제프가 생각한 바를 그대로 입에 담았다. 그리고 일동은 당연하다는 듯 동정 어린 시선을 던졌다.

이리저리 화제를 바꾸어가며 쉼 없이 떠들썩하게 이어진 대화는 우여곡절 끝에 전리품을 어떻게 할 것인지에 관한 이야기로 돌아왔다. 그 전리품에는 마동석 말고도 악마와 관련된 소재도 포함되었다.

의논을 거듭한 결과, 마동석은 머릿수대로 분배했지만 마동결정은 만장일치로 미라에게 배당하기로 했다.

악마 소재에 관해서는 전멸했다고 알려진 악마의 흔적을 차마 테이블 위에 늘어놓을 수는 없는 노릇인지라 나중에 여관방에 모여 분배하기로 했다.

이러저러하여 그럭저럭 배도 부르고 일부 멤버들은 취기가 돌기 시작한 무렵이었다. 한 남자가 춘담설의 문을 열었다.

딸랑딸랑. 경쾌한 종소리가 들려와 그리로 시선을 옮긴 아스발은 낯익은 얼굴을 발견했다.

"오, 키리크잖아. 마침 잘 왔다!"

키리크라 불린 청년은 에카르라트 카리용의 일원인 듯 보였다. 윤기 없는 검은 갑옷을 몸에 걸친 데다 무표정하여 감정을 읽기 어려웠다. 하지만 아스발이 부르는 소리에 반응하여 고개를 돌린 키리크는 아주 살짝이나마 미소를 지었다. 그 차이는 사진으로 찍어 번갈아보기라도 하지 않고서는 구분이 되지 않을 정도였지만, 오래 알고 지낸 아스발은 키리크의 기분이 좋아 보인다는 사실을 알 수 있었다.

"뭡니까, 아스발 씨. 마침 잘 왔다니요?"

키리크는 천천히 일동의 테이블까지 다가와 거의 억양이 없는 목소리로 물었다.

"오늘 전리품 중에 네게 딱 맞을 것 같은 게 있거든. 돌아오면 건네주려 했지."

아스발은 그렇게 말하며 허락을 구하듯 미라에게 시선을 보냈다. 그 시선을 따라 고개를 돌린 키리크는 미라의 모습을 보자마자 눈을 휘둥그레 뜬 채 숨을 죽였다.

"귀여워……."

키리크는 아무에게도 들리지 않을 정도로 작은 목소리로 중얼거렸다.

미라는 마침 환한 미소를 띤 채 디저트로 나온 타르트를 먹고 있었다. 그러던 중에 자신을 빤히 쳐다보는 키리크가 시야 끝에 비치는 통에 미라는 허둥지둥 태도를 바로하며 어흠, 하고 헛기침을 했다.

"그래, 그대가 에메라 일행의 동료 암기사로군?"

일단 이야기는 들었던지라 미라는 그 내용과 키리크가 지닌 용모를 통해 추측하고는 크림을 입가에 묻힌 채 가슴을 펴며 물었다.

"분명, 내가 암기사가 맞긴 한데……. 아스발 씨, 어떻게 된 겁니까?"

"네가 복이 터졌다는 뜻이야."

아스발은 자리에서 일어나 키리크의 어깨를 퍽퍽 두드리고는 셀로에게서 대형 낫을 받아, 그것을 키리크 앞에 내밀었다.

"이건……? 강한 화염의 힘이 깃들어 있는 것 같은데, 이건, 웬 겁니까."

검은 대형 낫을 본 직후, 키리크는 무언가를 느꼈는지 잔뜩 긴장한 눈치였다.

"거기 있는 아가씨의 전리품인데 필요 없으니 쓸 수 있는 녀석에게 건네줬으면 하더라고. 우리 길드에서 이걸 다룰 수 있을 것 같은 건 너 정도뿐이고. 일단 들어봐."

슬슬 팔이 무게를 견딜 수가 없게 된 것인지 아스발은 거의 떠맡기다시피 대형 낫을 키리크에게 건네주었다. 분위기에 못 이겨 받아든 키리크는 대형 낫의 압도적인 힘을 느끼고는 몸을 떨었다.

"어때, 쓸 수 있겠어?"

그렇게 묻자 키리크는 한 걸음 물러나 두 손으로 대형 낫을 쥐었다.

"이건…… 상당한 힘이 깃들어 있는 듯합니다만, 아마 쓸 수 있을 것 같습니다."

대형 낫이 손에 익어가는 감각 속에서 키리크는 날 부분을 유심히 확인하며 그렇게 대답했다.

"호오, 역시 그럴싸하군."

에메라와 아스발, 셀로가 들었을 때와는 달리 키리크는 자연스럽게 대형 낫을 장비하고 있었다. 미라는 어딘지 익숙해 보이는 그 모습을 보고는 만족스러운 미소를 지었다.

"어때, 아가씨. 이 녀석이라면 쓸 수 있을 거야. 그리고 이 녀석의 인격은 내가 보장하지. 겉보기에는 음침해 보이지만 고아원에 기부를 할 정도로 정이 많은 남자라고."

"아……. 어째서 아시는 겁니까?!"

순간, 아스발의 말을 들은 키리크는 대형 낫을 떨어뜨릴 뻔할 정도로 당황했다. 고아원에 기부를 하고 있다는 사실은 그 누구에게도 말한 적이 없는 비밀인 듯했다.

"그거, 다들 알고 있는데."

키리크의 물음에 제프가 놀리는 듯한 미소를 지은 채 대답했다. 그리고 그 자리에 있는 에카르라트 카리용의 면면들도 크게 고개를 끄덕이며 유쾌하게 웃었다.

"좋다. 그 녀석…… 키리크라 했나. 그대에게 맡기도록 하지. 정진하도록."

무표정했던 얼굴이 와르르 무너진 키리크가 얼굴을 붉힌 가운데 미라도 이자라면 문제없으리라고 납득했다.

"잘됐구나, 키리크. 인정받은 모양이다."

"저기…… 들어보고서야 알았는데, 이건 상당한 물건인데요. 정말 제가 써도 되는 겁니까?"

지금까지 써온 무기와는 명백히 격이 다른 대형 낫을 손에 든 키리크는, 너무도 갑작스러운 일에 당황한 눈치였다.

"음. 세상과 사람들에게 도움이 되는 일을 하도록."

미라로 말하자면 똑바로 키리크의 눈을 쳐다보며 그렇게 대답했다.

"감사합니다. 결코 뜻에 반하는 일은 하지 않겠다고 약속하겠습니다."

키리크는 미라의 마음을 진지하게 받아들여 그녀의 눈을 똑바로 쳐다본 채 자세를 바로하고서 깊이 고개를 숙였다.

"으……음. 천……만에?"

키리크의 진지한 태도에 당황한 미라는 애매하게 대답하며 쑥스러움을 얼버무리듯 타르트를 베어 물었다. 에메라 일행으로 말하자면, 키리크라면 이럴 줄 알았다며 웃음을 터뜨렸다.

"이렇게까지 좋은 걸 받기만 해서는 제 마음이 편하지가 않을 것 같습니다. 뭔가 답례를 하고 싶습니다만."

키리크는 대형 낫을 아이템 박스에 조심스럽게 집어넣으며 다시금 진지한 표정으로 미라에게 말했다.

"답례라 한들……."

필요 없어서 준 것뿐인 미라는 상대가 그렇게까지 말하는 바람에 당황했다. 하지만 키리크는 물러날 마음이 없는지 뜨거운 결의가 담긴 눈으로 미라를 바라보고 있었다. 여관으로 돌아왔을 때 보였던 무표정한 표정과는 딴판이었다.

"글쎄요. 저도 길드의 단장으로서 뭔가 답례를 하고 싶습니다. 이번 건으로 전력이 상당히 증가될 것 같으니까요."

"으음."

단장 셀로라는 복병이 갑자기 튀어나오는 바람에 미라는 더더욱 말문이 막혔다. 셀로 역시 이만한 은혜를 입어놓고 아무런 답례도 하지 않을 수는 없다고 생각한 것이다. 그 말에 에메라 일행도 때는 지금이라는 듯 찬성했다.

미라는 강한 의지가 담긴 눈빛을 통해 유야무야하기는 글렀음을 깨달았다. 그렇다면 뭔가 좋은 방법이 없을까 생각하다가 얼마 되지 않은 기억 속에서 적절한 사안이 있었음을 생각해냈다.

"정 그렇다면, 부탁 좀 하도록 할까."

"네, 맡겨만 주십시오."

셀로는 미라가 할 말의 내용도 듣지 않고 고개를 끄덕였다. 미라는 우선 이야기를 들어달라고 말하며 쓴웃음을 짓고서는 봉서에서 한 장의 종이를 끄집어냈다.

"지금부터 말하는 해와 날짜를 비롯해서, 그로부터 며칠 내에 사건사고와 같은 별난 일이 일어나지 않았는지 조사해줬으면 한다만. 어때, 할 수 있겠나?"

"정보 수집인가요. 우리 길드에는 첩보에 능한 멤버도 있으니 문제없을 겁니다."

셀로는 그렇게 대답하고는 상비하고 다니는 것인지, 잽싸게 펜과 메모용지를 품안에서 끄집어냈다. 그 모습을 확인한 미라는 손에 든 종이로 시선을 떨어뜨렸다.

"2117년 9월 20일. 2132년 6월 18일. 2138년 1월 14일. 이상이다. 사소한 일이라도 좋아."

말을 마친 미라는 종이를 봉서에 담아 파우치에 도로 넣었다. 잠시 후, 메모를 끝낸 셀로는 내용을 한번 확인하고서 펜과 메모를 품안에 집어넣었다.

"우리 멤버 중에서도 실력이 빼어난 자들에게 부탁하도록 하죠. 그리고 이 날짜에 어떤 의미가 있는지는 모르겠지만, 알아낸 정보는 결코 누설하지 않겠다고 맹세하겠습니다."

"그래주면 고맙겠군."

알카이트 왕국의 최중요 인물인 아홉 현자에 관한 일이었다. 일개 모험가 길드에 부탁할 만한 일은 아닌 듯했으나 섣불리 국가의 첩보원을 동원하는 것보다는 이렇게 하는 편이 다른 일로 위장할 수 있으니 차라리 나을지도 모른다. 말하고 난 뒤에야 그렇게 생각한 미라야말로 이 일의 중대성을 진정으로 모르는 사람 같았다.

한바탕 교섭을 마치고 하잘 것 없는 주제로 담소를 나누던 중, 가게에 마련된 괘종시계가 밤 아홉 시를 알렸다. 은은히 울리는 그 소리에 귀를 기울이며 미라는 시곗바늘을 확인했다.

"벌써 이런 시간인가. 타쿠토, 상당히 늦어졌다만 할아버지께는 몇 시에 들어가겠다고 하고 온 게냐?"

타쿠토는 부모님과 헤어지고 나서는 할아버지의 집에서 신세를 지고 있다고 했다.

"그건 걱정 안 해도 돼. 예정대로 됐다면 지금쯤 고대신전에서 야영하고 있었을 테니까. 할아버지한테는 똑바로 내일 돌아갈 거라고 말하라고 해뒀어. 그치, 타쿠토 군?"

에메라는 빈틈없다며 가슴을 젖혔다. 고대신전 네뷸러폴리스는 일반적으로 당일치기로 공략할 수 있는 것이 아니었다. 그러므로 에메라도 당연히 그런 전제하에 준비를 해두었고, 타쿠토에게도 그렇게 일러둔 모양이었다.

하지만 에메라의 말과는 정반대로, 타쿠토의 낌새가 영 이상했다. 조금 전까지는 즐거워 보였지만 지금은 거북한 듯 시선을 이리저리 굴리고 있었다.

"설마, 아무 말도 않고 온 게냐?"

미라가 다시 한 번 묻자 타쿠토는 몸을 움찔하더니 겁먹은 표정으로 미라를 보았다. 낌새로 보아 할아버지에게는 아무 말도 하지 않은 것이 분명해 보였다.

미라는 턱 끝을 손가락으로 쓸며 한숨을 흘리더니 타쿠토의 눈을 가만히 쳐다보았다. 타쿠토도 이 일에 관해서는 잘못했다고 생각하는 것인지 어깨를 축 늘어뜨렸다.

"부모님이 죽었다는 이야기를 들었을 때 슬펐던 것은 타쿠토, 그대뿐만이 아니었을 게다. 그대의 할아버지도 같거나, 그 이상으로 슬펐을 게야."

"네……."

"그런 가운데 그대까지 걱정을 끼치면 어쩌자는 게냐. 그대는 할아버지를 슬프게 하고 싶은 게냐?"

미라가 엄하고도 다정하게 말하자 타쿠토는 말없이 고개를 가로저어 답했다.

"그렇지? 외출할 때는 제대로 행선지를 말하고 나서 외출하도록. 약속한 게다?"

미라는 그렇게 말하며 풀이 죽은 타쿠토의 머리를 다정하게 쓰다듬으며 살며시 미소 지었다.

"네!"

타쿠토는 그 말을 가슴에 새기며 고개를 끄덕였다.

"착하구나."

미라의 품에 안긴 타쿠토는 그 온기에 까마득한 기억 속에 파묻혀 있던 어머니를 떠올렸다.

"누나 모드 미라…………!"

"분위기 파악 좀 하자."

에메라는 거친 콧김을 몰아쉬며 두 사람을 뜨거운 시선으로 바라보는 플리카를 능숙한 손놀림으로 제압했다.

"플리카처럼 불순한 의도가 있어서는 아니고, 미라는 뭔가 가끔씩 보면 어른스럽단 말이지.”

“오, 뭐냐, 로리콤. 그건 자신에 대한 변명이냐?”

“어라~? 그 얘기 계속 질질 끌기야~~?!”

쓸데없이 상쾌한 눈으로 제프가 말하자 아스발이 지체 없이 새로운 칭호를 끄집어내며 씩 웃었다.

“그 이야기는 자세히 듣고 싶군요.”

“제프 씨, 가슴 큰 여자를 좋아하지 않았습니까?”

불명예도 이런 불명예가 없다는 듯 머리를 싸쥔 제프에게 셀로와 키리크가 추가 공격을 가했다. 은근슬쩍 성적 취향까지 폭로되고 말았다. 결과, 며칠도 채 되지 않아 제프의 부끄러운 칭호는 에카르라트 카리용 멤버 전원에게 퍼져나갔다.

“자아, 말을 꺼낸 사람은 이 몸이니 책임지고 타쿠토를 바래다주기로 할까.”

미라는 그렇게 말하며 타쿠토의 손을 잡고 일어났다. 하지만 곧장 제지하는 목소리가 터져 나왔다.

“아가씨. 분배가 안 끝난 소재가 하나 더 있는데, 어쩔까.”

아스발이 말한 것처럼 악마의 소재 배분이 아직 끝나지 않았다. 하지만 미라에게는 그다지 필요도 없는 소재였던지라 필요없다고 하면 그만이었지만, 다른 면면들이 그렇게는 안 된다고 눈으로 말하고 있었다.

“그럼, 타쿠토를 보낸 뒤에 다시 돌아오도록 할까.”

"그렇다면 제가 바래다드리도록 하죠."

미라가 타협안을 제시한 직후, 셀로가 가장 먼저 배웅하기를 자청했다. 그는 고대신전에서 있었던 일에 관한 모든 보고를 받은 것인지, 공공연히 내보일 수 없는 악마 소재를 어떻게 할 것인지 정하지 못했다는 것도 아는 눈치였다.

"아니, 하지만."

애초에 발단은 미라 본인이 데리고 가기로 약속했던 것이었다. 이번 일과는 무관한 셀로에게 수고를 끼칠 수는 없는 일이다. 미라가 그렇게 거절하고자 한 순간, 키리크도 자리에서 일어났다.

"저도 함께 가겠습니다. 이 정도로 은혜를 갚을 수 있으리라고는 생각지 않지만, 조금이라도 돕게 해주십시오. 게다가 단장과 제가 함께하면 안전할 겁니다. 안심하십시오."

키리쿠의 말대로 이 두 사람이라면 설령 좀비가 또다시 밀어닥친다 해도 타쿠토는 안전할 것이다. 하지만 미라는 현재, 타쿠토의 보호자를 자처하고 있었다. 그런 탓에 그 의무를 다른 사람에게 맡기는 것은 좀 그렇지 않나 싶어 꺼려졌다.

"미라 혼자 바래다주러 가면 또 오해받아서 끌려올 것 같은데."

에메라의 그 말에는 놀리는 듯한 빛이 서려 있었다. 하지만 미라에게 있어 그것은 불명예스럽기 그지없는 일이라 해도 과언이 아니었다.

결과적으로 미라는 성대하게 고개를 떨구며 승낙했다.

"미라 누나, 에메라 누나, 아스발 아저씨, 플리카 누나, 제프형. 고맙습니다. 지금은 할 수 있는 일이 별로 없지만, 언젠가는 보답할게요."

타쿠토는 허리를 꼿꼿이 펴더니 깊숙이 고개를 숙였다. 그리고 길고 긴 인사를 마친 타쿠토의 얼굴에는 감사뿐 아니라 강한 동경의 빛도 담겨 있었다. 그것은 작은 변화였으나 얼마 전까지와는 명백히 다른, 한층 성장한 소년의 얼굴이었다.

"그럼 또 보자. 타쿠토 군."

"모험가가 되면 다음에 내가 모험가의 마음가짐이란 걸 이것저것 가르쳐주지."

"마술사를 선택하면 저도 뭔가를 가르쳐드릴 수 있을지도 몰라요. 언제든 물어보러 오세요."

"아저씨……."

에메라 일행은 한꺼번에 타쿠토의 머리를 마구 쓰다듬었다. 그로 인해 단숨에 긴장이 풀린 타쿠토는 나이에 걸맞은 미소로 "네!" 하고 대답했다.

"그, 뭣이냐……. 할아버지께도 부모님은 살아 있다고 전해주거라. 분명 기뻐할 게야. 그리고 그대에게는 세 가지 술사가 될 수 있는 가능성이 있음이 밝혀졌다. 이 몸이 왈가왈부할 일은 아니다만, 모처럼 재능을 갖고 태어났으니 만약 그중 하나를 목표로 하겠다면, 은의 연탑으로 찾아오거라. 환영하마. 하지만 꼭 할아버지와 차분하게 이야기해봐야 한다."

미라가 고개를 비집어 넣다시피 해서 머리를 쓰다듬자 타쿠토는 최고의 미소를 지은 채 "네!" 하고 대답했다.

타쿠토는 다시 한 번 은인들의 모습을 눈에 새기려는 듯 둘러보았다. 그곳에 있는 것은 아무리 감사의 말을 거듭해도 부족할 훌륭한 모험가들이었다.

미라와 만난 결과, 소중한 사람들이 잔뜩 생겼다. 그런 행운으로 맺어진 인연에 한껏 감사하며 타쿠토는 할아버지의 집으로 돌아갔다.

"미라! 타쿠토 군도 타쿠토 군이지만 나도 환영해줘!"

타쿠토가 돌아간 직후, 플리카는 조금 전 미라가 내뱉은 믿기 힘든 말을 덥석 물고 늘어졌다. 바로 은의 연탑에 오면 환영하겠다는 말이었다.

은의 연탑은 알카이트 왕국뿐 아니라 대륙을 통틀어 최대의 술법연구 기관이었다. 다소의 관록을 쌓은 정도로는 그곳에 들어갈 수 없다. 실력, 그리고 응용력까지 갖춰야 하는 등 그야말로 넘어야 할 산이 한둘이 아니기 때문이다.

일류 모험가 정도는 콧방귀를 뀌며 문전박대하는 그곳은 초일류 이상의 술사가 밤낮을 가리지 않고 연구에 몰두하는, 말하자면 괴짜들의 소굴이었다. 그것이 바로 은의 연탑이라는 장소였다.

미라의 표면상 입장은 소환술의 탑의 최고위인 덤블프의 제자였다. 또한 탑에 들어가기 위한 조건을 충족했다는 사실은 악마와의 전투만 보아도 의심할 여지가 없으리라. 매우 당연하다는 투로 환영하겠다고 말하는 것으로 미루어, 미라는 이미 은의 연탑에서 상당한 영향력을 가지고 있는 것이라고 플리카는 생각했다.

동경하던 은의 연탑. 술사인 플리카에게 있어 그곳은 성지라 할 수 있는 장소였던 것이다.

"미라 님, 잠깐 구경만이라도 시켜주세요! 제~바~알~요~오!"

무릎 꿇고 빌기 직전의 자세로 매달린 플리카는 처음으로 미라를 정욕 이외의 것이 담긴 시선으로 바라보았다. 현재 그녀의 눈은 술사로서의 호기심과 선망으로 가득했다.

"알겠다, 알았어. 시간이 나면 안내해주마. 그러니 빨리 놓지 못할까!"

지금까지의 플리카는 먹잇감을 노리고 덤벼드는 짐승 같았다. 하지만 지금은 먹잇감을 잡고 난 뒤 같은, 놓치지 않겠다는 기백이 뿜어져 나오고 있었다. 달아날 수 없을 듯한 집념 같은 것을 느낀 미라는 반강제로 그렇게 약속할 수밖에 없었다.

"미라야, 사랑해!"

미라의 허가를 얻자 감정이 고조된 플리카는 결국 미라를 끌어안으려 들었고 이미 예상하고 있었던 에메라의 손에 격추 당했다.

그러고 나서 이 일은 언제고 타쿠토와 함께 상의하라는 방향으로 매듭이 지어졌다.

모든 일이 일단락되고 연회도 끝나자 미라 일행은 여관 2층 구석에 자리한 제프의 방에 모였다.

"자아, 다시 소재 분배 타임~."

제프는 아이템 박스에 집어넣어뒀던 악마 소재를 몽땅 테이블 위에 늘어놓기 시작했다. 구불구불한 두 개의 뿔, 검고 광택이 나는 여덟 개의 손톱, 칠흑빛 표피, 그리고 두 개의 날개.

모든 것들이 불길한 분위기를 내뿜고 있어, 에메라는 저주라도 걸려 있는 것이 아닐까 싶었는지 다소 뒤로 빠져 있었다. 그러한 것을 간파할 수 있는 플리카가 아무 말도 하지 않는 것을 보면 문제는 없을 것이라는 사실을 머리로는 알았지만, 그리 쉽게 딱 잘라 생각할 수 있는 문제는 아니었다.

"그나저나 이렇게 다시 보니…… 뭐랄까, 굉장하구만."

아스발은 한숨 섞인 말투로 말하며 악마 소재를 노려보았다.

"그러게요. 이 손톱에 깃든 마력만 해도 상당하고요. 힘의 방향성으로 미루어 화염이 담겨 있는 듯 보이니, 이걸로 술식장비를 작성하면 상당히 강력한 물건이 완성될 거예요."

플리카는 악마 소재 중 손톱 하나를 집어 들며 자세히 살펴보듯 눈을 지그시 뜬 채 말했다.

"화염 속성검……!"

플리카의 말에 가장 빨리 반응한 것은 멀찌감치 떨어져 상황을 지켜보던 에메라였다.

도검류에 필요 이상의 집착을 보이는 에메라는 지금까지의 부정적인 감정 같은 것은 저 먼 곳으로 날려버리고는, 테이블 위에 어지럽게 널려 있는 악마의 손톱을 보며 눈을 반짝였다.

"자아, 우선 이것들을 분배해야 하는데…… 미라, 정말 이것도 받아도 되겠어? 악마 해치울 때는 우리 정말 아무런 도움도 안 됐는데."

"으…… 그랬었지."

벌써 몇 번째 반복하는 문답인지조차 모르겠다. 한껏 들떠 있던 에메라는 제프의 말을 듣고 현실로 돌아왔다. 악마는 자신들이 이길 수 있는 상대가 아니었다. 이기기는커녕 미라가 없었다면 지금쯤 차가운 주검이 되어 아무도 모르게 지하묘지에 매장되어 있으리라는 것을, 에메라 일행은 잘 알고 있었다.

"끈질기기도 하군. 그렇게 신경이 쓰인다면 아까 이 몸이 부탁했던 일을 그대들도 기억해두거라. 아주 사소한 것이라도 좋으니 지금은 정보가 필요해서 말이지. 지금의 이 몸에게는 그것만큼 간절한 것이 없다."

미라의 그 말에 제프와 아스발은 얼굴을 마주 보더니 역시 그렇구만, 하고 어깨를 으쓱했다. 플리카는 미라가 날짜를 읊을 때 셀로와 함께 메모를 해뒀던지라 원래부터 그럴 생각이었노라고 가슴을 펴며 말했다.

"맡겨만 줘!"

근거는 없지만 의욕은 넘치는지 에메라는 광채를 되찾은 눈으로 자신만만하게 대답했다.

"뭐어, 어쨌든. 아가씨, 이 중에서 가지고 가고 싶은 걸 마음껏 가져가. 남은 걸 우리끼리 나눌 테니까."

"……흠, 그러지."

미라는 그렇게 대답하고는 테이블 위를 흘끗 쳐다보았다.

칠흑빛 표피는 경갑류로 가공하는 것이 제일이겠고, 악마의 손톱은 술구나 술식장구, 악마의 날개는 방어구 전반에 유용하게 쓰이는 소재다.

하지만 미라는 그것들이 필요 없다고 판단했다. 미라와 상성이 좋은 소재가 단 하나도 없었기 때문이다.

"그럼 이 몸은 이걸 가져가도록 할까. 나머지는 그대들 마음대로 해라."

미라는 그렇게 말하며 두 개의 뿔을 집어 들었다.

"아가씨, 그것만 가져가도 되겠어? 사양할 것 없어. 우리 입장으로는 하나만 가져가도 충분하고도 남는 보수니까."

뿔을 두 개 골랐을 뿐, 다른 것은 필요 없다고 단언한 미라에게 아스발이 물었다. 전멸했다고 여겨지고 있는 악마 소재는 지금 상당히 비싼 값으로 거래되고 있는 물건이었다. 현재 유통 중인 악마 소재는 고전장(古戰場)이나 유적, 오래된 지층 등에서 드물게 발굴되는 정도였다. 그에 반해 눈앞에 있는 소재들은 당연히 몹시 상태가 좋았다. 그 가치는 모르기는 몰라도 상당할 것이다.

"이거면 충분해."

물론 미라가 선택한 악마의 뿔도 상당히 귀한 물건이었지만, 다른 것들보다 정련기술과의 상성이 좋았다.

"뭐어, 미라가 그렇다니 그런 줄 알자고. 그럼 우리도 나누도록 해볼까."

미라는 정말로 더 이상 아무 것도 필요 없는 모양이라고 판단한 제프가 테이블로 시선을 떨어뜨리며 말했다. 그와 거의 동시에 테이블 위로 뻗어 나온 손이 악마의 손톱을 움켜 집더니 물러났다.

"부단장……."

제프와 아스발, 플리카가 에카르라트 카리용 부단장인 에메라를 싸늘한 눈빛으로 쳐다보았다. 화염 속성검 이야기가 나왔을 때부터 잔뜩 들떠서 악마의 손톱을 호시탐탐 노리고 있었던 것이다. 마치 '기다려'라는 지시를 받은 개처럼.

"어…… 하지만, 이제 집어도 되는 거잖아?"

에메라는 도검류에 관한 일이라면 평소 보이던 믿음직한 누나 같은 모습은 오간데 없어지고 맹목적인 사람이 되어버렸다. 그런 상태의 그녀의 머릿속에 사양이라는 두 글자는 없었다.

결과적으로 에메라는 손톱을 다섯 개, 아스발은 표피, 플리카는 날개, 제프는 손톱 세 개와 약간의 표피를 가지기로 하여 분배 작업은 끝이 났다.

"그럼 돌아가보도록 할까. 꽤 즐거웠다."

타이밍을 헤아리던 미라가 그렇게 말하자 에메라 일행은 나란히 일어나서 미라에게 묵례했다. 갑작스러운 일에 놀란 미라는 멍한 표정으로 네 사람을 바라보았다.

"우리가 살아 있는 건 미라 덕분이잖아. 다시 한 번 제대로 인사할게. 고마워."

꽃 같은 미소를 지은 채 그렇게 말한 에메라의 눈동자에는 강해지고 싶다는 절실한 의지가 담겨 있었다.

"고마워, 아가씨. 이런 선물까지 주고."

아스발은 칠흑빛 표피를 툭툭 두드려 보이며 쾌활하게 웃었다.

"정말 고마웠어요, 미라. 이 은혜는 언젠가 반드시 갚을게요. 가능하면 연락처 좀 가르쳐……."

"나도 말이야, 덕분에 이것저것 떨쳐낼 수 있었어. 고마워."

플리카의 말을 에메라가 중간에 자르자 제프가 지체 없이 말을 이었다.

"뭐냐, 감사 인사를 받을 만한 일도 아니거늘."

새삼 감사의 말을 듣자 미라는 더더욱 부끄러워져 시선을 이리저리 돌렸다. 그 뺨은 적절히 붉게 물들어 있었고, 아주 싫지는 않은 듯한 미소를 짓고 있었다.

"미라, 귀여워!"

물론 그 모습에 플리카가 견딜 수 있을 리가 없었던지라 일련의 흐름을 거쳐 여관방에서의 담화는 막을 내리게 되었다.

〈20〉

밤이 깊어지자 떠들썩했던 길거리는 가만히 조용한 어둠으로 물들기 시작했다. 그에 반해 무수한 별들이 반짝이는 하늘은 한층 더 떠들썩해졌다.

에메라 일행과의 작별을 마친 미라는 여관을 뒤로하여 그런 카라낙의 밤길로 나섰다. 길을 지나는 사람은 드물었고, 그중 절반은 순찰을 도는 경라 기사였다.

"바래다드리죠, 미라 씨."

그렇게 말을 걸어온 것은 셀로였다. 그는 여관의 정면에 자리한 가로등 아래에 서서 미라가 나오자마자 미소를 지으며 다가왔다.

"되었다, 라고 하고 싶다만 그대와는 다소 이야기하고 싶은 일이 있으니 말이다."

에카르라트 카리용의 단장, 셀로. '조사' 할 수가 없는 그는 미라와 솔로몬 일행과 마찬가지로 플레이어 출신일 가능성이 컸다. 그리고 그것 사실을 알아챈 것은 셀로 역시 마찬가지이리라.

말의 이면에 숨은 셀로의 진의를 알아챈 미라 역시 바라던 바라는 생각에 고개를 끄덕이고는 씩 웃었다.

의견이 일치함을 확인한 두 사람은 의기양양하게 나란히 서서 밤길을 걸었다.

규칙적으로 늘어선 가로등은 아련한 빛으로 대로의 윤곽을 희미하게 부각시키고 있었다. 조금 전에 있었던 소동 탓인지 드문드문 불빛이 꺼져 있어 그만큼 산더미처럼 쌓인 좀비가 내뿜는 으스스한 분위기가 두드러져 보였다.

하지만 미라와 셀로는 그런 것은 전혀 개의치 않고 걸음을 옮겼다.

"자, 제가 바래다드리겠다고 한 진짜 이유를 이미 알아채신 모양이군요."

대로를 얼마간 걸은 참에 셀로는 그렇게 말하며 미라를 바라보았다. 그 목소리에는 어쩐지 즐거운 듯한 빛이 서려 있었고, 그 얼굴에는 옛 친구를 추억하는 듯한 감정이 떠올라 있었다.

미라는 내키지는 않았지만 그런 셀로의 얼굴을 올려다보고는 당연하다는 듯 가슴을 젖혔다.

"그대도 이 몸도, 플레이어 출신이라는 이야기를 하기 위해서일 테지."

"네, 맞습니다. 그러니 속 시원하게 이야기해보지요."

셀로는 살짝 고개를 끄덕이더니 그늘 없는 미소로 그렇게 긍정했다. 그는 중성적이고도 매우 단정하게 생겨서 그 미소는 대부분의 여성을 홀릴 정도로 매력적으로 보였다.

하지만 미라는 개의치 않고 그저 자신만만하게 "좋지" 하고 진지한 표정으로 말을 받았다.

"미라 씨는 이 세계에 온 지 얼마나 되셨습니까?"

"아직 일주일 정도이려나."

셀로가 있는 덕인지 경라 기사들은 말을 걸어오지 않았고, 미라는 느긋한 걸음걸이로 밤길을 걸었다.

"역시 최근이었군요."

미라가 전이된 것은 최근이리라고 예상했던 셀로는 납득했다는 듯 그렇게 중얼거렸다. 그도 그럴 것이 이 세계에 있는 플레이어 출신자들은 뭔가 한 가지쯤은 뛰어난 능력을 지니고 있기 마련이었고 셀로는 그들 대부분을 파악하고 있었기 때문이다. 백작급의 악마를 압도할 수 있는 자라면 그중에서도 손에 꼽을 정도로 적었다.

최근 30년 동안 플레이어 출신자가 갑자기 이 세계에 나타나는 일은 수차례 확인된 바 있었다. 그렇다면 그쪽에 무게를 두고 생각하는 편이 좋으리라고 셀로는 가늠하고 있었던 듯했다.

"그런 것치고는 상당히 차분해 보이는군요. 저는 그 무렵 원래 세계로 돌아갈 방법을 필사적으로 찾아다녔는데."

셀로는 어쩐지 씁쓸한 말투로 어렸을 적의 이야기를 하는 사람처럼 쑥스러움을 내비치며 살며시 웃었다.

"글쎄. 경우에 따라서는 이 몸도 그랬을지도 모르지."

살며시 눈을 가늘게 뜬 미라의 머릿속에 자연스럽게 친구들의 모습이 떠올랐다.

원래 세계로 돌아갈 방법. 그것은 미라도 생각했던 적이 있었다. 하지만 얼마 지나지 않아 생각을 그만두었다. 이유는 솔로몬과 루미나리아였다.

미라는 두 사람과 잡담을 할 때 그에 관해서도 한 번 물어본 적이 있었다. 그에 대한 대답은 '보다시피'였다.

30년이 지난 지금도 원래 세계로 돌아갈 방법은 발견되지 않았다. 그렇지 않았다면 솔로몬은 30년, 루미나리아는 20년이나 이 세계에 머물러 있지 않았을 것이다.

"친구가 있었던 덕이지."

두 사람이 있고, 두 사람과 이야기를 할 수 있었으며 두 사람에게 이런저런 것들을 배우지 않았다면 지금도 혼란에 빠져 있었으리라. 미라는 그런 두 사람에게 고마움을 느끼면서도 자신이 한 말이 어쩐지 부끄러워져 그것을 얼버무리듯 쓴웃음을 지었다.

"친구, 말씀이신가요. 먼저 이 세계에 와 있던 친구분 말씀이시군요. 그것 참 마음이 든든하셨겠군요. 굉장히 잘 이해됩니다."

자신도 그런 경험이 있는 모양인지 셀로가 감개무량하다는 말투로 동의하자 미라는 콧방귀를 뀌며 "뭐어, 지금은 그 친구에게 호되게 부려 먹히고 있는 중이다만" 하고 장난스러운 말투로 말했다.

"그나저나 일주일 내에 친구를 만나시다니 운이 좋으셨군요. 저는 이런저런 일이 있어서 1년이 걸렸습니다."

"그렇게 오래? 하긴, 이 몸이 왔을 때는 탑 근처였으니 말이지. 친구가 있는 장소도 금방 알 수 있었고 말이야."

이 세계에서의 생활이 시작된 장소. 그곳이 전혀 다른 곳이라 숲속 깊은 곳이었다면 근처 도시로 가는 것만 해도 고생이 이만저만 아니었으리라.

"탑, 말인가요? 탑이라면 은의 연탑을 말씀하시는 거겠죠. 아아, 그러고 보니 덤블프 씨의 제자분이라고 하셨던가요. 그래서 근처에."

"그런, 셈이지."

셀로가 그 칭호를 입에 담자 미라는 미묘하게 경직된 표정으로 대답했다.

플레이어 출신자인 셀로라면 덤블프 본인에 관해서도 알고 있을지 모른다. 섣부른 소리를 했다가는 정체가 들통 나, 덤블프의 위엄이 실추될 우려가 있었다. 미라는 즉시 그런 사태는 피하고 싶다는 생각에 미리 준비해두었던 변명 몇 가지를 머릿속에 나열해보았다.

"덤블프 씨뿐 아니라 현자에게 제자가 있었다는 이야기는 당시에 들어본 적이 없었는데……. 혹시 실친(현실세계에서의 지인) 같은 겁니까?"

현자의 제자를 자칭하는 가짜는 있었지만 미라만큼의 실력을 갖춘 데다 덤블프의 독자적인 전투 스타일까지 재현한 자는 처음이었다. 그럼에도 게임 시절에 그 존재를 시사하는 정보는 전무했던 것이다.

소환술사와 선술사. 미라는 다른 클래스의 전용 '술법'과 '스킬'을 습득할 수 있는 '세컨드 클래스'라는 특수기능까지 습득했다는 사실을 에메라 일행의 이야기를 들은 덕에 셀로는 알고 있었다.

강력한 기능일수록 공언하지 않고 자신의 우위성을 확보하기 위해 감춰두는 것은 상투적인 수법이라 할 수 있었다. 그 사실은 셀로 역시 잘 알고 있었다.

그런 특수기능을 공유한 두 사람은 대체 어떠한 관계일까. 그렇게 생각한 셀로는 원래 세계에서 인연이 있었던 것이 아닐까 하는 생각에 도달했다. 원래 세계에서부터 강한 인연으로 엮여 있던 사이라면 미라와 덤블프의 전투방식이 같은 것도 납득이 가기 때문이다.

"아. 설마 미라 씨가 덤블프 씨인 건 아니겠죠?"

셀로는 한 가지 더 생각이 났다는 듯 농담이라도 하는 듯한 말투로 그렇게 말했다. 하지만 미소를 띤 그 얼굴은 어쩐지 진지해 보여, 미라의 마음속을 훤히 들여다보고 있는 것만 같았다.

'완전 정답이다~! 어쩐다?! 아니아니, 녀석의 말투로 미루어 농담이랍시고 한 걸 테지. 그렇다면 이 몸도 농담으로 웃어넘기는 게 정답인가? 아니면 바로 맞췄다고 말하며 웃으면 농담으로 받아들여줄까? ……정답은 무엇이냐~!'

진실을 콕 집어 말하는 통에 미라는 말없이 애플오레를 꺼내 마시는 등, 아무렇지 않은 척 미소를 유지하기 위해 노력했다. 그리고 땅바닥을 데굴데굴 구르고 싶은 충동을 억누르며 머릿속으로 한바탕 논쟁을 벌인 뒤 결심을 굳히고서 입을 열었다.

"……그럴 리가 있나. 실친이다. 현실 쪽에서 이것저것 배워서 말이지. 게임 속에서는 기본적으로 별도로 행동했고 로그인 시간도 불규칙적이었으니 이 몸을 모르는 것도 무리는 아니고말고."

상당히 무리가 있는 설명이라는 것은 알았지만 미라는 자신이 동요했다는 사실을 들키지 않기 위해 냉정한 척 즉흥 설정을 늘어놓았다.

"아하, 그런 거군요."

셀로는 딱히 추궁하지 않고 미라의 설명을 받아들였다.

'납득……해준 모양이군……?'

미라는 조심스럽게 셀로의 얼굴을 들여다보았으나 이렇다 할 모멸의 빛은 보이지 않았다. 그 모습을 통해 어찌어찌 변명이 통했구나, 하고 가슴을 쓸어내렸다. 그런, 노골적으로 안심한 낌새를 풍기는 미라의 모습을 셀로는 무척 따뜻한 눈으로 바라보고 있었다.

"이 몸은 둘째 치고, 그대 이야기를 들려다오. 이 세계에서 플레이어는 어떻게 살고 있는지."

이 이상 자신에 관한 이야기를 하면 곧장 입이 미끄러질 것 같다고 생각한 미라는 화제 전환을 꾀했다. 대신 제안한 화제는 매우 신경이 쓰였던 사안이었다.

솔로몬과 루미나리아는 다소 특수한 생활환경에 있다고 할 수 있으리라. 미라는 그와는 달리, 넓은 세계를 넘나드는 '모험가'의 생활이 신경 쓰였다.

"글쎄요. 우선 저는 시작의 날로부터 열흘 후에 왔습니다."

"흠. 시작의 날이라?"

"아직 못 들으신 모양이군요. 시작의 날이라는 것은 게임이 현실이 된 날. 2116년 9월 14일을 말합니다. 아무래도 지금 있는 플레이어는 모두 그날에 로그인을 한 모양입니다."

"9월 14일이라. 분명, 이 몸도 그날이었지."

미라는 어렴풋한 기억을 더듬어 과금 아이템의 기한이 얼마 남지 않았음을 알리는 메일이 도착한 날짜를 떠올렸다. 그 날짜가 13일. 요컨대 시작의 날의 전날이었다.

"30년이나 지났는데도 역시 그랬군요. 플레이한 날은 같은데도 이 세계에 나타난 날에 큰 차이가 난다. 이 차이는 어디서 비롯된 걸까요."

"듣고 보니, 어떻게 된 일일는지."

그렇게 답한 미라는 아주 잠시 시차에 관해 생각해 보았다. 하지만 30년이 지났음에도 답이 나오지 않은 의문이 갑자기 풀릴 리는 없는지라 잽싸게 생각하기를 포기했다.

"처음에는 당황했습니다. 갑자기 공기가 생생하게 느껴지더니 마물과의 전투에서 부상을 당하면 아파서 견딜 수가 없었죠. 영문을 알 수가 없어서 로그아웃을 하려 해도 그 메뉴가 사라져 있기까지 했고요. 그때는 꽤나 초조했었죠."

당시의 일이 생각났는지 셀로는 어딘지 먼 곳을 바라보듯 눈을 가늘게 떴다.

"그 후, 서둘러 근처 마을로 달아나서 얼마간 멍하니 있었습니다. 지인은 근처에 아무도 없었고 혼자서 어떻게 할까 싶어서 망연자실해 있었는데, 그러던 와중에 말을 걸어준 여성이 있었죠. 그건 프렌드도 아니거니와 저와 같은 상황에 처해 당황한 플레이어도 아니었습니다. 그 여성은 제가 지금까지 눈길조차 주지 않고 지나쳤던 NPC였죠."

셀로는 그렇게 말하며 그립다는 말투로 말을 이었다.

당시, 당혹감과 피로감 탓에 셀로의 안색이 상당히 좋지 않았던 모양인지, 그를 본 여성은 걱정이 되어 말을 걸었다고 한다.

지금까지 전혀 본 적이 없었던 NPC의 행동에 셀로는 놀랐지만 기진맥진해 있던 그는 그 다정함에 몸을 맡겨 여성의 집에 머물게 되었다.

집안일을 돕거나 도로며 마을 주변에 출현하는 마물을 퇴치하며 1년 정도를 보냈을 무렵, 셀로는 이 생활이 현실이라는 사실을 비로소 진심으로 이해했다고 한다.

그러자 갑자기 마음속에 빛이 밝혀졌다고 한다. 그것은 작은 빛이었지만, 셀로는 그것이 매우 소중한 것처럼 느껴졌다고 한다.

그날부터 셀로는 마물로 인한 피해를 줄이기 위해 젊은이들에게 싸우는 방법을 가르치기 시작했다.

주먹구구식으로 시작한 일이었던지라 형태를 갖추기까지는 상당한 시간이 걸렸다는 모양이었다. 하지만 고생한 보람이 있었는지 셀로가 조직한 토벌대의 활약으로 마물로 인한 인적피해는 없어졌다고 한다.

그렇게 마을에서의 생활이 일단락되자 셀로는 여행에 나섰다. 같은 경우에 처한 플레이어를 찾는다는 목적도 있었으나 더욱 사람들에게 도움이 되는 일을 하고 싶다는 생각에서였다.

그것은 마을에서의 생활이, 마을 사람들의 다정함이 셀로의 마음을 움직인 결과였다.

거기까지 이야기한 셀로는 일단 말을 끊고는 기억 속에 있는 밤하늘을 떠올리며 하늘을 올려다보았다. 셀로의 이야기는 독백 같으면서도 타인에게 감정을 직접 부딪쳐오는 듯한 열량을 띠고 미라에게 다가왔다.

"그런 자기만족을 위해 시작한 여행이었지만, 어이가 없을 정도로 빨리 다른 플레이어들의 상황을 알 수 있었습니다. 제가 있던 마을은 상당히 시골이었던 모양이더군요. 산 너머에 자리한 좀 더 큰 도시에 모험가 종합조합이 있기에 들어가 봤더니 우연히 그곳에 있던 프렌드와 만날 수 있었습니다. 그땐 정말 놀랐었죠. 그 프렌드에게 이런저런 것들을 배웠습니다. 수많은 변화와 일어난 사건들을 들은 결과, 모험가 종합조합은 그야말로 제가 하고 싶은 일을 할 수 있는 장소라는 사실을 알 수 있었습니다. 너무도 기뻐서 바로 등록해버렸죠. 그 후로는 수많은 의뢰를 받으며 은혜를 갚기 위한 여행을 계속했습니다. 그러던 중에 제게 공감해주는 동료들이 생겼죠. 미라 씨도 잘 아시는 아스발과 에메라, 두 사람 말입니다. 얼마간은 그렇게 셋이서 여행을 했습니다만, 서서히 공감해주는 동료들이 늘어나서. 그래서 결심을 굳히고 만든 것이 지금의 길드입니다."

셀로는 그렇게 이야기하며 기쁜 듯 웃음소리를 흘리더니 품속에서 작은 심홍색 방울을 끄집어내 딸랑, 하고 울렸다.

"오호라. 친구가 근처에 있었던 이 몸이 말하자니 좀 그렇다만. 손을 내밀어주는 자와 만나고, 공감해주는 자들과 만난 그대도 상당히 운이 좋았군."

셀로가 고생 끝에 도달한 답은 잘못된 것이 아니리라. 미라는 진심을 담아 칭찬하듯 그렇게 말하고는 아주 살짝 입가를 치올렸다.

"그렇죠……. 당시에도, 그리고 지금도 저는 인복이 있는 것 같습니다."

셀로는 당당하게 허리를 펴더니 자랑스럽게 웃었다.

에카르라트 카리용의 결성. 그것은 오로지 셀로의 신념에 감명을 받은 자들이 자연스럽게 모여든 결과였다. 본인은 자기만족이라며 쓴웃음을 지었지만 그것은 아무나 할 수 있는 일이 아닐 것이다.

미라는 셀로의 신념에 감동하여 맞장구를 쳤다. 그리고 한편으로는 셀로가 이렇게까지 상세하게 이야기를 해준 이유가 어렴풋이 짐작이 되었다.

"지금은 멤버들도 늘어나서 할 수 있는 일도 대폭 늘었습니다. 하지만 그럼에도 저희가 구할 수 있는 것은, 이 손이 닿는 범위의 사람들뿐입니다. 아무리 필사적으로 손을 뻗어도 붙잡지 못하고 흘러내린 적이 몇 번이나 있었습니다. 너무도 분해서 더욱 폭넓게, 더욱 멀리까지 닿는 손이 있었으면 하고 바란 적이 한두 번이 아니죠."

진심으로 분한 듯 손안에 든 방울을 바라보던 셀로는 결심을 굳혔는지 본심을 털어놓았다.

"미라 씨, 제 길드에 들어와 주시지 않겠습니까."

간결하게, 하지만 만감을 담아서 셀로는 그 말을 입에 담았다.

'흠, 역시 그러했군.'

가로등 불빛 아래, 미라가 똑바로 마주 본 그의 얼굴에는 절실한 진지함이 배어나 있었다. 그만큼 구하지 못한 것에 대한 후회가 깊었다는 사실을 엿볼 수 있었다.

"미안하군. 이래 봬도 이 몸은 이래저래 바쁜 몸이라 말이다. 집단에 몸을 두지는 못할 것 같구나."

하지만 미라에게는 과거의 동료를 찾아내겠다는 솔로몬과의 약속이 있었다. 그리고 알카이트 왕국의 최고전력인 '아홉 현자'의 일원이라는 입장도.

이야기를 다 들은 미라는 셀로의 행동을 훌륭하다고 생각했다. 그렇기에 같은 뜻을 가진 자들이 그의 동료가 된 것이리라고도 생각했다. 하지만 미라는 그 이상으로 소중한 친구의 부탁을 짊어지고 있었다.

"그런가요……. 거절하시리라는 것은 어렴풋이 알고 있었습니다. 밑져야 본전이다 싶어 말해봤습니다. 바쁘다는 건 좀 전에 말씀하신 날짜와 관련된 일 때문이실 테죠."

셀로는 아쉬운 눈치였지만 조금도 내색하지 않고 미소를 지었다.

"음, 그렇다. 뭐어, 길드에는 못 들어가지만 가는 도중에 도움을 구하는 목소리가 들리면 있는 힘껏 응하겠다고 약속하지. 그러면 어떨까?"

미라는 턱 끝에 손가락을 가져다댄 채 그렇게 말하며 셀로를 흘끔 올려다보았다.

미라가 눈을 홉뜬 채 여유가 그득한 투로 말하자 셀로는 "고맙습니다"라고 답하며 만면에 미소를 지어 보였다.

서로 게임 시절의 추억을 이야기하며 대로를 걷던 두 사람은 문득 산더미처럼 쌓인 좀비의 잔해 앞에서 걸음을 멈췄다. 잔해더미는 도시 중심부에 가까운 곳에 위치해 있었고, 다른 것들에 비해 유달리 컸다.

"그나저나, 오늘은 엄청난 활약을 펼치셨더군요. 발키리 자매가 갑자기 나타났을 때는 엄청 놀랐습니다."

셀로는 눈앞에 자리한 잔해더미를 올려다보며 다소 부럽다는 듯 말했다. 도시에서 날뛰는 좀비들을 눈 깜짝할 새에 물리치고, 반격의 계기를 만들어낸 일곱 명의 전쟁의 처녀. 그리고 그 힘을 다스리는 미라. 자신보다 까마득히 높은 경지에 있는 미라의 힘을 목격한 셀로는 동경심이 생기기도 했지만 질투가 나기도 했다.

"그렇지?! 소환술의 힘은 거기서 끝이 아니다."

미라는 이상적인 반응에 눈빛을 빛내며 거드름을 피웠다.

"역시 덤블프 씨, 의 제자분이시군요."

"음, 최근 일주일 동안 소환술에 관해서는 영 좋은 평가를 듣지 못했다만, 이 몸이 왔으니 이제 걱정 없을 게다!"

미라는 완전히 신이 나서 셀로의 말에 담긴 뉘앙스를 알아채지 못한 채 의기양양하게 웃었다.

"그나저나 오늘 일은 대체 어떻게 된 걸까요. 몸의 구조는 지금까지 나타났던 흙과 식물로 된 좀비와 같았지만, 그 이외의 부분은 완전히 달랐습니다. 이 사건을 조사한 지도 벌써 반년 정도가 됐는데 이런 일은 처음입니다."

셀로는 다시금 좀비의 잔해더미를 바라보더니 의견을 구하듯 말했다. 그 말을 들은 미라는 앞서 레오닐과 나눴던 대화를 떠올리며 말을 받았다.

"그 건에 관해서 술사조합의 장과 고찰을 해보았다만——."

미라 역시 좀비의 잔해더미를 바라본 채, 조합장실에서 이야기했던 악마와 좀비의 관련성에 관해 셀로에게 말해주었다.

결계 장치의 고장과 좀비 사건의 발생시기가 거의 같으며, 고장은 커다란 힘으로 결계를 깬 것이 원인으로 보인다는 것. 또한 고대신전의 최하층에 나타난 악마는 결계를 깰 만한 힘을 가지고 있었다는 것.

미라는 그러한 정보를 정리한 결과, 고대신전에 숨어 있던 악마가 이번 소동을 일으킨 것이리라고 추측하고 있었다.

이야기를 다 들은 셀로는 악마의 존재가 연루되어 있을지도 모른다는 소리에 놀라면서도 "과연" 하고, 그 설의 신빙성이 높아 보인다며 동의했다.

"악마의 짓이라면 방심할 수 없겠군요. 혹시 이 결과에도 뭔가 의미가 있는 걸까요."

악마가 얽히면 대부분의 이벤트가 비극적으로 막을 내린다. 그것은 플레이어들의 공통된 인식으로, 모두가 떨떠름한 경험을 했었다. 심지어 개중에는 해피엔딩인가 싶었더니만 갑자기 분위기가 확 바뀌어 최악의 결말로 치닫는 것까지 있었다. 해결됐다고 긴장을 푼 순간, 치명적인 무언가가 일어나는 것이다.

도시에서 날뛰던 좀비들은 처리했지만 어쩌면 지금가지 벌어진 일들은 모두 무언가의 포석일지도 모른다. 그렇게 생각한 셀로는 주의 깊게 좀비의 잔해더미를 노려보았다.

"그럴 지도 모르지. 하지만, 그 의미란 게 대체 무엇일지."

상급 퀘스트에는 악마와 연관된 것들이 많았고, 실력 덕분에 그러한 것들을 남들보다 많이 경험한 미라는 넌더리가 난다는 표정으로 대로에 점재하는 잔해더미를 둘러보았다.

'그나저나 많기도 하군. 천, 이천 정도가 아니야. 만 단위는 되지 않을까.'

그렇게 생각하며 좀비의 잔해더미를 헤아리던 미라는 갑자기 시선을 멈췄다. 그리고 다시 고개를 돌려 가장 큰 잔해더미를 올려다보며 떠올렸다.

"죽음이 토지에 미치는 영향……."

불과 며칠 전 일이었다. 마물 무리의 침공과 꽃밭을 가득 메운 마물의 시체. 그 일을 꾀한 레서 데몬.

만약 레서 데몬이 획책했던 그것을 악마들도 행하고 있는 것이라면.

그런 생각이 들기는 했지만 어쩐지 위화감이 느껴졌다.

"죽음이 토지에 미치는 영향 말씀이신가요? 그게 대체 무슨 소리이신가요?"

미라가 중얼거리는 소리를 들은 셀로는 흥미롭다는 듯 물었다.

"흠, 그래. 알려두는 편이 좋을지도 모르겠군."

미라는 레서 데몬이 선동한 마물 무리는 알카이트 왕국뿐 아니라 각지에 나타났다는 이야기를 에메라 일행에게서 들었다. 분명 앞으로도 같은 일이 다른 장소에서 일어날 것으로 예상되었다.

주의를 환기시키기 위해 미라는 자신이 아는 사실을 그에게 이야기했다.

무수한 죽음이 발생함으로 인해 토지가 불사의 부정한 늪처럼 변질될지도 모른다는 설을.

힘이 감춰진 토지와 대량의 시체, 그리고 수많은 생명의 산화. 변질에는 이 세 가지가 필요하다고 알려졌다.

그것을 실천할 목적이었는지 무리를 이끌던 레서 데몬은 꽃밭에서 마물들을 서로 죽이게 한 뒤, 귀에 거슬리는 소리로 웃어댔다.

대강 설명을 마친 미라는 두 번째 침공은 완전히 막았으니 영향은 없었노라고 자랑스럽게 말을 끝맺었다.

"레서 데몬이 출현했다는 이야기는 들었습니다만, 그러한 행동을 취했었군요."

셀로는 미라가 말한 정보를 정리하며 머릿속으로 지금까지 일어났던 일들을 대조해나갔다. 그러던 중, 셀로는 문득 생각이 났다는 투로 입을 열었다.

"그러고 보니 두 달 정도 전이었던가. 친구가 레서 데몬을 봤다며 소란을 피우더군요. 그리고 그 장소가 바로 심비오스 공원묘지에 있는 합장 묘지였죠. 심지어 수많은 시체들을 파헤쳐놨다고 들었습니다. 친구가 그 자리에서 베어버려서 목적은 알아낼 수 없게 됐지만, 양쪽 모두 시체로 무언가를 하려고 했던 게 과연 우연일까요."

미라의 이야기와 친구의 이야기, 그리고 눈앞에 놓인 잔해더미. 그것들은 모두 대량의 시체라는 공통점을 가지고 있었다. 하지만 그것들에는 상이점도 많았다. 그렇다면 별개로 생각해야 할까 싶어서 셀로는 좀비의 잔해더미를 복잡한 표정으로 바라보았다.

"무덤까지 파헤치다니, 괘씸한 녀석이 다 있군. 하지만 확실히 신경 쓰이기는 해."

"네에, 정말로요. 대체 파헤쳐낸 시체를 어쩔 셈이었던 건지."

그런 말을 주고받은 두 사람은 얼마간 입을 다문 채 레서 데몬의 이해할 수 없는 행동에 대해 생각하기 시작했다. 하지만 정보 간에 맥락이랄 것이 없어서 납득할 만한 답은 떠오르지 않았다.

"그나저나 피해가 심각하군."

오래 쳐다본 탓에 좀비의 잔해더미에 넌더리가 난 미라는 도시 쪽으로 고개를 돌려 휘 둘러보았다. 밤의 어둠이 내린 가운데서도 도시는 눈에 띄게 파손되어 있어, 수복하려면 많은 자재와 시간이 필요할 듯 보였다.

"네에, 그러게 말입니다. 하지만 사망자는 없고, 부상자도 모두 경상이라는 모양입니다."

"호오, 그거 다행이로군."

"그나저나 납득이 가지 않는 점이 많네요."

셀로는 그렇게 말하며 눈살을 찌푸리더니 이번 소동에 관한 이상한 점들을 늘어놓았다.

"우선 그만큼 많은 좀비가 밀어닥친 가운데, 인간형 좀비는 여섯뿐이었습니다. 심지어 그 여섯은 소지품을 조회해보니 모두 다도시의 행방불명자 리스트에 실린 인물과 일치했죠. 게다가 그만한 좀비들이 날뛰었음에도 불구하고 인간형 좀비에 의한 부상자는 전무했습니다.”

거기까지 이야기한 셀로는 잠시 하늘을 올려다보며,

“날뛰기 시작하기 전에 베어버린 것뿐일지도 모르지만요.”

하고 말을 이었다. 심지어 셀로는 어쩐지 무언가가 마음에 걸리는 듯한 눈치였다.

“수수께끼가 늘었군…….”

셀로의 이야기를 들은 미라는 그렇게 중얼거리고는 손가락 끝으로 턱을 쓸었다. 좀비들이 날뛰고 돌아다니던 와중에도 인간형 좀비의 행동은 평소 출현했을 때와 다름이 없었던 모양이었다.

“원인은 확실치 않지만, 악마가 소란을 일으키기만 하고 만족했을 리가 없습니다. 이번 사건은 역시 레서 데몬과 마찬가지로 죽음의 영향을 이용하는 것이 목적이었다고 생각하는 게 타당하려나요.”

불명확한 점은 많았지만 셀로는 현재 상황에서 도출해낼 수 있는 최적의 답을 입에 담았다. 레서 데몬에 관한 정보가 없었다면 도달하지 못했을 해답이었다.

“글쎄. 그럴지도 모르지.”

미라 역시 그렇게 생각하는 것이 타당할 것이라고 고개를 끄덕여 답했다.

“하지만 그렇다면 이만한 시체가 즐비한 지금, 악마의 흉계는 성취된 셈이겠군요. 향후 대책을 강구해둘 필요가 있을지도 모르겠어요."

도시 카라낙에는 현재 수많은 시체가 산을 이루고 있었다. 토지를 변질시키는 조건 중 하나는 충족시켰다 할 수 있으리라.

"이 잔해더미를 서둘러 치우는 일이 우선일 게다. 무슨 일이 일어나기 전에 말이지."

"맞습니다. 저도 서두르라고 진언해두겠습니다."

그렇게 말하며 곁에 있는 잔해더미를 올려다본 두 사람은 어쩐지 석연치 않은 느낌에 한숨을 내뱉었다.

분명 시체가 널려 있기는 했다. 하지만 모두 다 모여들거나 모아두었을 뿐, 이 자리에서 죽은 것은 아니었다. 조건 중 하나는 그 자리에서 생명을 잃어야 한다는 것이었다. 하지만 과연 이번 소동을 일으킨 좀비에게는 그 생명이 있었다고 할 수 있을까.

생명을 정확히 정의하기란 불가능하다. 하지만 원흉으로 추측되는 악마는 이미 토멸했다. 그러므로 이 이상 무슨 일이 일어나지는 않을 것이다.

막연하게나마 그렇게 생각한 미라는 문득 하늘을 올려다보았다. 그곳에는 하늘을 가득 메운 별들이 반짝이며 조용히 세상을 뒤덮고 있었다. 그때, 한 줄기 유성이 밤하늘에 반짝였다. 그것은 마치 생명의 덧없음을 그 몸으로 나타내기라도 하듯, 불쑥 나타나 눈 깜짝할 새 사라졌다.

좀비 사건에 관해서도 일단은 답을 도출해낸 두 사람은 연락을 취할 방법에 관해 간단히 이야기를 나누고는 다시 원래 세계에 관한 이야기에 열을 올렸다. 미라는 소동 도중에 보았던 우비 가게의 간판을 보고 유명한 호러 게임이 생각났다며 웃었고(유명 좀비 호러 게임, 바이오하자드 시리즈 1편부터 3편까지 등장하는 악의 조직 이름이 엄브렐러로, 우산을 심벌로 사용), 그 말을 들은 셀로는 그리움이 가득한 말투로 최고 난이도를 나이프 한 자루로 도전했었다는 이야기를 했다.

그러던 중, 두 사람의 등 뒤에서 발소리 하나가 다가왔다.

"미라 님~."

누군가 싶어 돌아봤더니 그 발소리의 주인공은 갈렛이었다. 아무래도 늦은 시간까지 미라가 돌아오지 않아, 걱정이 되어 마중을 나온 모양이었다.

'……지금까지 본 것 중, 가장 밝은 표정이로군.'

미라의 모습을 본 갈렛은 크게 손을 흔들며 달려왔다. 소동 때 만난 뒤, 만족할 때까지 폭주한 덕인지 갈렛의 얼굴은 별하늘보다도 밝았다.

"마중을 나오신 모양이군요. 그럼 부탁하신 건에 관해서는 진전이 보이면 조합을 통해 연락하겠습니다."

"음, 부탁하마."

미라는 셀로의 눈을 똑바로 쳐다보며 대답하고는 몸을 빙글 돌려 등을 보였다.

"그럼, 또 보지."

미라는 살짝 고개를 돌려 작별인사를 입에 담고는 걸음을 뗐다.

"네, 언젠가 다시 뵙죠."

힘껏 고개를 끄덕인 셀로는 살짝 눈을 내리깔고서는 미라와 다른 방향으로 걸음을 옮겼다.

두 사람은 이렇게 간단히 인사를 나누고 각자 귀갓길에 올랐다. 하지만 그 마음이 향하는 방향은 같았다.

〈21〉

고대신전 네뷸러폴리스에서 소울하울의 단서를 입수하고, 그 김에 악마를 쓰러뜨리고 나서 도시에서 날뛰는 좀비들을 진압시키기까지 파란으로 가득했던 하루의 다음 날 아침.

"미라 님, 죄송합니다!"

모든 용건을 마쳤다고 생각하던 참에 갈렛이 깔끔하게 땅바닥에 오체투지(五體投地)를 작렬시켰다.

듣자하니 마차를 수선하는 데 시간이 좀 더 걸린다는 모양이었다. 아무래도 어제 소동이 있었던 당시, 좀비와 우열을 가리기 힘들 정도로 격렬하게 날뛴 결과인 듯했다.

"못 말릴 녀석이로군. 그럼 시간이나 죽이다 오도록 할까."

갈렛을 싸늘한 눈으로 쳐다봐주고서 코트를 입은 미라는 "다녀오십시오~" 라는 상쾌한 갈렛의 목소리를 들으며 아침 거리로 나섰다.

소동으로부터 하룻밤이 지난 카라낙의 거리는 곳곳에 남은 흉터도 아랑곳 않고 활기로 넘쳤다. 이곳저곳에서 수복작업이 시작되어 많은 장인들이 중앙광장과 대로를 끊임없이 오가고 있었다. 그리고 좀비의 잔해더미 처리도 본격적으로 시작된 모양인지 시체를 운반하는 경라 기사와 모험가들의 모습이 곳곳에서 보였다.

'이대로만 가면 금방 정리될 것 같군.'

미라는 멍하니 대로를 산책하며 거리의 모습을 확인했다. 어제 그렇게 큰일을 겪었음에도 주민들의 얼굴은 그다지 슬퍼 보이지 않았다. 슬퍼하기는커녕 소문에 관한 이야기로 열을 올리고 있었다.

"녹색 머리를 한 여전사 얘기, 들었어?", "암, 들었다마다. 듣자하니 일곱 명이 있었다지?", "개 세 마리에게 쫓겨 다니던 저 바보가 코앞에서 얼굴을 봤다더군. 엄청난 미인이었다던데.", "부럽구만. 나는 활을 든 한 사람을 멀리서 본 게 다인데."

여기저기서 쑥덕대고 있는 소문은 발키리 자매에 관한 것인 듯했다. 남녀를 불문하고 하늘에서 내려와 눈 깜짝할 새에 좀비들을 쓸어버리고 떠난 그 모습은, 그야말로 천사였노라고 입을 모아 이야기하고 있었다.

그리고 무엇보다도 모든 이가 목격한 자매들의 신기술의 위력은 경외심을 불러일으키면서도 믿음직스러웠노라고 침이 마르도록 칭찬해댔다.

어슬렁어슬렁 사람들 몰려든 곳에 다가가서는 소문에 귀를 기울이던 미라의 얼굴에 빙긋빙긋 유열에 젖은 표정이 절로 지어졌다. 이만큼 많은 자들에게 알려졌으니 분명 소환술을 부흥시키는데 도움이 될 것이다.

성공을 확신한 미라는 의기양양한 발걸음으로 이용자들로 붐비는 술사조합을 찾았다.

조합에서는 현재 도시 부흥 지원이라는 임시 공통 퀘스트가 발행 중인 모양이었다. 보수 자체는 대단치 않았지만 참가자에게는 클래스별로 특별한 추가 보수가 주어지는 모양인지 대성황을 이루고 있었다.

하지만 미라는 그쪽에는 눈길도 주지 않고 카운터에서 분주하게 일하고 있는 유리카에게 몸짓발짓으로 허가를 받아내 조합장실로 향했다.

"과연……. 죽음의 영향에 따른 토지의 변질이라. 그럴듯하군."

레오닐은 그렇게 중얼거리더니 팔짱을 끼고서 등받이에 몸을 기대었다.

악마는 좀비를 부려 무언가를 하려고 한 것이 아니라 좀비를 모으는 것이 목적이었다. 미라는 상상의 영역을 벗어나지 않는 설이었지만 그럴 가능성은 높으리라는, 셀로와의 대화를 통해 도달한 결론을 레오닐에게 전해주었다.

"확증은 없지만 말이지. 상황으로 미루어 무시할 수는 없는 이야기지, 안 그런가?"

"그래, 이번 건이 아니더라도 유용한 정보로군. 고맙네."

미라가 분주하게 우물우물 초코 케이크를 입으로 옮기며 말하자 레오닐은 뭐라 표현하기 힘든 미소를 지은 채 감사인사를 읊었다.

그런 뒤, 거리에 퍼져 있는 소문을 토대로 소환술이 얼마나 근사한 술법인지를 논하고 나서야 미라는 조합장실을 뒤로했다.

비교적 조용했던 위층에서 내려오자 조합 로비는 더더욱 시끄러워져 있었다. 이곳에서도 발키리 자매들에 관한 이야기가 입에 오르고 있었다. 미라는 소환술의 명성이 순조롭게 높아지고 있는 것 같다는 생각이 들어 만족스러운 미소를 지었다.

조합을 나서자 커다란 자루를 짊어진 집단이 대열을 이루어 행진 중이었다. 시체 철거 작업을 하고 있는 듯 보이는 집단은 일곱 명 중 누가 좋았냐는 이야기로 한껏 달아올라 있었다. 그들 역시 발키리 자매에 관한 이야기를 하고 있었다.

오가는 사람들 사이에 섞여 그들을 배웅한 미라는 가볍게 스텝을 밟으며 대로를 나아갔다.

'어디, 슬슬 갈렛도 준비가 다 됐으려나.'

정오에 접어들었을 무렵. 양과자점에서 간식을 어느 정도 구입한 미라는 감개무량한 눈빛으로 카라낙의 거리를 둘러보며 여관을 향해 걸음을 떼었다.

소동으로 인해 건조물에서 떨어져 내린 것인지 길가에는 크고 작은 파편이 나뒹굴고 있었다. 새삼 둘러보니 카라낙의 거리는 묘비가 늘어선 듯 질서정연하여 떠들썩한 주변 분위기와는 대조적으로 엄숙하고 차분한 분위기를 풍겼다.

그런 거리를 느긋하게 걷던 미라는 갑자기 걸음을 멈추고 어떤 곳을 가만히 쳐다보았다.

그 시선 끝에 있는 것은 한 점포였다. 샘플처럼 보이는 몇몇 상품이 처마 밑에 걸려 있었다. 그중 하나를 응시하던 미라는 홀리기라도 한 듯 휘청휘청 그 가게로 들어갔다.

가게 안에는 다종다양한 상품이 늘어서 있었고, 미라는 손님들의 틈새를 누비고 들어가 수많은 상품들 중 망설임 없이 한 가지를 골라 집어 들었다.

'굳이 성실하게 이 하늘하늘한 옷을 입을 필요는 없겠지. 돈은 있으니 사면 그만인 게야!'

왜 이런 간단한 것을 알아채지 못했던 걸까 싶어서 미라는 자신이 바보 같아져 쓴웃음을 지었다. 두 손으로 쥐고서 전승기처럼 치켜들어 펼친 그것은 본래의 것보다 얼마간 간략화되기는 했지만 현자의 로브와 같은 디자인의 로브였다.

미라는 마치 깨달음을 얻은 승려, 그야말로 현자처럼 맑은 표정을 지은 채 차분한 동작으로 가격표를 확인했다.

가격표에는 '현자의 로브 복제품'이라는 상품명이 적혀 있었고 가격은 5천 리프라고 되어 있었다. 아무런 부가효과도 없으니 타당한 가격이라 할 수 있으리라. 그렇게 느낀 미라는 여러 가지 옷가지 중에서 당연히 '현자의 로브(소환술)의 복제품'을 집어서 전신거울 앞에 섰다. 그리고 몸에 대어 맞는지를 확인하고는 의기양양하게 계산을 마쳤다.

무의식중에 깽깽이걸음을 할 것만 같은 다리를 달래며 미라는 구입한 로브를 끌어안은 채 종종걸음으로 여관으로 돌아갔다.

카라낙 제일의 여관 '하등롱'에서도 최고급 객실. 그곳에서 미라는 팬티만 걸치고 나머지는 전부 벗고서 만면에 미소를 지은 채, 사 온 로브를 걸쳐보았다. 그리고 전신거울 앞에 선 미라는 자신의 온몸을 훑어보듯 지그시 바라본 채 상체를 뒤로 무르며 두 손을 세차게 펼쳤다.

"이 몸이 돌아왔도다!"

위풍당당하게 서서 포즈를 취한 미라는 만족스럽게 고개를 끄덕였다. 그대로 얼마간 바라본 후, 천천히 소매를 무릎 위까지 걷어 올리고 옷깃을 살짝 풀었다.

"이것도 제법……."

그렇게 중얼거리며 엉큼하게 일그러진 미소를 지은 미라는 한계 라인에 도전하기 시작했다.

미라가 복제품을 구입한 가게의 이름은 '달과 은탑 특산 상회 카라낙 지점'이라고 한다. 요컨대 알카이트 왕국의 토산품을 취급하는 가게였다.

이때, 미라는 알아채지 못했다. 어째서 어린이 체형에 맞는 사이즈의 로브가 있었던 것인지를.

만족한 미라는 슬슬 되지 않을까 싶어 마차의 상태를 확인하기 위해 방을 나섰다.

마구간에 도착해보니 때마침 갈렛이 나오던 참이었다. 아무래도 수선이 다 끝났는지 이제 언제든 출발이 가능하다는 모양이었다.

"그럼, 돌아가 볼까."

딱히 더 이상 체재할 이유가 없는지라 미라는 그렇게 말하며 마차에 올라탔다.

"알겠습니다."

그 자리에서 대답한 갈렛은 마차의 문을 정중히 닫고는 마부석에 앉아 고삐를 쥐었다.

움직이기 시작한 마차가 문 앞에서 한 번 정차했다. 갈렛이 체크아웃을 마치자 마차는 다시 달리기 시작해 천천히 대로를 나아갔다.

멀어져 가는 진혼도시를 차창으로 바라보며 미라는 그곳에서 있었던 일들을 회상하고 있었다.

죽은 부모를 만나고 싶다고 했던 타쿠토. 그 바람은 이루어지지 않았지만 부모가 살아 있을지도 모른다는 가능성이 생겨난 일.

사람 좋은 모험가 집단, 길드 에카르라트 카리용의 에메라 일행. 그리고 그녀들의 단장이자 플레이어 출신자인 셀로와의 만남.

목적한 인물인 소울하울의 부재와 행방에 관한 단서의 입수. 악마와의 전투.

그리고 좀비 사건과 악마의 연관성.

살며시 눈을 감고서 그러한 것들을 떠올린 뒤, 다시금 고개를 든 미라는 그리움에 잠기듯 눈을 가늘게 뜬 채 흘러가는 풍경에 추억을 녹여나갔다.

●

미라가 도시를 떠나고 며칠 후, 모험가 종합조합과 경라지국이 좀비 사건이 종식되었음을 선언했다.

고대신전 네뷸러폴리스에서 흘러나온 불사의 마력이 원인이었다고 공식적으로 발표됨과 동시에 동 던전에 출입하기 위해 필요한 조건이 랭크A까지 상향되었다.

악마에 관한 정보는 대중에게 은폐되었고 몇몇 정보조작이 이루어졌다.

소동이 진정화된 뒤, 조합은 지금까지 안치해두었던 인간형 좀비의 신원과 행방불명자 리스트를 조사했다. 결과, 대부분이 일치하여 유족의 품으로 돌아갔다고 한다.

그리고 도시에서는 한 가지 소문이 퍼져 나갔다. 그것은 고결하고 아름다우며 압도적인 실력을 지닌 일곱 명의 전투의 처녀에 관한 것이었다. 소문의 논점은 그녀들의 소속 길드는 어디일까 하는 것이었다.

소환술을 부흥시키는 데는 조금 더 시간이 필요할 듯 했다.

EX

고양이와 속옷과 첫 경험

알카이트 왕국 남서쪽에 위치한 천마도시 실버호른. 중심에는 도시의 심벌인 아홉 개의 탑, 은의 연탑이 위풍당당하게 솟아 있어서 관광객들도 많이 찾는 술사의 도시였다.

정오를 조금 넘긴 시간.

도시의 대로는 주민과 관광객, 그리고 모험가들이 한데 엉켜 몹시 붐비었다.

은의 연탑을 둘러싼 높은 벽.

그곳에 있는 유일한 문에서 나온 요정족 소녀는 앞으로 필요할 것들을 생각하며 대로로 향했다.

그 소녀는 소환술의 탑의 보좌관, 마리아나였다. 향후 미라를 시중드는 데 필요한 물건들을 사러 나온 것이다.

주인인 덤블프가 제자를 자신에게 맡겼다고 생각하자 마리아나는 의욕이 넘쳐났다.

'뭐부터 살까요.'

그렇게 생각하며 문 앞에 자리한 대광장을 걷던 마리아나는 처음 만났을 때 보았던 미라의 모습을 돌이켜보았다. 알몸이나 다름없는 상태로 잠에서 막 깨어난 듯 보였던 그 모습을.

'그래요, 잠옷을 사죠.'

처음에 살 것을 결정한 마리아나는 즉시 침구점으로 진로를 잡고 의기양양하게 걸음을 내디뎠다.

침구점 '푸키 베어'.

곰과 돼지를 합쳐놓은 듯한 마스코트 캐릭터가 특징적인 침구 전문점이었다. 디자인뿐 아니라 실용성도 매우 뛰어나, 지점이 늘어가고 있는 혜성 같은 가게이기도 했다.

가게 안은 크게 두 개의 층으로 나뉘어 있었다. 남성용과 여성용.

이 날 처음 가게를 찾은 마리아나는 사람들의 수와 넓이, 그리고 다양한 상품 종류에 다소 당황하여 헤매던 끝에 간신히 목적한 잠옷 코너를 발견하는 데 성공했다.

오랫동안 무늬도 장식도 없는 네글리제를 애용해온 마리아나의 눈에는 자신이 집어 드는 잠옷이 하나같이 다 기발해 보이기만 했다.

젊은이에게 인기가 있다는 지식밖에 없었던 마리아나는 어째서 인기가 있는 걸까 하고 고개를 갸웃했다. 풍수에 관해서는 잘 알았지만 유행에는 둔한 모양이었다.

그때였다. 사이좋아 보이는 가족이 잠옷 코너로 다가왔다. 마침 미라와 비슷한 체격을 지닌 소녀는 대강 둘러보더니 "이거 귀여워!" 하고 한 벌을 집어 들고서 부모에게 보여주었다. 부모로 말하자면 "귀여운 걸~ 분명 잘 어울릴 거야~" 하고 아주 녹아버릴 듯한 표정을 지었다.

소녀의 가족이 곧장 결정해버리고 떠나간 뒤, 마리아나는 소녀가 잠옷을 보던 자리 근처로 다가가 그곳에 있는 잠옷들 중에서 고르기 시작했다.

잠옷은 같은 디자인이라도 사이즈가 다른 것이 몇 벌이나 있었다. 그 점을 알아챈 마리아나는 사이즈는 어느 정도였더라, 하고 기억에 남아 있는 미라의 모습을 그리며 두 손을 펼쳤다 오므렸다 하며 치수를 확인하기 시작했다.

"이 정도, 였던가요……."

그렇게 기억 속에 있는 미라의 어깨 폭에 맞춘 두 손은, 정면에 보이는 전신거울에 비친 마리아나 본인의 어깨 폭과 거의 같았다. 미라의 모습을 자세히 머릿속에 그려본 마리아나는 사이즈가 자신과 거의 비슷했던 것 같다는 사실을 알아챘다.

자신에게 맞으면 미라에게도 맞을 것이다. 그렇게 생각한 마리아나는 곧장 그런 전제로 잠옷을 고르기 시작했다.

인형옷 같은 것부터 시스루 네글리제까지, 다종다양한 잠옷들 가운데 마리아나는 한 벌을 골랐다.

그것은 가슴께에 잔뜩 졸린 눈을 한 마스코트 캐릭터가 인쇄된 누긋한 분위기의 보라색 파자마였다.

마리아나는 애써 당당한 걸음걸이로 카운터로 향해 계산을 마치고는 가게를 나오며 다시금, 좀 전에 보았던 가족을 쳐다보았다.

두 손에 상품을 끌어안은 부모 옆에서 소녀는 "이것도 귀여워~", "저것도 귀여워~"라는 말을 연호하며 잡다하게 상품을 집어서는 부모의 두 손에 쌓아올려 나갔다.

귀엽다는 것은 대체 어떤 감각일까. 끝내 이해하는 데 실패한 마리아나는 뭐라 말할 수 없는 불안감에 시달리며 침구점을 뒤로 했다.

'다음에는, 뭘 살까요.'

마리아나는 그렇게 생각하며 대로를 둘러보았다. 그러던 중, 대로 맞은편에 있던 점포가 눈에 들어왔다.

그곳은 토산품 가게인 듯했다.

천마도시 실버호른. 술사의 성지라 불리는 이 도시는 아홉 현자의 존재와 함께 은의 연탑이라는 눈에 띄는 상징 덕에 관광지로도 유명했다.

그런 탓인지 대로에는 관광객을 타깃으로 한 토산품을 취급하는 점포가 많았다. 게다가 솔로몬의 정책으로 아홉 현자에 관련된 토산품도 풍부했다. 마침 마리아나의 정면에 자리한 점포는 그중에서도 코스튬 계열에 주안점을 둔 곳인 듯했다.

누구의 취향인지 처마 끝에는 '추천'이라는 팻말과 함께 몇몇 상품이 전시되어 있었다. 그곳에는 성인용 현자의 로브 복제품과 소울하울이 애용했던 칙칙한 망토, 하물며 덤블프가 꽁꽁 숨겨두었던 일곱 빛깔 훈도시까지 망라되어 있었다.

"맞아요, 속옷이에요."

마리아나는 처마 끝을 얼마간 바라보다가 문득 생각이 났다는 듯 그렇게 중얼거렸다. 처음 만났을 때 미라는 속옷도 입고 있지 않았다. 훈도시를 보고 그 사실을 떠올린 마리아나는 다음 목적지를 향해 천천히 걸음을 옮겼다.

란제리숍 '리테로테'. 파스텔컬러를 기조로 한 내부 장식 덕에 가게 안의 분위기는 밝았고, 천장이 뻥 뚫린 중앙부는 개방적인 휴게소가 되어 있었다. 당연한 일이었지만, 여성 손님이 대부분인 데다 어디로 고개를 돌려도 사람이 세 명 이상은 시야에 들어올 정도로 붐비고 있었다.

고전적인 판타지 게임이었던 이 세계에, 플레이어들은 여러 방면에 걸쳐 문화를 들여왔다. 그중에서도 여성용 속옷이라는 분야는 극적인 진화를 거둔 것 중 하나였다.

젊은이들에게 현재 큰 인기를 끌고 있는 가게라는 말을 들은 적이 있었던 마리아나는 그런 최첨단 란제리숍을 방문했다. 그리고 장식품으로 착각할 것만 같은 수많은 속옷들 앞에서 말문을 잃고 서 있었다. 심플한 드로어즈와 슬립밖에 착용해본 적이 없는 마리아나에게 있어 이곳은 미지의 영역이었던 것이다.

'소문으로는 들었지만…… 이게 다 속옷인 걸까요.'

마리아나는 당황스러웠지만 선반에서 한 장을 집어 들고 확 펼쳐보았다.

"이게, 팬티라는 건가요."

가격표에 적힌 문자를 확인하고서 감개무량한 듯 중얼거리고는, 관심이 동해 집어 들었던 팬티를 자신의 하복부에 대보았다.

'매우 예쁘기는 하지만, 저한테는 안 어울려요.'

그야말로 장식품을 몸에 걸친 듯한 모습에 자신에게는 안 어울린다고 느낀 마리아나는 아주 살짝 어깨를 늘어뜨렸다. 하지만 곧장 생각을 고치고 미라용 속옷을 음미하기 시작했다.

얼마간 가게 안을 둘러본 마리아나는 현재, 속옷을 노려본 채 고심스러운 얼굴로 굳어져 있었다. 마리아나는 멋을 부리는 데는 관심이 없는지라 미라의 취향 운운하기 이전에 어떤 것이 어째서 좋은지를 전혀 알 수가 없었던 것이다.

"어머나, 마리아나 씨 아닌가요. 굉장히 별난 곳에서 뵙네요."

그런 마리아나에게 어떤 여성이 말을 걸어왔다. 고개를 돌려보니 그 인물은 마리아나가 매우 잘 아는 자였다.

"리탈리아 님. 안녕하세요."

유행 중인 란제리숍에서 우연히 만난 이는 마술의 탑의 보좌관인 리탈리아였다.

마리아나는 평소처럼 고개를 꾸벅 숙여 인사했다. 그러던 도중, 리탈리아가 들고 있던 커다란 봉투가 눈에 들어왔다. 이 란제리숍의 로고가 새겨진 봉투였다.

"리탈리아 님은 이곳에서 자주 쇼핑을 하시나요?"

반사적으로 고개를 든 마리아나는 덤벼들기라도 할 듯한 기세로 리탈리아를 바라보며 물었다.

"네에, 제일 좋아하는 가게예요. 개점 당시부터 다녔답니다."

리탈리아는 다소 거들먹거리는 듯한 미소를 지은 채 대답했다.

그 말을 들은 마리아나는 표정이 확 밝아져서는 느닷없이 나타난 구세주에게 바싹 다가섰다.

"너무도 믿음직한 말씀이세요. 리탈리아 님, 부디 가르쳐주세요. 처음 와봐서 어떤 게 좋은지 모르겠는 거예요."

마리아나는 눈을 흡뜨고서 절박하게 애원했다.

"어머나, 그러셨나요. 좋아요. 가르쳐드릴게요."

오랜 친구의 부탁에는 온 힘을 다해 답한다. 리탈리아는 그런 인물이었다.

"그래서 어떤 걸 찾고 계신가요? 귀여운 계열, 예쁜 계열, 아니면 섹시한 계열?"

두 말 없이 승낙한 리탈리아는 더없이 진지한 표정을 짓더니 점원보다 자신만만한 말투로 물었다.

그 말을 들은 마리아나는 속옷이 그런 계통으로 나뉜다는 사실에 놀라면서도 어떤 것이 어울릴까 하고 미라의 모습을 머릿속에 그려보았다.

"귀여운 계열이 좋을 것 같아요."

마리아나 역시 자신만만하게 그렇게 대답했다. 귀여운 미라에게는 당연히 귀여운 계열이 어울리리라고 그 자리에서 결론을 내린 것이다.

"아하. 처음에는 가장 분위기가 맞는 계통을 고르는 게 아무래도 무난하죠. 그럼 어떤 색이 좋으신가요?"

이해했다는 표정으로 고개를 끄덕인 리탈리아는 마리아나의 온몸을 구석구석 쳐다보며 계속해서 물었다.

"색, 말씀이신가요."

마리아나는 그렇게 말하며 다시금 생각했다. 하지만 이번에 생각한 것은 자신이 잘 아는 풍수 점술에 관해서였다. 색이라는 것은 풍수와 밀접한 관계가 있었다. 하물며 직접 피부에 닿는 속옷에 관한 것이니 더욱 중요하다 할 수 있으리라.

"연두색이 좋을 것 같아요."

독자적인 풍수 점술에 따르면 연두색은 건강 운을 상승시키고 안정을 가져다주는 색이었다. 무엇보다도 건강이 우선이라는 생각에 마리아나는 그렇게 제안했다.

"연두색 말씀이시죠? 흠흠, 네, 나쁘지는 않겠네요. 그럼 바로 찾아볼게요."

리탈리아는 말하자마자 손님들 사이를 슥슥 누비며 일직선으로 목적지점을 향해 달려갔다.

이것이 적응력의 차이라는 말인가. 마리아나는 산전수전을 다 겪은 장수의 기백 같은 것마저 풍기는 리탈리아의 뒤를 다소 뒤쳐져서 따라갔다.

따라잡았을 즈음, 리탈리아는 이미 선반에 들러붙어 이런저런 물건들을 물색하고 있는 중이었다.

그 모습을 후방에서 지켜보던 마리아나는 옆에 자리한 선반으로 흘끔 시선을 돌려보았다. 그리고 리탈리아가 고른 것과 비교하며 어디가 어떻게 다른 것인가 싶어 고개를 갸웃하고 있었다.

"그나저나 기쁘네요. 드디어 마리아나 씨도 멋을 부리는 일에 관심이 생기셨나 봐요? 심지어 옷이 아니라 속옷부터 시작하시다니, 정말 본격적으로 시작하실 모양이에요. 앞날이 기대돼요!"

선반을 샅샅이 훑어보고는 뱀과 같은 손놀림으로 연두색으로 된 귀여운 계열의 속옷을 골라 나가는 리탈리아. 리탈리아는 방금 말한 대로 매우 기쁜 모양인지, 그 손놀림에는 눈곱만큼의 망설임도 보이지 않았다. 거기에는 소중한 친구의 첫 경험을, 온 힘을 다해 응원하고자 하는 정열이 담겨 있었다.

하지만 리탈리아가 입에 담은 말은 마리아나로 하여금 커다란 의식 차이를 느끼게 했다. 리탈리아는 미라를 위한 속옷 고르기를 마리아나 본인의 속옷 고르기로 알고 있었던 것이다.

"아뇨, 제 것이 아니라 미라 님의――."

"자아, 마리아나 씨. 처음이시라면 이런 걸 추천하겠어요!"

리탈리아는 매우 진지한 말투로 캐미솔과 팬티가 세트로 된 속옷 여섯 벌 정도를 마리아나에게 불쑥 내밀었다.

"저기, 제 것이――."

"괜찮아요. 분명 어울릴 거예요. 자아, 저기서 입어볼 수 있으니 입어보셔요."

용솟음친 사명감이 폭주라도 한 탓인지, 마리아나의 목소리는 리탈리아에게 닿지 않았다. 결국 리탈리아는 마리아나의 어깨를 끌어안고서 탈의실로 안내했고, 마리아나는 변명할 새도 없이 반강제로 안에 들어가게 되었다.

마리아나는 탈의실 안에서 한숨을 내쉬고는 눈앞에 자리한 커다란 거울에 비친 자신의 모습을 보고 생각했다. 미라의 체형도 거의 비슷했으니 자신이 대신 입어 봐도 되리라고.

벗은 옷을 선반에 내려놓고 나니 커다란 전신거울에 마리아나 본인의 모습이 비쳤다. 옷자락이 허벅지까지 오는 슬립과 그 아래로 보이는 드로어즈. 오랫동안 바뀌지 않은, 평소와 같은 모습이었다.

마리아나는 슬립의 자락을 집어 올려 살며시 맨살을 드러내고는 캐미솔을 집어 들었다.

"어떤가요?"

마리아나가 탈의실 틈새로 얼굴을 빼꼼 내밀자 리탈리아가 기다렸다는 듯이 커튼을 활짝 열었다.

"어머나, 너무 근사하네요! 상상했던 것 이상이에요!"

리탈리아는 마리아나의 온몸을 훑어보더니 진심으로 절찬했다.

때 묻지 않은 사파이어 같은 머리가 살며시 걸쳐진 아담하고 조화로운 마리아나의 몸. 옅은 연두색 속옷이 그 하얀 피부에 살며시 윤곽을 더해주고 있었다.

"저기, 부끄러운, 데요."

활짝 열린 커튼 밖에는 리탈리아 이외의 손님들도 잔뜩 있었다. 맨살을 내보이는 일에 익숙지 않은 마리아나는 커튼을 끌어당긴 채 뺨을 붉게 물들이며 불안한 듯 고개를 푹 숙였다.

"자아, 마리아나 씨. 다른 것도 입어서 보여주셔요!"

갈고닦으니 빛이 났다. 원래도 조용히 빛나고 있던 마리아나라는 보석이 속옷 하나로 예상했던 것 이상으로 빛나는 모습을 직접 본 리탈리아는 약간의 사적인 감정까지 한몫 거든 탓에 더더욱 흥분하여 다음 것을 입어보라고 재촉했다.

마리아나는 그 기세에 밀려 다시 탈의실로 들어가 커튼을 치고는 다시 한 번 전신거울에 비친 자신의 모습을 바라보았다.

"저한테는, 안 어울려요."

자신을 꾸미는 일이 너무도 낯설기만 한 마리아나는 리탈리아의 말을 믿지 않고 어울리지 않는다고 중얼거렸다.

"그렇지 않아요! 마리아나 씨, 당신은 매우 귀여워요!"

마리아나의 작은 목소리를 들은 리탈리아가 커튼 틈새로 고개를 들이밀고서 강하게 단언했다. 그 눈에는 이의를 허락지 않겠다는 뜨거운 광채가 깃들어 있어서 마리아나의 마음을 살며시 흔들었다.

그러나 그것도 잠시 뿐, 마리아나는 또다시 "하지만……" 하고 말을 흐렸다.

그렇게 약한 모습을 보이는 마리아나를 보고 있자니 도저히 가만히 있을 수가 없게 된 리탈리아는 탈의실에 난입했다. 그리고 마리아나라는 인물이 얼마나 매력적인가를 상세히 설명하며 리본이 달리고 프릴이 달린 이런저런 속옷으로 마리아나 본인을 섬세하게 장식해갔다.

반쯤 옷 갈아입히기 인형이 된 마리아나는 리탈리아의 설명을 어쩐지 꿈 이야기를 듣듯 들으며, 아주 조금 발돋움을 한 자신의 모습을 상상해보았다.

"골라주셔서, 고마워요."

마리아나는 다소 피곤해 보이기는 했으나 정중하게 고개를 숙여 감사인사를 했다. 그 손에는 란제리숍의 로고가 들어간 봉투가 있었다. 이것저것 입어본 결과, 리탈리아가 고른 여섯 벌을 모두 구입한 모양이었다.

"다음 스텝으로 넘어갈 때 꼭 불러주셔요. 언제든 환영이니까요."

리탈리아는 끝까지 오해임을 알아채지 못했다. 하지만 마리아나는 아주 조금 흥미가 생긴 모양인지 살며시 고개를 끄덕여 그 말에 답했다.

가게 앞에서 헤어진 뒤, 마리아나는 옆에 자리한 작은 광장의 벤치에 앉아 피곤한 듯 작은 소리로 한숨을 내쉬었다.

광장은 많은 관광객과 노점 등으로 유달리 붐비고 있었다. 이곳에서 은의 연탑을 올려다보면 아홉 개의 탑이 모두 시야에 들어오는지라 절경 스폿으로 좋은 평판을 받고 있기 때문이었다.

주변에는 탑을 올려다본 채 탄성을 흘리는 관광객들이 몹시 많았다.

마리아나는 앉은 채 멍하니 소환술의 탑을 바라보았다.

'뭐가 다른 건지는 모르겠지만, 색이 굉장히 많았어요. 색을 조합하면 더 많은 운을 북돋울 수 있을지도 몰라요.'

마리아나는 지금까지와는 다른 새로운 자신을 발견한 듯했지만 그것은 한참 나중 문제였고, 결국은 귀여운 속옷도 풍수의 일부로 수렴시키기 시작했다.

'덤블프 님은…… 어떻게 봐주실까요. 귀엽다고, 말해…….'

소환술의 탑에 덤블프의 모습을 포개어보았다. 문득 거기까지 생각한 마리아나는 탈의실에 있었을 때보다 훨씬 붉어진 얼굴을 숙여 양쪽으로 늘어뜨린 머리를 꼭 움켜쥐었다. 아무래도 풍수 이외의 것에도 영향이 있었던 모양이다.

마리아나는 쑥스러움에 몸부림을 쳤다. 그러던 참에 갑자기 옆에서 무언가가 슬금슬금 다가오는 소리가 들렸다.

그 기척에 마리아나는 문득 고개를 돌렸다. 조금 전 구입한 란제리숍의 봉투가 옆으로 쓰러져 있었다. 하지만 그것은 어째서인지 바스락바스락 흔들리고 있었다.

분명 봉투는 세워뒀었다. 마리아나는 이게 무슨 일일까, 하고 손을 뻗었다.

손이 봉투에 닿기 직전, 작은 꾸러미를 입에 문 고양이가 봉투에서 고개를 내밀었다.

마리아나와 고양이의 눈이 마주쳤다. 짧은 교착 상태가 이어진 직후, 고양이는 작은 소리로 으르렁거리더니 쏜살처럼 달아났다.

"아, 고양이 님, 돌려주세요."

방금 산 속옷은 하나씩 정성스레 포장되어 있었고, 고양이는 그중 하나를 물고 도망간 듯했다.

마리아나는 허둥지둥 짐을 들고 일어나 고양이를 쫓아 광장에서 뒷골목으로 뛰어 들어갔다.

다소 어둑한 뒷골목에는 대로와는 달리 소규모 점포들이 빽빽하게 늘어서 있었다. 게다가 취급하는 물건들의 종류도 달라, 술구의 부품이나 녹슨 무구, 사용방법을 알 수가 없는 도구 등등. 말하자면 전문적인 물건을 취급하는 점포들이 모여 있었다.

뒷골목에 드문드문 보이는 사람들 중에는 한눈에 장인이라는 것을 알 수 있는 자들이 많아, 독특한 활기를 자아내고 있었다.

완전히 지리를 파악하고 있는 것인지 고양이는 그런 뒷골목을 군더더기 없는 발놀림으로 내달렸다.

쭉쭉 거리가 벌어져, 이대로 가면 따라잡지 못하겠다고 생각한 마리아나는 날개를 천천히 퍼덕여 두둥실 비상했다. 요정족인 마리아나는 대기 중의 마나를 가르고 하늘을 날 수 있었다. 하지만 그것은 자유자재로 날 수 있는 정도는 아니었다. 말하자면, 고도 조정과 선회가 쉬워진 글라이더 정도쯤 되리라.

하지만 땅을 달리는 것보다는 훨씬 빨랐다. 고양이를 놓치지 않도록 점포 지붕보다 낮은 고도로 날던 마리아나는 눈 깜짝할 새에 목표를 사정권 내에 두게 되었다.

마리아나가 고양이를 향해 강하하며 손을 뻗었다.

"앗."

손이 닿기 직전, 기척을 알아챈 것인지 고양이는 갑자기 방향을 틀어 건물의 좁은 틈새로 달아났다. 그곳은 몸집이 작은 마리아나도 들어가지 못할 정도로 좁은 길이었다.

"고양이 님, 기다려주세요."

마리아나는 틈새를 들여다보며 고양이를 불렀다. 하지만 전력질주로 달아나는 고양이가 대답해줄 리는 만무했고, 그대로 건너편 거리로 빠져나가고 말았다.

마리아나는 놓치지 않고자, 그 즉시 날개를 펼쳐 다시금 하늘로 날아올랐다. 그때, 옆에 있던 가게에서 한 남자가 나왔다.

"마리아나 님? 무슨 일이신가요?"

두 손에 봉투를 늘어뜨리고 있는 남자는 놀란 듯이 물었다. 특별한 인장이 새겨진 로브를 입은 그는 소환술의 탑의 몇 안 되는 연구원 중 한 명이었다.

"고양이 님한테 속옷을 빼앗겼어요."

마음이 급한 마리아나는 살짝 고개만 돌려 간결하게 설명하고는 허둥지둥 날아올랐다.

마리아나의 말은 매우 짧고 부족한 점이 많았다. 하지만 은의 연탑에 소속된 연구원은 초엘리트들뿐이었다. 적은 정보로도 진상을 꿰뚫어 볼 수 있는 두뇌가 있었다.

남자는 순간적으로 상황을 재구축해보았다. 주어는 속옷이다. 그것을 고양이에게 빼앗겼다. 요컨대 도둑맞았다. 그중에서도 주목할 점은 속옷의 종류였다. 그의 뇌세포는 마리아나의 모습을 선명하게 머릿속에 그릴 수 있었다. 그리고 특정 분야의 극에 달한 자만이 구사할 수 있는 궁극의 기능을 통해 공상 속 마리아나의 의상을 한 벌, 또 한 벌 벗겨나갔다. 그리고 그의 사고는 종착점에 도달했다.

크기로 미루어 브래지어는 필요 없다. 그렇다면 도둑맞은 것은 나머지 한쪽.

――마리아나가 고양이에게 팬티를 도둑맞아서 지금은, 안 입었다――

상황을 파악한 청년은 이거 큰일 났구나 싶어서 두 손에 들고 있던 쇼핑 봉투를 내팽개치고 마리아나가 날아간 방향을 바라보고자 맹렬한 기세로 달려 나갔다.

청년은 알아채지 못했다. 애당초 입고 있는 팬티를 무슨 수로 훔친다는 말인가. 조금만 생각해보면 그가 내린 답이 부자연스럽다는 사실을 충분히 알아챌 수 있으리라. 하지만 그의 뇌는 마리아나가 '속옷'이라는 단어를 입에 담은 순간, 복숭앗빛으로 물들어버렸다.

잔뜩 흥분해 냉정함을 잃은 남자가 정상적인 판단을 내릴 수 있을 리는 없었고, 그 결과 도출해낸 정답은 마리아나의 말을 직렬로 늘어놓았을 뿐인 것이었다.

고양이는 뒷골목과 샛길을 마치 제 집처럼 도망쳐 다녔다. 그 경쾌한 풋워크는 달인 뺨칠 정도라 마리아나를 농락했으나, 그럼에도 그녀는 간신히 놓치지 않고 추적을 이어갔다.

좁은 길 끝에는 벤치에 앉아 담소를 나누는 초로의 남자가 있었다. 나이에 비해 듬직한 체구를 지닌 두 사람의 팔뚝과 얼굴에는 과거 전장에서 생긴 흉터가 훈장처럼 새겨져 있었다.

그런 남자들 앞을 고양이가 씩씩하게 달려갔고, 그 직후 메이드복을 입은 요정족 소녀가 가로질렀다.

"방금 그건, 마리아나 님인가? 고양이를 쫓아다니다니, 카구라 님이 생각나는군."

남자 중 한 명이 고양이와 마리아나의 뒷모습을 배웅하며 웃었다.

"무슨 소리야. 카구라 님이 쫓아다녔던 건 전수(電獸)였다더구만."

"그랬던가?"

"뭐어, 고양이와 비슷하다고는 하지만. 다른 생물이라고 들었네."

또 한 명의 남자는 그렇게 말하며 그립다는 듯 팔짱을 끼고서 하늘을 올려다보았다.

실제로는 고양이와 전수, 양쪽 모두 쫓아다녔었다. 고양이를 좋아하기로 유명한 아홉 현자의 일원, 카구라. 고양이라면 얼마나 사족을 못 쓰는지 동료들도 쩔쩔매기 일쑤였고, 고양이형 마물과 전투라도 벌어지면 카구라까지 적으로 돌아서곤 했다는 소문이 돌았을 정도였다.

전쟁에서 살아남은 두 사람이 아홉 현자가 모두 있었던 시절을 돌아보던 그때, 십여 명의 남자들이 얼굴이 붉으락푸르락해져서 지나쳐 갔다.

"카구라 님 이야기를 해서 그런가. 방금 아르테시아 님의 추종자들이 생각났는데."

"……별 우연이 다 있군, 나도 그렇네만."

남자들의 집단은 아우성이나 다름없는 소리를 치며 달려갔다. 척 보아도 열정(劣情)에 사로잡힌 듯한 그 모습은, 그런 탓에 소름끼치도록 무시무시해 보였다.

아홉 현자의 일원인 아르테시아. 현실세계에서는 미망인으로 조용한 성격에 아이를 끔찍이 아끼는 데다, 어쩐지 나긋나긋한 분위기 탓인지 아홉 현자 여성진 중 가장 크게 인기를 끌던 존재였다.

보듬어 안아주는 듯한 어른스러운 여성의 매력이 넘쳐났던 아르테시아. 그런 그녀를 사모하여 남자들은 아이돌을 충실히 따르는 팬그룹처럼 전장을 내달렸다. 다른 현자들에 비해 공격수단이 적은 성기사였으나 그녀가 이끄는 부대는 그것을 보충하고도 남을 만큼 사기가 높아, 수많은 무용담을 남겼다.

"그나저나 날씨 참 좋구먼."

먼눈을 하고 있던 두 사람은 푸른 하늘을 올려다보아, 그 투명하리만치 푸르른 색으로 마음을 가라앉혔다.

마리아나는 뛰어다니고, 날아다닌 끝에 고양이를 뒷골목 막다른 길로 몰아넣었다. 고양이가 달아날 방법은 이제 벽을 타고 오르는 수밖에 없었지만 횡적인 움직임은 마리아나가 훨씬 뛰어났다. 고양이는 그 사실을 잘 알고 있는 모양인지, 옆으로 통과할 빈틈을 호시탐탐 엿보고 있었다. 고양잇과 동물답게.

"자아, 고양이 님. 그걸 돌려주세요."

그렇게 말하며 슬금슬금 다가가는 마리아나. 거리를 유지한 채 으르렁거리며 위협하는 고양이. 교착상태가 이어졌다.

"아, 참."

문득 뭔가 좋은 생각이 났는지 마리아나는 스커트 주머니에서 작은 주머니를 꺼내, 그 내용물을 손바닥에 얹어놓았다.

"고양이 님. 이것과 교환하지 않으실래요?"

마리아나가 내민 손에는 쿠키 두 개가 있었다. 그것은 오늘의 러키 아이템으로 마리아나가 아침에 구운, 설탕을 쓰지 않은 플레인 쿠키였다.

마리아나가 천천히 다가가자 얼마 지나지 않아 고양이가 코를 실룩거리기 시작했다.

그 효과는 극적이라 할 수 있었다. 구수한 냄새에 사로잡힌 고양이는 입에 물고 있던 작은 꾸러미를 놓더니 잽싼 몸동작으로 그것에 덤벼들었다.

어지간히 배가 고팠던 것인지 고양이는 정신없이 쿠키를 씹어 먹었다. 마리아나는 살며시 고양이의 머리를 쓰다듬고는 천천히 쿠키를 두고 그 자리를 벗어났다. 그리고 발소리가 나지 않게끔 돌아들어 겨우겨우 속옷을 되찾았다.

"그럼, 돌아갈까요."

피곤해진 마리아나는 한숨 섞인 목소리로 작게 중얼거리더니 다소 아쉬운 눈치로 고양이를 쳐다보고서는 두둥실 떠올라 소환술의 탑으로 돌아갔다.

마리아나의 팬티를 훔친 고양이가 있다는 소문을 들은 남자들이 뒷골목으로 밀려들었다.

집단을 이끌던 소환술의 탑 연구원은 정신없이 쿠키를 먹고 있는 고양이와 떠나가는 마리아나의 모습을 번갈아 보고는 즉시 상황을 파악했다. 고양이가 쿠키를 대가로 보물을 내주고 말았음을.

남자 연구원은 아연실색하여 고개를 푹 숙였다. 그 모습을 보고 모든 사정을 깨달은 남자들 역시 때는 이미 늦었다고 한탄을 하며 호들갑스럽게 하늘을 올려다보았다.

마리아나를 상대로 온 도시를 질주한 고양이는 천마도시 실버호른 시민들 사이에서 유명한 존재가 되었다.

고양이, '천앙렵사(天仰獵師) 테노크'.

주로 작은 광장으로 탑을 올려다보며 감탄하고 있는 관광객들의 토산품을 사냥하는, 작은 사냥꾼이다.

은의 연탑을 보느라 넋이 나간 관광객들은 손이나 발치에 대한 주의력이 산만해지기 일쑤였다. 그리고 관광객이 가진 주머니 안에는 맛있는 것이 들었다. 테노크는 그것을 노리는 것이다.

때때로 먹을 것이 아닌 것을 실수로 훔치는 일도 있는데, 이번 일이 그중 하나였다.

하지만 남자들에게 있어 이 사건은 커다란 의미를 지녔다.

한 번이기는 하나 마리아나의 팬티를 손에 넣었다(완전히 착각이지만). 그 공적은 이루 헤아릴 수 없는 것인지라, 테크노는 칭찬받고 숭상받는 존재가 되었다.

남자들은 테노크에게 공물을 바치게 되었고, 그 덕분인지 관광객들이 토산품을 도둑맞는 일은 상당히 줄어들었다.

하지만 최근 들어 다른 문제가 늘어난 모양이었다.

그 문제라는 것은 고양이가 스커트를 들추고 다니는 것이었다. 피해자들의 이야기에 의하면 은의 연탑을 올려다볼 때 어느샌가 발치로 다가와 있던 테노크가 뛰어올라 스커트를 들춰 올렸다고 한다. 그와 동시에 등줄기가 오싹해질 정도로 예리한 시선이 느껴졌다는 모양이었다.

과연 천마도시 실버호른에서는 무슨 일이 일어나고 있는 것일까.

그 사실을 아는 자는 의외로 가까운 곳에 있을지도 모른다.

후기

1권에서는 없었지만 2권에는 후기가 있는 모양입니다. 편집자님이 무슨 말이든 써도 좋다고 하셔서 현재, 무엇을 쓸까 생각 중입니다. 잠시만 기다려주세요.

생각났습니다. 좋아하는 게임에 관해 얘기해볼까요. 조금이나마 작품에도 영향을 미쳤으니 아주 상관이 없는 이야기는 아니니까요.

예상하셨듯이, 가장 좋아하는 장르는 RPG입니다. 스퀘어에닉스 계열의 게임이나 테일즈 시리즈는 물론이고 와일드 암즈 시리즈 같은 것도 즐겨 플레이했었습니다. 그야말로 수면시간을 깎아가면서. 그때는 참 젊었죠.

그런가 하면 RPG라도 페르소나 시리즈처럼 세계관이 현대에 가까운 게임은 거의 손을 댄 적이 없네요.

하지만 언제부터였을까요. 그런 게임에 전혀 마음이 동하지 않게 되었습니다. 예전에는 테일즈 신작이 발매되면 곧장 예약하고서 발매 일을 이제나저제나 기다리고는 했습니다만. 지금은 인터넷에서 기사를 보아도 흘려 넘기고 맙니다.

전 세계의 주목을 모으는 RPG 최신작이 발표되었을 때도, 눈곱만큼도 관심이 가지 않았습니다. RPG를 좋아하는 마음은 지금도 변함이 없을 텐데 말이죠.

그런가 하면, 푹 빠져 즐길 수 있는 게임도 있었습니다. 다크소울과 더 엘더 스크롤 시리즈입니다. 좋은 판타지 작품이죠. 다크소울은 지나치게 다크한 것 같기도 합니다만.

엘더스크롤은 현재, 온라인도 서비스 중인 모양입니다. 하지만 일본어판은 없고(2014년 9월 기점) 영어로만 플레이할 수 있어서, 중학교 수준의 영어도 가물가물한 저에게는 너무 허들이 높은 듯합니다. 하지만 포기할 수가 없어! 이렇게 된 거, 영문판이라도……. 그런 생각을 하는 나날입니다.

그래서 말입니다. 현재 가장 주목하고 있는 게임으로 말하자면…… 안 물어봤고 안 궁금하다고 하지 말고 들어주십시오.

어렵게 후기까지 읽어주고 계시니 관심이 없지는 않으시리라 생각하고 발표하도록 하겠습니다!

그 타이틀은 『deepdown(캡콤)』입니다. 트레일러 영상을 본 뒤로 마음의 두근거림이 멈추질 않습니다.

하지만 뭐어, 그렇죠. 게임 따위 하지 말고 후속편이나 써라 싶으시겠죠. 알고말고요. 꿈을 꾸고 싶었던 것뿐입니다. 주머니 사정과 시간적 여유가 생긴, 미래의 저에 대한 꿈을…….

아, 참참. 꿈이라는 말이 나와서 말인데 올해(2014년) 여름, 유니버셜 스튜디오 재팬에 그것이 생겼죠. 그것. 이런저런 TV방송에서 다뤄졌던 그것이!

그렇습니다. 『위저딩 월드 오브 해리포터』입니다!

여기까지 읽어주신 분들 중에 가본 적이 있는 분은 얼마나 될까요. ……부러워 죽겠습니다.

놀이기구는 됐고, 그 세계관 속에서 하루 종일 멍하니 있고 싶습니다. 판타지를 좋아하는 제게 있어 그곳은 그야말로 이상 속의 공간입니다. 그야말로 그 속에서 살고 싶을 정도로요.

분명 감성적으로도 자극이 될 겁니다. 어쩌면 이야기의 소재가 될 만한 것을 찾을 수 있을지도 모르고요. 너무 노골적으로 글쟁이 티를 냈나요?

그리고 지금의 제게는 이곳에 가는 것이 가장 제1목표입니다. 그리고 이런저런 것들을 사는 겁니다. 지팡이는 무조건 사야죠! 그리고 주문을 외는 겁니다. 로브도 갖고 싶네요. 가능하면 네 종류 다. 꿈이 부풀어 오르네요. 뭐, 언제 갈 수 있을지 모를 일입니다만.

복권이라도 당첨되지 않으려나~. 사지도 않았지만요.

뭐, 이렇게 걸핏하면 현실도피를 하는 제 취미 중 하나에 예쁜 사진 감상이라는 것이 있는데. 인터넷에서 모은 판타지스럽고, 노스탤지어 한 사진을 모아 이런 곳에 가고 싶다아, 살고 싶다아, 하고 망상을 하고는 합니다.

표지, 보셨나요? 1권에 이어 후지 초코 님이 그려주셨습니다!

후지 초코 님의 일러스트는 세계의 한 장면에서 튀어나온 것 같아서 그려져 있지 않은 그림 밖 세계까지 보일 것만 같은, 그런 매력이 가득해서 너무 좋습니다.

그리고 망상이 엄청나게 잘 됩니다.

시원찮은 소설가인 저는 진베이(일본의 여름 전통 의상)를 입고 소재를 찾아 저 세상을 어슬렁거릴 따름입니다. 삼천세계의 점원분께 부탁해서, 한구석에 책을 진열해달라고 하거나 축제 음악에

흘려 어슬렁어슬렁 얼굴을 비추거나. 어느 곳으로 가는 것인지도 모를 기차에 올라타거나. 높은 곳에서 저녁놀에 물들어가는 거리를 바라보거나.

아아, 가고 싶어라.

아차, 이 자리를 빌려 근사한 세계를 보여주시고 표지와 삽화를 그려주신 일에 대해 진심어린 감사인사를 드리고 싶습니다.

후지 초코 님, 감사합니다! 앞으로도 모쪼록 잘 부탁드립니다!

그럼 끝으로.

이 책을 구입해주셔서 감사합니다. 덕분에 목표에 다가설 수 있을 듯합니다. 모쪼록 이대로 저를 현실 속 판타지가 있는 USJ로 데려가주세요.

그럼 다음 권도 잘 부탁드립니다.

현자의 제자를 자칭하는 현자 2

2016년 11월 15일 1판 1쇄 발행
2020년 3월 15일 1판 9쇄 발행

저 자 류센 히로츠구
일러스트 후지 초코
옮 긴 이 정대식
발 행 인 유재옥
본 부 장 조병권
담당편집자 정영길
편 집 1 팀 정영길 김민지 조찬희
편 집 2 팀 김다솜 이본느
편 집 3 팀 오준영 박상섭
미 술 강혜린, 박은정
라이츠담당 김슬비 한주원
디 지 털 전준호 박지혜 이성호
발 행 처 ㈜소미미디어
등 록 제2015-000008호
주 소 서울시 마포구 토정로 222,403호 (신수동, 한국출판콘텐츠센터)
판 매 ㈜소미미디어
마 케 팅 한민지
경영지원 한민지
전 화 편집부 (070)4164-3962, 3963 기획실 (02)567-3388
판매 및 마케팅 (070)4165-6888, Fax (02)322-7665

ISBN 979-11-5710-530-4 04830
ISBN 979-11-5710-460-4 (세트)